구대마왕

九大魔王

몽월 新무협 판타지 소설
FANTASTIC ORIENTAL HEROES

구대마왕 1

몽월 新무협 판타지 소설

초판 1쇄 찍은 날 § 2007년 10월 12일
초판 1쇄 펴낸 날 § 2007년 10월 22일

지은이 § 몽월
펴낸이 § 서경석

편집장 § 문혜영
편집 § 서지현 · 유혜림

펴낸곳 § 도서출판 청어람
등록번호 § 제1081-1-89호
등록일자 § 1999. 5. 31
어람번호 § 제2-1315호

주소 § 경기도 부천시 원미구 심곡1동 350-1 남성B/D 3F (우) 420-011
전화 § 032-656-4452 팩스 § 032-656-4453
http://www.chungeoram.com
E-mail § eoram99@chollian.net

ⓒ 몽월, 2007

ISBN 978-89-251-0959-6 04810
ISBN 978-89-251-0958-9 (세트)

구대마왕

1

청어람 도서출판

몽월 新무협 판타지 소설

FANTASTIC ORIENTAL HEROES

目次

第一章　도모수　7

第二章　벼락을 맞아라　41

第三章　일월현중(日月玄中)　79

第四章　일어나는 바람[風]과 구름[雲]　117

第五章　벼락의 문(門)　157

第六章　겁탈 실패　195

第七章　소녀표향대법　229

第八章　어린 영감　269

第九章　출사의 변(辯)　305

第一章

도모수

九大魔王

　사방은 바다 속처럼 고요했다. 지녁 이내와 같이 낮게 깔린 새벽 안개가 점차 밀려나며 동쪽 하늘이 불그스레 타올랐다. 시간조차도 멈추어 버린 것 같은 적요가 낱낱으로 흩어지며 아침이 능숙하게 다가오고 있었다.

　다다닥!

　검은 그을음과 횟빛 거미줄이 천장을 층층이 드리운 허름한 부엌에서 악소천이 무를 자르고 있었다. 뭉텅한 식칼을 내려칠 때마다 팔뚝만 한 무가 대번에 잘려 나갔다.

　우걱우걱!

　조각난 무 한 개를 입 안에 넣고 씹으며 썰어놓은 무를 솥

에 쏟아 넣었다. 이어 국자로 솥 안의 무국을 몇 번 휘젓곤 국
물을 떠서 맛을 보았다.

"쩝쩝!"

서너 번 국을 맛보더니 만족스런 표정으로 고개를 끄덕였
다.

"오, 예!"

탁!

이윽고 솥뚜껑을 닫고 아궁이의 장작불을 밖으로 끄집어
내어 화력을 줄였다.

덜컹!

그때 안방과 부엌으로 통하는 외짝 문이 소리내어 열리더
니 뚱뚱한 노인이 얼굴을 내밀었다. 이제 막 잠자리에서 일어
난 듯 머리가 헝클어져 있고 큼지막한 눈곱이 붙어 있는 얼굴
로 입을 크게 벌려 하품을 하며 말했다.

"밥 아직 멀었느냐? 배고프다."

악소천이 손등으로 코를 훔치며 대꾸했다.

"조금만 기다려 주십시오. 다되어갑니다, 사부님!"

노인이 입맛을 다시며 말했다.

"빨리 좀 다오. 뱃가죽이 달라붙는 것 같단 말이다."

탁!

노인이 인상을 쓰며 방문을 거칠게 닫았다.

순간 악소천의 두 눈이 가재미 눈처럼 찢어지며 닫힌 문을

노려보았다.

'어휴, 그냥!'

금방이라도 한 대 갈길 듯 들고 있는 국자를 힘껏 쥐었다. 하나 이내 표정을 누그러뜨리며 길게 한숨을 들이마셨다.

'참아야 한다. 참아야 한다.'

악소천은 연신 마른침을 삼키며 끓어오르는 화를 다스렸다.

미륵존자(彌勒尊者).

악소천은 낙양의 저잣거리를 무대로 활동하는 도모수(淘摸手)였다.

도모수란 남의 주머니 속 물건을 훔치는 소매치기를 말하는데 시흘 전 스스로를 미륵존자라고 부르는 노인과 사제(師弟)의 인연을 맺었다.

그닐, 때늦은 가을비가 추적추적 쏟아시던 시월 스무이틀 날 악소천은 오랜만에 쓸 만한 표적을 발견하고 공격에 들어갔다.

표적은 화려한 비단 금포를 걸친 노인.

왼손으로 뒷짐을 지고 오른손을 밖에서 안으로 휘저으며 걷는 팔자걸음은 전형적인 졸부의 모습이었다.

"……"

공격에서 가장 중요한 것은 접근이다. 표적이 자신을 노리고 다가오는 공격자를 전혀 알아차릴 수 없을 만큼 얼마나 자연스럽게 다가가느냐가 성패를 좌우하는데 뛰어난 도모수일수록 접근에 능숙했다.

악소천은 신중히 노인에게 다가가기 시작했다.

툭— 두둑!

아침부터 잔뜩 찌푸려져 있던 하늘에서 빗줄기가 떨어지기 시작했고 노인의 발걸음이 빨라졌다. 다행히 큰비가 아니었기 때문에 행인들은 여전히 거리를 가득 메웠고, 체격과 행색이 평범한 악소천을 노인은 그다지 관심있게 쳐다보지 않았다.

'흐음!'

노인과 두 걸음 정도의 거리를 두고 악소천은 호흡을 삼켰다. 작업 순간에는 모든 호흡을 멈추어야 한다. 노인과 부딪치는 시간이란 불과 찰나의 순간이라 할 수 있는데 그사이에 가슴속에 들어 있을 은자를 꺼내어야 한다.

툭!

악소천이 우측 어깨가 노인의 어깨를 툭 쳤다. 복잡한 저잣거리에서 흔히 있을 수 있는 아주 자연스런 충돌이었는데 부딪치는 순간 고의로 어깨에 잔뜩 힘을 실었기 때문에 노인은 비틀거렸다.

탁!

순간 악소천이 휘청거리는 노인을 잽싸게 부축했다. 그리고 세모꼴로 잔뜩 날을 세운 오른손이 노인의 가슴을 휘감듯 파고들었다.

스으윽!

대부분의 사람들이 물건은 주머니에 넣지만 돈을 비롯한 귀중한 것은 품속에 넣는다. 이따금 주머니에 은자를 넣는 사람들도 있지만 그런 경우는 아주 드물다는 것이 지난 십 년 도모수 생활의 경험이었다.

"소생이 발을 잘못 디뎌 그만 실수를 하고 말았습니다. 다친 데는 없습니까, 어르신?"

어느새 노인의 품을 뒤진 악소천의 손은 원래의 자리로 돌아와 있었고 노인을 향해 송구한 표정으로 말했다.

"괜찮습니까, 어르신?"

"똑바로 앞을 보고 다니게. 젊은 사람이 말이야."

노인은 몹시 불쾌한 표정을 지으며 악소천의 위아래를 훑어보더니 스치듯 지나갔다.

'이런 우라질!'

그런데 사라지는 노인을 향해 악소천이 욕지거리를 해댔다.

화려한 겉모습과는 달리 노인의 품속에는 단 한 푼의 은자도 들어 있지 않았던 것이다.

손에 잡혀 나온 것이라고는 늙은 빈대 두 마리.

여덟 살 때부터 낙양의 저잣거리를 배회하며 남의 주머니를 노리기 시작한 이래 아직까지 단 한 번도 빈 가슴을 더듬어본 적이 없는 악소천이었다.

이따금 표적의 수중에서 예상보다 적게 은자가 나온 적은 있었지만 오늘처럼 단 한 푼의 돈도 챙겨보지 못한 경험은 처음이었으므로 악소천은 한동안 인파 사이를 걸어가는 노인에게서 분노의 시선을 거두지 못했다.

팟!

그런데 한순간 악소천의 두 눈이 이채를 띠었다. 그리고 무엇을 떠올린 듯 잽싸게 자신의 앞가슴을 뒤척였다.

버버벅!

'이런!'

악소천이 양손으로 앞가슴을 부리나케 뒤졌다. 좌우 겨드랑이에서부터 시작해 명치 부위까지 샅샅이 훑었지만 손에 잡히는 것이라고는 아무것도 없었다. 품속에 넣어두었던 다섯 닢의 은자가 감쪽같이 사라진 것이다.

'설마 저 늙은이가……?'

자신이 당했다.

틀림없었다. 어깨를 부딪치는 순간 오히려 노인이 자신의 품속에 있던 은자를 꺼내 가버린 것이다. 얼어붙은 듯 악소천은 한동안 그 자리에서 꼼짝도 하지 않았다.

문득 악소천은 지그시 입술을 깨물었다.

그리고 곧바로 인파 사이로 사라져 가는 노인의 뒤를 따르기 시작했다. 도모수의 품속에 돈을 꺼내갈 정도면 더 이상 긴 말이 필요하지 않았다. 그것은 아무나 흉내 낼 수 없는 꿈의 능력인 것이다.

두 사람이 아침상을 놓고 마주 앉았다.
뜨거운 김이 모락모락 피어나는 무국을 숟가락으로 휘휘 저어보던 사부의 눈이 가늘게 찢어졌다. 아무리 숟가락을 휘저어도 무 조각 말고는 건져 올라온 것이 없었다.
"국이 왜 이러느냐? 텅 비었지 않느냐?"
악소천이 입 안 가득 밥을 씹으며 말했다.
"죄송합니다. 돈이 없어서 고기를 넣지 못했습니다."
사부가 버럭 소릴 질렀다.
"난 한 끼리도 고기기 없으면 밥을 먹지 못한다고 밀했지 않느냐?"
"제발 고정하시고 오늘 아침만 그냥 드십시오. 섬심에는 무슨 수를 써서라도 준비하도록 하겠습니다."
"늙으면 고기 힘으로 사는 것이다. 점심에는 꼭 넣거라."
퍼퍼퍽!
사부가 국에 밥을 말아 신경질적으로 떠먹기 시작했다.
그런 사부를 쳐다보는 악소천의 얼굴은 딱딱하게 굳어 있었다.
'그래도 참아야 한다.'

대저 일신에 특출난 재주를 갖고 있는 사람들은 성격이 괴팍하다고 했다. 아무리 배알이 뒤틀려도 절대 화를 내거나 인상을 써서는 안 된다.

공격 중인 도모수의 돈을 역으로 끄집어낼 정도의 실력이라는 건 쉽게 헤아릴 수 없는 큰 능력이었다. 자신의 솜씨로는 죽었다 깨어나도 그런 능력을 보여줄 수 없었으므로 악소천은 노인을 쫓아가 다짜고짜 무릎을 꿇고 제자로 거두어줄 것을 애원했다.

노인은 처음에는 싫다고 했다. 자신은 제자 같은 것에 관심이 없으며 그럴 능력도 되지 못한다고 한사코 거절했지만 악소천이 거듭 매달리자 하는 수 없다는 듯 승낙을 했다.

결국 일방적인 자신의 요청에 의해 맺어진 사제의 인연이다. 그렇기 때문에 더욱 공손하게 처신해야 했다. 어떤 수모와 학대가 가해지더라도 노인이 지닌 기예를 배우기 전까지는 참아야 하는 것이다.

"숭늉 가져오너라."

사부가 숟가락을 놓으며 말했다.

악소천은 번개처럼 일어나 부엌으로 향했다.

'쳐죽일 늙은이. 냉수 좀 처먹으면 어디 덧나나.'

사부는 한사코 뜨거운 숭늉을 찾았다.

사부는 누룽지가 둥둥 떠 있는 뜨거운 숭늉을 소리내어 마시며 말했다.

"날씨가 추워진 것을 보니 이제 곧 겨울이 올 것 같구나. 오늘부터 겨우살이 준비를 해야겠다."

고개를 숙이고 밥을 먹던 악소천의 고개가 발끈 쳐들렸다.

"겨, 겨우살이 준비라면 이 제자더러 나무를 하란 말입니까?"

"왜? 싫으냐?"

"아, 아닙니다. 그럴 리가 있습니까? 나무하겠습니다."

"난 잠시 외출을 다녀올 테니 오늘부터 부지런히 나무를 하거라. 가을에 부지런히 준비를 해놓아야 겨울이 따뜻하니라."

사부가 비단 금포를 걸쳐 입고 사라졌다.

사부가 사립문 밖으로 모습을 감혈추 악소천의 인상이 대번에 험악하게 우그러졌다.

'꾸억, 보자 보자 하니까.'

지난 사흘 동안 기예 전수에 관해서는 단 한마디 언급도 없었다. 하지만 머잖아 곧 가르쳐 줄 것이라는 믿음으로 버텨왔다. 착한 일을 많이 하면 하루라도 빨리 가르쳐 줄지 모른다는 생각에 더욱 죽을힘을 다해 비위를 맞추며 수발을 들었는데 이제는 나무까지 강요하자 분통이 터졌다.

'쒸발!'

불현듯 표독한 기세로 문을 노려보던 악소천이 또다시 길게 숨을 들이마셨다. 어쩌면 이 모든 것이 자신을 실험하기 위한 것인지도 모른다. 인내는 쓰고 열매는 달다는 말을 떠올리며 밥상을 대충 치운 악소천은 지게를 짊어지고 모옥을 나섰다.

마(魔)의 바람[風]은 아무도 가로막지 못하고, 아수라[修]의 칼[刀]은 한 번에 자른다네. 선인(仙人)은 작은 적에도 신중하고 존(尊)은 함부로 화내지 않노라.

악소천이 고래고래 소릴 지르며 노래를 불렀다. 악이라도 한바탕 쓰지 않으면 미쳐 버릴 것 같았기 때문이었다.

신창(神槍)은 한 번 뽑기 전에 여러 번 생각하고 늑대[狼]의 주먹은 잡을 수 없이 빠르다네.

노랫소리가 메아리가 되어 온 산을 울렸다.

만(萬) 번을 패(敗)했어도 빼어나고 천(千) 번을 이겼는데도 손가락질당한다네.

퍼억!
길가의 돌멩이를 걷어차며 악소천은 더욱 악을 썼다.

세상은 갈수록 험악해지는데 보이지 않는 벼락[雷]은 나타날 줄 모르는구나.

망산(邙山)은 낙양 북쪽에 있는 산으로 예로부터 소나무가 많기로 소문 난 곳이었다.

휘이익!

악소천이 도끼가 거대한 노송의 허리를 찍어갔다.

우직끈!

오십여 번의 도끼질에 커다란 소나무 한 그루가 굉음을 흘리며 쓰러졌고 악소천은 운반하기 적당한 크기로 토막을 내기 시작했다.

사부와 생활한 지 어느덧 보름이 지나갔다. 하지만 몽매에도 기다리던 기예 전수는 이뤄지지 않았디. 이따금 외출을 할 때를 제외하고는 사부는 하루 종일 먹고 자는 일만을 반복했고 악소천은 집 뒤 망산을 오르내리며 부지런히 나무를 해다 헛간에 쌓았다.

몇 번이고 모든 것을 때려치우고 돌아가고 싶었지만 그럴 때마다 자신의 돈을 훔쳐 간 사부의 솜씨가 눈앞에 어른거렸다. 아무리 공격에 집중하느라 방어를 소홀히 했다고 하지만 털끝만 한 이상 징후를 느끼지 못했다는 것은 그만큼 사부의 손놀림이 완벽했다는 것을 반중했다.

'반드시 배워야 한다.'

　도모술에 관한 낙양의 저잣거리에서 제법 알아주는 자신이었다. 그런데 사부는 단 한 번으로 자신의 주머니를 털어버린 것이다.

　'그런데 어째서 한 번도 이름을 들어보지 못했을까?'

　그 정도의 솜씨라면 이미 바닥에 쫙 깔려 있어야 했다. 온갖 소문과 전설로 포장되어 혁혁한 신화를 쌓고 있어야 정상인데 아무리 기억을 더듬어봐도 미륵존자란 이름은 생소했다.

　직업이 직업이다 보니 자칫 관부나 무림인들의 추적을 당할 위험이 컸고, 그래서 대부분의 도모수들은 제 정체를 함부로 드러내고 활동하지 않는 특성을 감안하더라도 미륵존자란 이름은 아직까지 들어본 적이 없었다.

　'역시 기인인가?'

　바닷가의 모래알처럼 많은 것이 숨은 기인들이라고 했다. 어쩌면 자신보다 훨씬 앞 세대에서 이름을 날린 도모수였는지 모른다. 전대의 고인이라면 자신이 알 턱이 없었다.

　"네놈 나이가 올해로 몇이라고 했느냐?"

　저녁을 물리고 차를 끓이고 있을 때 팔베개를 하고 옆으로 누워 있던 사부가 불쑥 물어왔다.

　"열여덟입니다."

　"무척 좋은 나이다. 한참 때구나."

　"네엣?"

"좋을 때라는 얘기다. 계절로 말하면 꽃피는 춘삼월 아니냐? 네놈 인생도 한참 꽃필 때라는 얘기다. 그런데 이런 오두막에 틀어박혀 나 같은 늙은 영감 뒤치다꺼리만 해서 어떡하느냐?"

'알긴 아는구려' 라는 말이 목구멍까지 치밀어 올라왔지만 악소천은 가까스로 눌러 삼키며 엄숙한 표정으로 말했다.

"괜찮습니다. 이 제자는 오로지 사부님을 위해서 살고 싶을 뿐입니다."

"헛헛! 빈말일지라도 듣기는 좋구나."

"아닙니다. 이 제자는 사부님께서 돌아가시는 그날까지 열심히 모실 것입니다."

"고맙구나. 내가 무슨 복이 많아 인생 말년에 이렇게 착하고 품성 고운 제자를 만났을꼬."

"이 제자 또한 사부님을 만난 것을 일생일대의 행운이라고 생각하옵니다."

사부의 눈이 커졌다.

"그게 정말이더냐?"

"제가 어찌 감히 거짓말을 아뢰겠사옵니까? 사부님과 하루하루 사는 것이 너무 즐겁사옵니다."

"진짜 고맙구나."

아부는 아무리 많아도 넘치지 않는다고 했다. 그래서 악소천은 온갖 미사여구를 다 동원하여 사부를 띄웠다. 걷잡을 수 없이 쏟아지는 악소천의 칭찬에 사부의 얼굴에 웃음꽃이 활짝 피었다.

'시이벌, 그만큼 띄워줬으면 지금쯤 떡 하니 한 수 가르쳐 주면 좀 좋아.'

악소천이 내심 투덜거릴 때 누워 있던 사부가 몸을 일으켜 세웠다. 그리고 벽장문을 열더니 얄팍한 고서 한 권을 꺼내 악소천 앞으로 던졌다.

툭!

"이… 이게 무슨 책입니까?"

"글은 읽을 줄 아느냐?"

악소천의 얼굴이 와락 찡그려졌다.

"이 제자를 어떻게 보고 그런 섭섭한 말씀을 하십니까? 제자가 그렇게 멍청하게 보인단 말입니까? 이래 봬도 어지간한 글은 모두 읽습니다."

"시간 나면 한번 읽어보거라."

악소천은 혹시나 하는 마음에 얼른 책을 들고 살폈다.

책은 금방이라도 부숴질 듯 낡았는데 표지에는 아무런 글씨도 쓰여 있지 않았다.

책을 쥔 악소천의 손이 가볍게 떨렸다.

'흐흐! 쓰디썼던 인내의 열매가 드디어 맺히는구나. 보나 마나 도모술에 관한 비급이겠지.'

악소천은 거칠게 마른침을 삼켰다.

“그렇게 쥐고만 있지 말고 어서 펼쳐 보거라.”

악소천이 공손히 대꾸했다.

“아니옵니다. 천천히 살펴보겠습니다. 그럼 제자는 이만 나무하러 다녀오겠나이다.”

악소천은 사부가 던져 준 책을 꼭 끌어안고 방을 나왔다.

방을 나오자마자 악소천은 곧바로 우물가로 달려가 머리를 처박고 실컷 찬물을 들이켰다.

벌컥벌컥!

찬물을 마신 악소천은 고서를 보고 또 쳐다보았다. 손때가 묻다 못해 검게 그을린 고서를 바라보는 악소천의 얼굴은 흥분으로 잔뜩 달아올라 있었다. 보나마나 그날 자신의 품속의 은자를 바람처럼 끄집어내 버린 사부의 능숙하고도 황홀한 도모술이 기록되어 있는 고서일 것이나.

스윽!

악소천은 고서를 품속에 넣었다.

당장 읽어보고 싶은 충동이 있었지만 어차피 사부가 보라고 건네준 것이었으므로 서둘 것이 없었다. 귀한 것일수록 느긋하고 천천히 감상하며 즐겨야 한다.

악소천은 지게를 지고 나무를 하기 위해 망산을 올랐다.

기분이 좋아서인지 자신도 모르게 콧노래가 흘러나왔다.

마의 바람은 아무도 가로막지 못하고 아수라의 칼은 한 번

에 자른다네.

어깨춤이라도 추고 싶을 만큼 기분이 들떠 있었으므로 노랫소리도 가락지게 흘러나왔다.

선인은 작은 적에도 신중하고, 존은 함부로 화내지 않노라. 신창은 한 번 뽑기 전에 여러 번 생각하고.

악소천은 교룡을 닮은 휘어진 노송앞에 지게를 내려놓았다.
퉤! 하며 손바닥에 침을 뱉은 다음 도끼 자루를 힘차게 거머쥔 악소천은 노송의 밑동을 내려찍기 시작했다.
휘이익! 쿠웅!
도끼질 소리에 주위 나무에 앉아 있던 새들이 놀라 날갯짓을 했다.
기분이 좋은 탓일까. 도끼질도 평소보다 훨씬 경쾌했고 아름드리 노송이 삼십여 번의 도끼질에 힘없이 쓰러졌다.
악소천은 적당한 크기로 잘라 지게에 가득 쌓았다.
퍽— 퍼퍽!
지게 가득 나무를 채운 악소천은 이마의 땀을 손으로 훔치고 털썩 양지바른 곳에 주저앉았다. 이윽고 품속에 넣어두었던 고서를 꺼내 들었다.
가슴이 벌렁거리기 시작했다.

처억!

길게 심호흡을 하고 엄지와 검지에 침을 묻혀 천천히 고서의 표지를 넘겼다. 첫 장을 넘기자 붓으로 쓴 듯 두 줄기 글귀가 나타났다. 잔뜩 눈을 찌푸린 악소천이 더듬거리며 글을 읽어 내려갔다.

사사만뢰막당(舍死萬雷莫當) 대의지승불태(大義之勝不殆).

꿀꺽!

하나 무슨 뜻인지 알 수 없었으므로 눈을 깜박거렸다.

'보나마나 도모술에 관한 내용이 분명한 것 같은데.'

악소천이 연신 고개를 갸웃거리며 글귀에 담긴 뜻을 해석하기 위해 애를 썼다.

많은 글을 배우지는 않았지만 어려서부터 제법 신동이라는 소릴 듣고 자랐다. 한 번 본 것은 반드시 기억을 했고 한 개의 도모술을 가르쳐 주면 두 개를 깨우쳐 버리는 머리에 아버지는 놀라며 칭찬을 아끼지 않았다. 뿐만 아니라 이제는 도모수도 배워야 한다면서 왕왕 고서점에서 이름도 모를 책을 구해와 내밀곤 했다. 그렇게 글깨나 배운 자신의 머리로서도 얼른 풀어내지 못하는 것을 보면 상당히 심오한 뜻임이 분명 했다.

벌떡!

한참을 글귀가 담긴 뜻을 헤아리기 위해 끙끙대던 악소천이 자리에서 일어났다.

'모르는 것은 부끄러움이 아니다.'

도모술을 배우기 위해서는 이까짓 부끄러움쯤은 얼마든지 참아낼 용기도 있었다.

악소천은 곧바로 나무 지게를 지고 모옥을 향해 내려갔다. 헛간 앞에 지게의 나무를 부린 악소천은 곧바로 잠에 곯아떨어져 있는 사부를 흔들어 깨웠다.

"왜 자는 사람을 깨우고 그러느냐?"

사부가 불편한 표정을 지으며 물었다.

악소천이 책을 내 밀려 정중히 말했다.

"송구하옵니다만, 제자의 학문이 짧아 이 글귀가 뜻한 바를 헤아리지 못하겠사옵니다. 여기에 담긴 뜻을 설명해 주셨으면 합니다."

사부가 눈을 치켜뜨고 바라보았다.

"도모술에 관한 어떤 설명임은 분명한데 제자의 머리로서는 유감스럽게도 알지 못하겠나이다. 자세한 가르침을 주시면 그 은혜 백골난망이겠습니다."

잠시 악소천을 쳐다보던 사부가 일어나 앉았다.

"허험!"

사부가 헛기침을 내뱉고 악소천이 내민 고서 첫 쪽의 글귀를 가만 내려다보더니 불쑥 물어 말했다.

"장하다."

"네엣?"

"그 나이면 부끄러움에 한참 민감할 텐데도 이렇게 찾아와 솔직하게 담긴 뜻을 묻다니 훌륭하다."

악소천이 빤히 보며 말했다.

"어서 가르쳐 주십시오."

사부의 두 눈에서 기이한 광채가 순간적으로 나타났다가 사라지더니 다시 한 번 헛기침을 하며 입을 열어 말했다.

"좋다, 말해주마. 이 글이 말하는 내용은 죽기를 작정하면 만 개의 벼락이 당할 수 없고 큰 뜻을 품으면 결코 승리가 위태롭지 않다는 뜻이다."

"……."

악소천이 눈알을 굴렸다.

얼른 이해하지 못한 듯히지 사부는 재차 실명을 곁들였다.

"어렵게 생각할 것 없다. 한마디로 뜻을 크게 품고 죽기를 각오하면 어떤 어려움도 반드시 해쳐 나아갈 수가 있다는 얘기다."

그제야 이해가 가는 듯 악소천이 입술을 혀로 핥으며 말했다.

"그러니까 한마디로 죽기 아니면 살기로 노력하면 이루지 못할 것이 없다는 말 아닙니까."

"옳지."

악소천이 주먹을 불끈 쥐었다.

그것은 어떤 어려움이 있어도 고서 안에 담긴 내용을 모조리 익히고 말겠다는 다짐이었다.

"우선 고서의 내용을 이해하는 것도 중요하지만 외우는 것이 더욱 중요하다."

악소천이 눈을 크게 뜨며 말했다.

"이 안의 내용을 모조리 외워야 한단 말입니까?"

"알지 못하면 어떻게 기예를 배우려느냐? 알지 못하고서도 기예를 익힐 수가 있더냐?"

"……."

"마음을 차분히 먹고 외우려고 작정하면 결코 못할 것도 없다고 했지 않느냐. 난 네가 해내리라고 믿는다."

악소천이 눈을 빛내며 말했다.

"물론이옵니다. 이 제자는 할 수 있습니다. 반드시 책 속의 내용을 모조리 외우겠습니다."

빤히 눈을 뜨고 있는데도 자신의 품속에 들어 있는 은자를 꺼내 가버린 사부의 도모술을 배우기 위해서는 이까짓 것쯤은 얼마든지 해낼 수 있었다.

악소천은 그날부터 고서의 적힌 글씨들을 외우기 시작했다. 정확한 뜻은 알 수 없었지만 일단 외우는 데 주력했다.

하지만 외우는 것은 결코 쉬운 일이 아니었다.

내용을 정확히 이해하지 못함으로 외우는 속도는 느리고 더뎠다. 하지만 악소천은 좌절하지 않고 밤을 새워가며 부지

런히 외웠다. 그로부터 정확히 한 달 만에 악소천은 고서의
내용을 모조리 머리에 저장하는 데 성공하고야 말았다.

적지 않은 고서의 내용을 한 글자도 틀리지 않고 줄줄 외우
자 사부의 두 눈이 휘둥그레졌다.

"한 글자도 틀리지 않았다. 완벽하구나."

"이 모든 것이 사부님 덕입니다. 이제 그 뜻을 가르쳐 주십
시오. 무슨 내용인지 궁금해서 미치겠습니다."

"세월이 좀 먹는 것도 아니고 천천히 하나씩 가르쳐 줄 테
니 너무 서둘지 말거라. 먼저 뜻을 가르쳐 주기에 앞서서 한
가지 묻겠다."

"경청하옵니다."

"고서의 내용을 외우면 느낀 것이 있다면 말해보아라."

"다른 글자는 몰라두 뇌(雷)가 가리키는 것이 무엇인 줄은
아옵니다."

"무엇이냐?"

"이상하게도 책의 내용 중에는 뇌라는 말이 부지기수로 들
어 있더군요. 한마디로 뇌밭이더군요."

사부가 빙긋 웃음을 지었다.

"그렇느니라. 너의 말처럼 뇌밭이라고 할 만큼 책 속에는
온통 뇌에 판한 얘기가 실려 있느니라. 너무 오래되어 표지
글씨가 지워져서 그렇지, 이 책은 뇌검심정술이라는 것이
다."

"그것이 무엇인지요."

"뇌에 관한 기록을 적어놓은 책이라는 얘기다. 네가 말했듯 하늘의 벼락에 관한 모든 것이 다 들어 있다."

순간 악소천이 눈썹을 찌푸렸다.

"한 가지 물어봐도 되겠습니까?"

"말해라."

"도모술과 하늘의 벼락은 무슨 연관이 있는 것입니까? 제자의 머리가 우둔하여 아무리 연관성을 찾아보려고 해도 언뜻 상통한 것이 없군요."

사부가 흠칫했다.

하나 이내 표정을 바꾸고 담담한 목소리로 말했다.

"아주 좋은 질문이니라. 언뜻 보면 상통한 것이 없어 보이지만 그렇지 않다. 아주 상관관계가 있다. 그에 대한 것은 차차 알게 될 터이니 우선은 네가 외웠던 내용이 무엇을 뜻하고 있는지 말해줄 것이니 잘 새겨듣도록 해라."

이윽고 사부가 헛기침을 두어 번 하더니 느릿하게 입을 열어 말하기 시작했다.

"뇌를 흡입하면 처음에는 뜨겁고 고통스러우나 점차 몸이 강해지고 단단하여 천하에 어떤 병기도 상처를 입히지 못하고 종국에는 뇌병(雷兵)을 잉태한다. 뇌를 흡수하는 방법은 의외로 어렵지 않는데, 가장 먼저 호흡을 가늘게 가져감으로 시작된다."

악소천은 귀를 세우고 사부의 설명을 들었다. 사부의 목소리를 느리고도 잔잔하게 울려 퍼졌다.

"호흡을 가파르게 하면 뇌가 흩어지고 미약하게 하면 뇌에 상처를 입는다. 뇌를 온전하게 받아들이기 위해서는 마음을 곧게 먹고 세속의 모든 번뇌와 잡념을 송두리째 벗어던진 무념에 잠겨 들숨과 날숨을 고르게 가져가야 한다."

사부의 뜻풀이는 반 각 가까이 진행되었다.

악소천은 뜻이 와 닿는 듯 중간 중간에 고개를 끄덕이며 반색의 기색을 보였다.

"뇌병화영이복겸(雷兵禍盈而福謙), 뇌의 병기는 자만하는 사람에게는 재앙을 주고 겸허한 사람에게는 복을 주노라."

하는 설명을 끝으로 사부의 긴 해석이 끝났다.

사부가 악소천을 똑바로 보며 물었다.

"어떠냐? 느낌을 말해보아라."

"솔직히 말해도 됩니까?"

"물론이다. 사부와 제자 사이에는 부끄러움이나 숨김이 있어서는 안 된다."

"좋습니다. 사실대로 말하겠습니다. 제자는 뭐가 뭔지 잘 모르겠습니다만, 단지……."

"단지?"

"뇌의 기운을 몸으로 흡수하라는 것만 확실히 알 것 같습니다."

"정말 지혜롭고 훌륭하구나. 어떻게 고서 속에 담긴 그 많은 내용을 단 몇 마디로 그렇게 함축해 낼 수가 있단 말이냐. 고서의 내용은 너의 말처럼 뇌의 기운을 흡수하는 방법이 설명되어 있다. 너의 말이 한 치의 틀림이 없다."

"그만 하십시오. 너무 부끄럽습니다."

"지나친 겸양은 오히려 좋지 않다. 넌 칭찬받아 마땅한 말을 했느니라. 처음 보는 순간부터 네가 보통 아이들과 다르다는 것을 느꼈지만 이토록 대단할 줄을 몰랐구나."

사부의 극찬에 악소천의 입가에 미소가 떠올랐다.

"한눈팔지 않고 열심히 배우고 익혀 하루빨리 사부님의 완벽한 기예를 내 것으로 소화시킬 것입니다."

"험… 허험! 그렇게 하거라."

떨떠름한 표정으로 헛기침을 하던 사부가 정색하여 말했다.

"자, 이제 날 따라오너라."

사부가 등을 돌려 걸어갔다.

악소천은 잠시 머뭇거리다 사부의 뒤를 따랐다. 사부는 모옥을 벗어나 망산을 오르기 시작했다. 사부의 뒤를 따르며 몇 번 눈치를 살피던 악소천이 궁금증을 참지 못하고 물었다.

"어딜 가는 것입니까?"

"가보면 알 것이니라."

사흘 전 내린 첫눈으로 곳곳에 눈이 하얗게 쌓여 있었다.

발목까지 빠지는 눈길을 사부는 거침없이 걸었는데 뒤를 따르는 악소천의 호흡이 거칠어졌다.

망산은 그렇게 높지 않은 산이었지만 가팔랐기 때문에 무척 힘이 들었고, 눈까지 내려 무척 미끄러워 악소천은 자주 넘어졌다. 하나 사부는 단 한 번도 넘어지거나 미끄러지지 않고 마치 평지를 걷듯 유유자적 올라갔다.

한 시진쯤 산을 오르자 수직에 가까운 봉우리가 앞을 가로막았다.

망산 제일봉 극조봉이었는데 놀랍게도 그곳에는 눈이 하나도 쌓여 있지 않았다. 봉우리가 높기 때문에 오히려 다른 곳보다 눈이 많이 내렸어야 정상이었으므로 악소천이 물었다.

"정말 해괴하군요. 어찌 여기는 눈이 하나도 내리지 않을 수가 있단 말입니까?"

"자세히 보아라. 풀과 나무도 없느니라."

악소천이 놀라 다시 살폈다. 그런데 사부의 말처럼 온통 암석 천지일 뿐 풀은 물론 단 한 그루의 나무도 눈에 띄지 않았다.

"이게 어찌 된 일입니까?"

"그렇게 놀랄 것 없느니라. 혹시 성양음지(晶陽陰地)이라는 말을 들어보았느냐?"

악소천이 무슨 뜻인지 몰라 두 눈을 멀뚱거리며 사부를 쳐다보았다. 사부가 주위를 둘러보며 말을 이었다.

"이곳 망산은 음산이다. 천하에서 가장 음기가 강한 곳이지. 그런데 오직 한 곳만이 양기가 흐르고 있다. 그것도 적당히 흐르는 것이 아니라 극양의 덩어리로 뭉쳐 있지."

"그럼 극조봉이 정양음지란 말입니까? 그래서 이렇게 눈도 쌓이지 않고 풀과 나무가 살지 못한단 말입니까?"

"맞췄다. 극조봉은 극양의 핵이다. 극조봉 아래에는 어떤 것도 태워 버리는 불덩이가 있지. 그 열기에 의해 이렇게 눈이 쌓이지 않는다."

너무 놀라운 얘기에 악소천의 눈은 크게 부릅떠져 있었다.

극양의 덩어리라는 말을 들어서인지 처음에는 느끼지 못했는데 발바닥에서부터 은은한 열기가 느껴졌다.

"느껴지느냐?"

"조금."

"정상에 올라가 보면 더 할 것이다. 어서 오르자꾸나."

두 사람은 거대한 바위로 이뤄진 극조봉을 부지런히 올랐다. 그런데 간간이 지축을 울리는 굉음이 악소천의 귓가를 파고들었다. 그것은 거대한 폭약이 터지는 것과 비슷했는데 소리가 엄청나게 컸다. 극조봉 정상이 가까워질수록 굉음은 더욱 크게 들렸고 마침내 이각쯤 지나자 두 사람은 방원 일 장여 넓이 정도밖에 되지 않은 극조봉 정상에 올랐다.

"우와!"

극조봉 정상에 오른 악소천이 경악했다.

산정에는 가운데가 움푹 패인 납작한 바위가 있었는데 하늘로부터 그곳을 향해 벼락이 떨어지고 있었다.

슈우욱! 콰아앙!

벼락이 한 번씩 떨어질 때마다 천지를 울리는 굉음을 동반했고 산정의 바위에 정확히 부딪쳤다. 한데 더욱 놀라운 것은 무시무시한 벼락을 맞고서도 바위는 전혀 깨지거나 불길이 일어나지 않는다는 것이었다.

"극과 극은 서로를 잡아당기는 자력의 성질을 갖고 있다. 이곳 극조봉이 극양 덩어리이다 보니 뇌의 기운을 끌어당겨 저렇게 벼락이 치는 것이다."

사부가 놀라운 표정을 감추지 못하는 악소천을 보며 말을 이었다.

"극조봉은 지상에서 가장 강한 양의 대지이고 뇌는 하늘에서 가장 강한 불의 덩어리이지. 두 극양의 덩어리가 서로를 힘차게 잡아끌면서 거침없는 충돌을 하고 있는 것이다."

번쩍!

갑자기 하얀 섬광이 눈앞에 어른거리더니 하늘로부터 뜨거운 뇌전이 지상을 향해 내리찍으며 떨어졌다.

슈우우! 콰앙!

땅을 향해 무서운 속도로 떨어지던 번개가 산정의 둥그런 바위에 정면으로 때렸다.

꿀꺽!

너무 신기한 모습에 마른침을 삼킨 악소천이 조심스럽게 물었다.

"이상하군요. 벼락은 불의 결정이고 위력 또한 가공하여 저런 바위쯤은 순식간에 깨뜨려 버릴 텐데 왜 깨지지 않는 것입니까?"

사부의 눈이 형형히 빛났다.

'단번에 의문을 품다니 역시 보통 아이들과 생각하는 게 차이가 있구나.'

사부가 입가에 잔잔한 미소를 머금으며 말했다.

"담금질이라는 것이다. 자꾸 두드리면 강해지는 것처럼 원래 극조봉의 바위는 엄청나게 컸다. 하나 벼락에 맞아 깨지면서 저렇게 작아졌는데 이제 너무 단련이 되어 벼락을 맞아도 끄떡하지 않는 것이란다."

그때 또다시 한 개의 벼락이 바위에 떨어졌고 흰 불꽃의 파편이 사방으로 튀었다.

그것을 발견한 악소천의 눈이 커졌다.

"지금 뇌의 파편 아닙니까?"

"그렇다."

"뇌가 깨질 수 있는 것입니까?"

"그만큼 저 바위가 단단해졌다는 의미 아니겠느냐?"

악소천은 거듭 놀라움을 감추지 못하며 정색을 하고 물었다.

"그런데 제자를 이곳에 데려온 이유가 무엇이옵니까? 물론 뭔가 가르쳐 줄 것이 있기 때문일 것으로 사료되옵니다만?"

"있다. 그것도 아주 중요한."

악소천이 눈을 치켜뜨며 물었다.

"그게 무엇입니까?"

"고서의 내용을 한 글자도 빠뜨리지 않고 모두 외웠더냐?"

"다시 외워볼까요?"

"아니다. 벼락이 내리치는 저 바위에 앉아 고서의 내용을 따라 호흡을 하거라. 그리하면 하늘에서 떨어지는 벼락이 너의 몸에 저장이 될 것이다."

"네… 네엣?!"

악소천의 두 눈이 찢어져라 커졌다.

"지, 지금 뭐라고 하셨습니까? 제지더러 벼락을 맞으라고 하셨습니까?"

"물론이다. 하나 전혀 겁먹을 것 없다. 외웠던 내용대로 따르기만 하면 결코 죽지 않는다. 뇌검심정술은 벼락을 몸 속에 흡수하는 방법이라고 했지 않느냐?"

"마, 말도 안 됩니다. 어떻게 벼락을 몸 속에 저장할 수가 있단 말입니까?"

"있나."

악소천이 세차게 고개를 흔들었다.

"싫습니다. 전 죽어도 못합니다."

"이 사부의 말을 못 믿겠다는 말이냐?"

"그게 아니라 어떻게 사람이 벼락을 맞고 살 수가 있는지 전 도무지 이해할 수가 없습니다. 그리고 또 한 가지 의문이 있습니다."

"벼락을 맞는 것과 네가 배우고자 하는 이 사부의 솜씨와 무슨 상관이 있느냐고 물으려는 것이더냐?"

"그렇사옵니다. 정확히 설명해 주십시오."

"설명해 주마. 분명히 벼락과 상관이 있음을, 그것도 아주 깊고 간절하게 있느니라."

사부가 뒤로 서너 걸음 물러나 악소천을 마주 보고 섰다.

"두 눈을 뜨고 똑바로 나를 보아라."

"옛!"

두 사람이 서로를 마주 보며 섰다.

스으으!

그때 사부가 다가왔다.

한데 다가왔다고 느끼는 순간 어느새 자신을 지나쳤다.

'아주 느린 것 같았는데 어느새 지나가 버리다니 엄청난 속도의 걸음이다.'

뛰어난 도모수는 걸음이 좋아야 한다는 것을 귀가 아프도록 듣고 살아왔다. 낙양의 저잣거리를 주름잡는 전설적인 도모수들치고 걸음이 느린 사람은 아무도 없다. 그들의 움직임이란 두 눈을 뜨고 있어도 자세히 알아볼 수 없을 만큼 은밀하고 괴이하다. 그래서 틈나는 대로 걸음 연습을 해 이제 속도와 변화에 관한 누구에게도 함부로 뒤지지 않는다고 자부했는데 사부의 걸음은 상상을 초월했다.

'설마!'

또다시 뭔가 짚이는 것이 있어 악소천은 잽싸게 품속을 뒤졌다.

은자 두 닢을 비상금으로 가슴속 깊이 감추어두었는데 사라지고 없었다. 잽싸게 돌아서서 사부를 쳐다보았는데 자신의 품속에 있던 은자 두 닢이 사부의 손끝에 잡혀 있었다.

'어떻게?'

통상 표적의 주머니를 노리기 위해서는 대부분 어깨를 부딪치거나 아는 체를 하여 상대의 경계심과 이목을 흐리게 하는 따위의 방법을 사용한다.

그런데 지금 사부는 그 두 가지 동작 중 어떤 것도 실행하지 않고 단순히 지나갔을 뿐인데 은자를 꺼내가 버렸다. 더구나 걸음도 빨랐지만 가슴속은 언제 더듬었단 말인가.

표적과의 신체적 접촉이라는 소통이 전혀 없이 도모술을 펼친다는 것은 악소천의 상식으로는 엄청난 능력이었으므로 한동안 벌려진 입을 다물지 못했다.

"어떠냐?"

악소천이 감동으로 마른침을 삼켰다.

"주, 죽입니다."

"내가 하면 너도 할 수 있다."

"그, 그러니까 지금 그런 걸음을 배우기 위해서는 벼락을 맞아야 한단 말입니까?"

"사부의 걸음을 보았느냐?"

"놀랍도록 빠릅니다."

"가슴을 더듬어 은자를 꺼내갔던 손은?"

"전혀 느끼지 못했습니다."

"모든 공부에는 단계라는 것이 있다. 어떠한 목표에 도달하기 위해서 거쳐야 할 과정이지. 걸음을 뛰어나게 하고 손놀림을 원활하게 만드는 데에는 반드시 한 가지 조건이 따른다."

그게 무엇입니까?"

"힘이다, 힘[力]! 손과 발이 빨라지기 위해서는 힘이 있어야 한다. 대저 빠름이란 힘이 밑받침될 때만이 가능하다."

"그래서 벼락을 맞으면 힘이 생긴다는 얘깁니까?"

"고서 속에 적힌 내용은 벼락을 이용해 몸 속에 힘을 축적하는 방법이다. 그렇게 하여 힘을 얻으면 그때부터 본격적으로 사부의 걸음을 배울 것이다."

大妖魔王

九大魔王

익소천이 망설임없이 대답했다.

"하겠습니다."

도모술을 익히기 위해서라면 무슨 일이든 두렵지 않았다. 조금 전 사부는 두 눈을 뜨고 있는데도 자신의 품속에 들어 있는 은자 두 닢을 가져가 버렸다. 신체적 접촉이 없이는 절대 도모술을 성공할 수 없다는 기존의 고정관념을 사부는 송두리째 흔들어 버린 것이다.

"어떻게 하면 벼락을 맞아도 죽지 않습니까? 자세히 설명해 주십시오."

"어렵게 생각할 것 없다. 저 바위에 반듯이 누운 다음 벼락

이 떨어질 때마다 고서에 적혀 있던 내용을 운용하면 되느니
라.”

꿀꺽!

바위를 바라보는 악소천의 두 눈이 이글거렸다.

바위의 크기는 일 장 정도 되었고 유독 한 부분이 움푹 패
어 있었는데 그곳으로 벼락이 집중적으로 떨어지고 있었다.
왕왕 벼락을 맞았는데도 죽지 않은 사람이 있다는 말은 들어
보았지만 과연 자신도 그렇게 될 수 있을지 자신은 없었다.
아무런 원한도 없는 사부가 자신을 죽이기 위해 허튼소리를
할 이유는 없다.

‘이판사판.’

죽음이 두렵지 않은 것은 아니었다.

지금까지 짧고 굵게 살겠다는 생각을 해본 적은 한 번도 없
었다. 어떻게 해서라도 오래 사는 것이 자신의 소망이었다.

벼락을 맞으면 죽는 것이 정상이었지만 사부의 말을 믿기
로 했다. 하지만 막상 다가가려고 하니 걸음이 떼이지 않았
다.

‘으음!’

입 안이 바짝 바짝 탔다.

악소천은 느릿하게 한 걸음 다가갔다. 자신도 모르게 두 주
먹이 불끈 쥐어졌고 금방이라도 그만두고 싶은 생각이 굴뚝
같았지만 사부의 신기를 떠올리는 순간 이내 마음을 강하게

고쳐먹었다.

악소천은 바위를 노려보며 천천히 걸음을 옮기기 시작했다.

'반드시 배워야 한다.'

어깨를 부딪치지도 않고 그냥 지나가면서 상대 주머니를 털어버리는 기예를 얻는다면 낙양의 모든 돈이 자신의 것이 될 것이다. 그렇게 되면 지긋지긋한 고생도 종지부를 찍는 것이고 누구도 부럽지 않을 것 같았다. 한마디로 큰소리 떵떵 치며 살 수 있게 되는 것이다. 머지않아 세상의 모든 돈이 자신의 것이 된다고 생각하자 온몸에 전율이 일었다.

'흐흐흐!'

저절로 웃음이 흘러나왔다.

그렇게 되면 봉황루이 그 계집을 끌어안고 실컷 술을 마실 수도 있을 것이다. 낙양의 모든 사내들이 소원하는 그 계집과의 술자리가 꿈은 아니었다. 하지만 낙양제일의 거부, 금룡산장의 하대출이 그 계집과 하룻밤 술을 마시는 데 무려 황금 백 냥을 썼다는 소문을 듣고 얼마나 부러워했던가.

반드시 돈을 보따리를 짊어지고 찾아가 계집의 하룻밤 수청을 받고 말 것이다. 자신의 발목을 붙잡고 매달리며 제발 사랑해 달라고 싹싹 빌도록 만들고야 말 것이다.

스윽!

바위로 다가간 악소천이 손을 뻗어 만져 보았다. 벼락을 맞음으로 인해 몹시 뜨거울 것이라고 생각했는데 바위는 의외로 미지근했다. 잠시 바위를 더듬거리며 매만지던 악소천이 조심스럽게 올라가 중앙으로 걸어갔다.

움푹 패인 곳에 이르자 사부가 말했다.

"벼락이 단전에 격중될 수 있도록 위치를 조절하여 누워라."

악소천은 사부가 시키는 대로 벼락이 단전을 때릴 수 있도록 위치에 맞추어 누웠다.

"두려워할 것 없다. 두 눈을 뜨고 있다가 벼락이 떨어지는 기색이 보이면 잽싸게 구결을 운용해라. 그러면 된다."

악소천은 누워 말했다.

"열심히 내용대로 운용하기만 하면 됩니까?"

"그렇다. 결코 네가 염려하듯 죽거나 다치는 일은 결코 없을 것이다."

"사, 사부님만 믿겠습니다."

악소천은 하늘을 올려다보았다.

다른 쪽 하늘은 모두 푸르고 맑은데 유독 극조봉 정상만은 짙은 먹구름이 잔뜩 끼어 있었다. 강력한 극양의 자력에 벼락이 만들어지기 위해 구름이 몰려드는 것이라고 사부는 말했다.

꿀꺽!

자꾸 마른침이 넘어갔고 가슴이 떨려왔다. 마음속으로 괜

찮을 것이라고 술하게 다짐을 하는데도 가슴은 좀체 진정되
지 않았다.

두근두근!

잠시 주위는 정적에 휩싸였고 가슴 두근거리는 소리가 산
울림처럼 들렸다.

번쩍!

바로 그때 어두운 하늘에 한줄기 섬광이 일어났다.

순간 악소천의 눈이 부릅떠졌다.

'벼, 벼락이다!'

사부의 목소리가 다급히 들려왔다.

"겁먹을 것 없다. 그냥 벼락이 치는 순간 길게 호흡을 조절
하면서 재빠르게 구결을 운용하면 된다."

슈우욱!

'오, 온다!'

아주 짧은 순간이지만 분명히 자신을 향해 떨어지는 불덩
이를 악소천은 보았다.

"무은신랑지 응조천석용 과천이밀위 다축말생고……."

악소천은 호흡을 잘게 가져가며 신속히 구결을 외우기 시
작했다.

"언친분뇌가 칠결사오기 마뇌사상뢰."

퍼어억!

바로 그 순간 벼락이 단전을 때렸다.

“크우욱!”

단전이 찢어질 듯 아파왔다. 하나 고통은 순식간에 뜨거운 열기로 변해 온몸을 태울 듯 점령해 갔다. 순간적으로 자신이 불구덩이에 던져진 듯한 느낌이 들었고 열기에 자신도 모르게 악을 쓰며 비명을 질렀다.

“으아악!”

사부가 벼락같이 외쳐 말했다.

“안 된다. 비명은 단전으로 들어온 뇌(雷)의 기운을 입을 통해 토하는 꼴이 되므로 이를 물고 참아야 한다. 신속히 구결대로 운용하면서 모든 열기와 고통을 속으로 삼키거라.”

눈앞에 아지랑이가 피어올랐고 단전이 뜨거운 불 몽둥이로 한 대 얻어맞은 것처럼 화끈거렸다.

슈우욱!

또다시 벼락이 떨어졌다.

악소천은 이를 악물고 구결을 읊기 시작했다.

“사오기일곤 건곤무형필 절음뇌살흡 오행제미뇌.”

콰아앙!

“아… 꾸욱!”

터져 나오는 비명을 어금니를 짓깨물며 참아내었다. 그리고 재빠르게 구결을 따라 단전을 찌를 듯 파고드는 열기를 신속히 몸 속으로 흡수했다.

“학차십칠조 파공사일력 단혈진수룡 죽나성완구.”

단전이 얼얼하여 슬며시 손으로 만져 보았는데 이글거리고 있었다. 손을 댈 수 없을 만큼 뜨거운데도 자신이 죽지 않고 살아 있다는 것에 불현듯 야릇한 기분이 들었다.

단전으로 들어온 열기는 운용하는 구결을 따라 전신의 맥을 타고 흘렀고 찌를 듯이 뜨거운 기운이 온몸을 줄달음쳤다.

악소천은 연신 거친 호흡을 내뱉으며 구결을 읊었다.

콰— 콰콰콱!

벼락은 계속 떨어졌다.

벼락이 한 번씩 단전에 박힐 때마다 악소천의 몸이 용수철처럼 튕겨 오르며 요동을 했다. 하나 결코 닫힌 입은 벌려지지 않았고 더 이상 비명도 흘리지 않았다. 터져 나오는 비명을 이를 악물고 눌러 삼켰다.

“이이익!”

퍽! 콰콰콱!

벼락이 연거푸 떨어졌고 그럴 때마다 몸이 거칠게 요동했지만 입은 악착같이 다물었다.

‘과연!’

그 모습을 지켜보던 사부가 고개를 끄덕였다.

자신도 벼락을 맞아보았기 때문에 그 열기와 고통을 능히 살 알고 있었다. 살아 있는 인간이라면 결코 참을 수 없을 열기와 온몸을 산산조각 낼 것 같은 아픔이 밀려오는데도 악소천은 꿋꿋하게 참아내고 있었다.

'보고 또 봐도 천골임이 분명하다.'

사부가 마른침을 삼켰다.

벼락은 줄줄이 떨어졌다.

슈우욱! 콰아앙! 퍼퍼퍽!

작렬하는 열기로 인해 온몸이 땀으로 흠뻑 젖었다.

악소천은 터져 나오는 신음을 삼키며 두 눈을 부릅뜨고 떨어지는 벼락을 노려보았다.

'어쨌든 남의 주머니를 노리는 범죄를 배우기 위해 과감히 목숨을 걸다니 실로 무서운 아이다.'

사부의 두 눈이 형형한 빛을 뿌렸다.

"귀순육절뇌 박명허십뇌."

악소천은 한 번씩 내리칠 때마다 부지런히 구결을 암송했고 소낙비처럼 쏟아지던 벼락이 잠시 뜸해지자 사부가 물었다.

"어떠냐? 괜찮으냐?"

악소천이 누운 채 씹어뱉듯 말했다.

"씨이벌, 이왕 시작했으니 끝장을 봐야 하지 않겠습니까?"

"바로 그것이다. 그것이 대장부다운 모습인 게야."

"또 온닷!"

또 한 개의 벼락이 떨어졌고 악소천은 악을 쓰며 구결을 외웠다.

"자… 잠와승구천 무흔설답공 충소소천호 암동부향슬…

학학!"

핏대를 올리며 소리치는 악소천을 바라보며 사부는 연신 고개를 끄덕였다. 그것은 무척 만족스런 표정이었고 자신의 판단이 틀리지 않았음에 흡족해하고 있었다.

해가 떨어지는 유시가 되자 벼락이 잠잠해지면서 극조봉 정상을 뒤덮고 있던 먹구름이 조금 걷혔다. 몰려든 벼락이 모두 떨어진 것 같았다.

"……."

그제야 악소천은 바위에서 몸을 일으켜 세웠다. 한데 자신의 몸을 살펴보던 악소천은 깜짝 놀라고야 말았다. 엄청난 벼락을 맞았는데도 옷자락은 물론 머리카락 한 올 불탄 흔적이 없었다. 워낙 충격이 거셌던 탓에 골이 조금 덜렁거리고 단전에서 은은한 화기가 풍길 뿐 몸은 상처 하나 없이 거뜬했다.

"거참!"

"고생했다. 첫 수련인데도 무척 잘 참아주었다."

바위에서 걸어 내려오는 악소천을 보며 사부가 칭찬을 아끼지 않았다.

"아픈 곳은 없느냐?"

"약간 골이 덜렁거릴 뿐 크게 이상한 곳은 없습니다."

그러면서 신기하다는 듯 오른손으로 벼락을 맞았던 단전을 매만져 보았다. 막 불을 넣은 아랫목처럼 뜨겁지도 않고 차갑지도 않은 미지근한 온기가 느껴졌다.

다음날부터 벼락을 몸 안에 흡수하는 악소천의 뇌검심정술 수련은 본격적으로 시작되었다. 벼락을 가져오는 극조봉의 먹구름은 묘하게 오시부터 끼기 시작해 유시에 흩어졌다. 그래서 악소천은 오전에 미리 나무를 해놓고 오시부터 수련에 임했다.

첫날의 경험은 악소천에게 자신감을 주었다.

바위 앞에서 쭈뼛거리던 행동은 더 이상 찾아볼 수가 없었고 안방을 들어가듯 당당하게 올라가 큰대 자로 누웠다.

어서 빨리 뇌검심정술을 배워 환상적인 사부의 기예를 배우겠다는 일념하에 악소천은 수련에 열성적이었다. 그런 악소천을 바라보는 사부는 연신 흡족한 표정을 감추지 못했다.

그리고 어느 한순간 악소천은 자신의 몸이 점차 변하고 있다는 사실을 깨달았다.

몸 속에 정체를 알 수 없는 묘한 기세가 흐르고 있었다. 그것은 언뜻 물줄기 같았는데 자신이 뇌검심정술의 구결을 운용하면 그에 따라 온몸을 누비고 다녔다. 그것은 힘이 되어 몸 밖으로 표출이 되기도 했는데 나무를 할 때 역력히 나타났다. 두 손으로 휘두르던 도끼를 언젠가부터 한 손으로 거머쥐었고 아름드리나무가 서너 번의 도끼질에 허망하게 넘어갔다. 처음에는 어쩌다 한 번 그러려니 했지만 얼마 지나지 않아 모든 것이 뇌검심정술 효과 덕이라는 것을 깨달으면서 수련에 더욱 매진했다.

금방 잡은 듯 핏물이 뚝뚝 떨어지는 고깃덩이가 처마 끝에 길게 걸려 있었다. 핏물로 얼룩진 옷차림의 가우생이 지금 막 잡은 쇠고기를 부위 별로 나누고 있었다.

사삭!

쇠고기는 삽시간에 여러 덩이로 쪼개졌고 막 잡은 고기를 사기 위해 적지 않은 사람들이 정육점 앞에 줄지어 기다렸다.

"돈이 물밀듯 밀려오는구나."

갑자기 들려오는 음성에 가우생이 이마에 가득 맺힌 땀방울을 훔치며 고개를 쳐들었다.

악소천이 사람들을 헤치며 정육점을 들어서고 있었다.

"소천!"

가우생이 반색하며 말했다.

"도대체 이게 얼마 만이지? 그동안 보이지 않아서 너희 집까지 찾아갔었는데 어디서 무엇을 했기에 코빼기도 안 보인 거야?"

악소천이 야릇한 웃음을 지었다.

"그럴 일이 조금 있었지. 고기 두 근만 다오. 아주 부드러운 속살로 말이야."

"어디에 쓸 건데? 아버님 기일 돌아오려면 아직 멀었잖아?"

"사부님 드릴 거야. 이가 튼실하지 못해 잘 씹지 못하니까 아주 연한 걸로."

가우생이 놀란 표정으로 쳐다보았다.

"사, 사부? 글을 가르치는 스승님 말이야?"

악소천이 대답 대신 고개만 끄덕였다.

가우생이 눈을 휘둥그레 뜨며 물었다.

"도대체 무슨 말을 하고 있는 거지? 소천 네가 스승님을 모셨단 말이야?"

악소천이 의미심장한 표정을 지으며 어깨를 으쓱했다.

"사실 지난 석 달 동안 이 몸에게 적지 않은 사건과 사고가 있었느니라."

가우생이 눈을 빛내며 물었다.

"좀 자세히 말해봐. 무슨 사건 사고가 있었다는 거야?"

악소천이 씨익 웃음을 지었다.

"너도 내 취미 생활을 알겠지? 이것 말이야."

악소천이 말을 하면서 오른손을 세모꼴을 만들어 날카롭게 찌르는 시늉을 해 보였다.

순간 가우생의 눈이 커졌다.

"설마 일이 잘못되어 관부에 끌려 들어갔다 나온 것이란 말이냐? 그럴 줄 알았어. 내가 뭐랬느냐? 꼬리가 길면 잡힌다고 조심하랬잖아."

가우생은 악소천이 관부에 끌려갔다가 나온 것으로 착각

하고 큰소리로 떠들었다.

"거기 딸려 들어가면 반은 죽어서 나온다고 하는데 고생 많이 했겠구나."

악소천이 고개를 가로저었다.

"내가 관부 따위에 끌려갈 놈으로 보이느냐? 그게 아니라 아까 말했듯 한 늙은이를 만났지. 사부라고나 할까."

악소천이 헛기침을 내뱉은 후 미륵존자를 만나게 된 경위와 그의 밑에서 도모술을 배우고 있다는 것을 말해주었다. 그러면서 단전에 벼락을 맞으면 힘을 키우고 있다는 대목까지 장황하게 설명했다.

단전에 벼락을 맞고 있다는 말에 가우생의 눈이 경악으로 부릅떠졌다.

"벼, 벼락이라니? 하늘에 있는 그 벼락 말이야?"

"너는 그 벼락이 무섭게 느껴지겠지만 난 그렇지 않아."

"그래서 지금 미륵존자란 늙은이, 아니, 사부로부터 벼락을 맞으면서 도모술을 배우고 있다는 얘기 아냐?"

가우생이 얼른 표현을 고쳐 말했다.

"두고 봐라. 도모술을 완벽하게 배우게 되는 순간 낙양의 돈은 모조리 내 것이 되고 말 것이다."

"도대체 얼마나 솜씨가 뛰어나면 도모술에 관한 두 번째가라면 서러워할 네가 사부님으로 자청해서 모시고 있단 말이냐?"

악소천의 눈이 가늘어졌다.

사부의 도모술만 생각하면 아직도 가슴이 떨린다는 듯 약간 격앙된 목소리로 말했다.

"늙은이 도모술에 관해 말한다면 한마디로 환상이지. 신기라고나 할까. 두 눈을 뻔히 뜨고 있는데도 내 품속에 있는 은자를 가져가 버렸다면 믿겠느냐?"

"그, 그게 사실이라면 엄청나구나?"

"낙양제일의 도모수라는 천면신투도 감히 그 늙은이와는 비교가 안 될 것이다."

"그래서 앞으로 계속 그 미륵존자라는 사람 밑에서 도모술을 배우겠단 말이냐?"

"그러니까 이렇게 고기를 사러 왔지. 뭐 하느냐? 어서 부드러운 부분으로 은자 세 냥어치만 다오."

가우생이 익숙한 솜씨로 고개를 자르며 말했다.

"알았어. 한마디로 사부에게 아부하는 것이구나."

"흐흐! 세상사 다 그런 것 아니냐? 어차피 밑으로 들어갔으니 제대로 배우려면 잘 보여야 하잖아."

"하긴, 고기 사들고 다니는 제자 미워할 사부 없지."

가우생이 뭉텅하게 자른 고기를 종이에 둘둘 말아 악소천에게 내밀었다.

"여기 있다."

"세 냥어치만 달라는데 너무 많은 것 아니냐?"

"친구 좋다는 게 뭐냐? 그냥 가져가."

악소천이 가우생이 내민 고기를 건네받으며 미소를 지었다.

"고마워. 돼지 같은 늙은이가 고기가 없으면 식사를 하지 않아서 말이야."

"언제 끝나는 것이냐? 기술 배우는 것 말이야?"

"글쎄, 언제까지라도 꼬집어 말할 수는 없지만 뛰어난 기예인데 쉽게 얻어지겠느냐? 길어봤자 일이 년이면 떡을 치겠지."

가우생이 놀란 듯 눈을 크게 뜨고 말했다.

"각오가 대단하구나."

"배우기만 하면 큰 돈을 벌게 되는데 그까짓 몇 년 고생이 별것이겠느냐? 그만 가겠다."

문을 열고 나가는 악소천을 보며 가우생이 고개를 갸웃거렸다.

'살아생전 지놈 아버지에게도 고기 한 근 사주지 않았는데……'

문밖으로 휘적휘적 사라지는 악소천을 쳐다보던 가우생이 다시 고기를 열심히 자르기 시작했다.

저잣거리를 지나 조그만 숲길로 들어섰다.

사부가 살고 있는 모옥은 낙양 저잣거리에서 북쪽으로 십여 리 정도 떨어진 망산 초입에 있었다.

휘이이!

계절은 이미 겨울에 접어들었고 길가의 나무들은 잎사귀를 모두 떨군 채 앙상한 가지만 바람에 흔들거리고 있었다.

떨어진 낙엽을 밟으며 숲길을 지나던 악소천의 발걸음이 갑자기 멈추었다. 그리고 두 귀를 쫑긋 세우고 눈살을 찌푸렸는데 바람결에 뭔가 부딪치는 소리가 들려왔다. 잘못 들었는가 싶어 서너 발자국 다시 걸었을 때 이번에는 좀 더 선명하게 들려왔으므로 주위를 두리번거렸다.

'분명히 무슨 소리가 들렸는데…….'

악소천은 고개를 기우뚱거리며 다시 걸음을 옮겼다.

쨍— 채쟁!

이번에는 더욱 또렷하게 들려왔다.

그것은 쇠가 부딪치는 소리였는데 좌측 숲속에서 들려왔으므로 악소천은 조심스럽게 소리를 따라 숲 안으로 걸음을 옮겼다. 뭔가 부딪치는 소리는 더욱 가깝게 들려왔고 조그만 언덕을 올라서던 악소천은 잽싸게 자세를 낮추며 바위 뒤에 몸을 숨겼다.

스윽!

악소천은 조심스럽게 고개를 빼고 전방을 살폈다. 언덕 위에는 제법 넓은 공터가 있었고 그곳에서는 지금 치열한 싸움이 벌어지고 있었다.

'무림인들이닷!'

공터에는 오십여 명의 무사가 서로 뒤엉켜 치열한 싸움을 벌이고 있었다. 양쪽 모두 흑의를 걸쳤는데 복면을 한 쪽과 하지 않은 쪽으로 뚜렷하게 편이 나누어져 있었고, 이미 바닥에는 십여 구의 시신이 널브러져 있었다.

그런데 싸움은 복면을 하지 않은 쪽이 일방적으로 밀리고 있었다. 그것은 아마도 수적인 열세 때문인 듯했는데 복면을 한 사람들의 숫자가 무려 마흔 명이었지만 그에 비해 복면을 하지 않은 사람들은 고작 열 명밖에 되지 않았다. 바닥에 나뒹굴고 있는 시신 열 구 중 무려 여덟 구가 복면인들인 것을 보면 복면을 하지 않은 사람들의 무예가 결코 호락호락하지 않다는 것을 알 수 있었으나 워낙 수적인 열세로 계속 밀리고 있었다.

잠시 바위 뒤에 숨어 구경을 하던 악소전은 슬그머니 뒤로 몸을 빼냈다.

'재수없는 놈늘 같으니.'

무림인들과는 몹시 불쾌한 기억이 있었다.

이 년 전 그날 악소천은 해가 떨어지는 석양 무렵 한 개의 표적을 발견했다. 양손을 소매 속에 넣고 팔짱을 한 오십가량의 대머리중년인이었는데 호귀금(虎貴錦)으로 된 옷을 걸치고 있었다. 호귀금은 한 벌에 금화 두 냥을 호가 하는 고가의 비단이었다.

한눈에 거액을 갖고 있다는 것을 읽어낸 악소천은 망설임 없이 공격을 개시했다.

도모수의 눈은 보통 사람들과 다르다. 특히 표적이 많은 돈을 갖고 있는지 없는지 구분해 내는 능력 하나 만큼은 동물적이었다. 돈을 갖고 있는지 모양새만 있어 보일 뿐 빈털터리인지를 구별해 내는 것을 안술(眼術)이라고 한다. 뛰어난 도모수가 될 수 있는 여러 조건 중 안술은 매우 중요한 부분을 차지한다. 그래서 전설적인 도모수들일수록 표적을 구분해 내는 재능은 거의 백발백중인데 자신의 안술 또한 상당한 경지에 이르렀다고 자부하고 있었다. 당시까지 악소천은 단 한 번도 잘못된 안술로 실패를 해본 적이 없었다.

평소처럼 어깨를 부딪치고 비틀거리는 표적의 앞가슴을 뒤지는데 예상대로 상당한 은자가 손에 잡혔다. 대략 다섯 냥은 너끈해 보이는 은자를 꺼내는 순간 그만 들키고 말았다. 자신의 실수라기보다는 상대의 감각이 탁월한 탓이었는데 무려 다섯 냥의 은자가 빠져나가면서 갑자기 허전해지는 앞가슴을 이상하게 여긴 것이다.

악소천은 곧바로 도주를 감행했다. 실패했을 때는 무조건 도망치는 것이 최선이다. 신속히 인파 사이로 몸을 감추었는데 대머리중년인이 뒤를 쫓아왔다.

공격에 실패했을 때 표적들의 반응은 한 가지 공통된 성향을 보이는데 거의가 '저놈 잡아라!' 하는 따위의 소릴 지르며 몇 걸음 추적해 오다 그만 포기한다.

악소천은 미로와 같은 낙양의 뒷골목으로 도주했다. 실타래처럼 얽힌 뒷골목에 한 번 들어서면 아무리 추적술이 뛰어난 사람일지라도 놓치기 일쑤였다. 그런데 대머리중년인은 악착같이 따라왔다. 낙양의 복잡한 뒷골목을 이리저리 빙빙 돌며 떨어뜨리려 노력했지만 허사였다.

그리고 어느 한순간 뒤를 돌아보던 악소천의 소스라치게 놀라고 말았다. 사내의 발이 땅에 닿지 않고 있음을 발견했는데 그는 일반 사람이 아닌 무림인이었던 것이다.

도모수의 철칙 중 하나는 어떤 일이 있어도 무림인을 건드리지 않는 것이다. 아무리 돈을 많이 갖고 있어도 상대가 무림인일 때는 외면하는데, 그 이유는 만에 하나 일이 잘못되어 발각이 되거나 붙잡히면 목숨이 위태로워지기 때문이었다.

무림인들은 손속이 잔인했다. 일반인들에게 붙잡히면 고작 관부에 끌려가 몇 년 뇌옥을 살다 나오면 되지만 무림인에게 잡히면 아주 위험했다. 그들은 심성이 사납고 손속이 잔인하여 사람의 동물 죽이듯 했다. 이따금 무림인을 공격했다가 실패하여 목숨을 잃은 동료도 적지 않았다.

대머리중년인은 입에 거품을 물고 쫓아왔는데 한눈에 잡히면 뼈도 주리지 못할 것이 뻔했다.

악소천은 이를 악물고 도주했다. 신법을 펼치기 때문에 탁 트인 곳이나 한적한 곳으로 도주하면 무조건 불리했기에 의

도적으로 구부러진 골목길과 인파가 북적이는 저잣거리만을
다람쥐 쳇바퀴 돌듯 도망 다녔다. 금방이라도 잡힐 듯하면서
도 미꾸라지처럼 빠져나가는 악소천을 향해 대머리중년인은
온갖 욕설을 다 퍼부었다. 그렇게 두 사람의 쫓고 쫓기는 추
격전은 무려 사흘 동안 계속되었다.

끝내 대머리중년인이 먼저 포기하면서 두 사람의 추격전
은 막을 내렸지만 그날 이후 악소천은 무림인들이라고 하면
꿈에서조차 고개를 돌렸다. 그때까지 무림인들이라고 하면
사람을 밥 먹듯이 죽이는 상종해서는 안될 부류라고 생각했
는데 그토록 끈질긴 면까지 갖추고 있을 줄은 미처 몰랐다.

"……."

악소천은 혹시 발각될 수도 있었으므로 조심스럽게 발자
국 소리를 죽여 사건 현장을 물러 나왔다. 어느 정도 거리가
생기자 길게 한숨을 내쉬고 걸음을 재촉했다. 무림인들은 자
신의 삶에 백해무익한 존재들이었다.

저벅저벅!

악소천은 걸음을 재촉했다. 병장기 부딪치는 소리도 거리
가 멀어지면서 더 이상 들려오지 않았다.

사부가 살고 있는 망산 초입의 모옥까지 가려면 두 개의 고
개를 넘어야 한다. 첫 번째 고개를 넘고 두 번째 고개를 넘기
위해 부지런히 발걸음을 옮기던 악소천의 발걸음이 얼어붙은

듯 그 자리에 멈춰 섰다.

척!

한 명의 흑의여인이 자신이 가야 할 길 한가운데를 가로막고 서 있었다. 마치 지옥에서 뛰쳐나온 듯 흑의여인은 전신에 심한 상처를 입은 피로 범벅된 모습이었는데 쓰러지려는 몸을 한 자루 검에 의지하고 있었다.

악소천의 안색이 굳었다. 한눈에 조금 전 언덕 위에서 싸우던 흑의인들 중 한 명이라는 것을 알아보았기 때문이었다.

"넌 누구냐?"

흑의여인은 표독한 눈으로 쏘아보며 물었다.

악소천이 더듬거리며 물었다.

"그러는 당신은 누구요?"

순간 흑의여인이 검을 들어 바람같이 악소천을 찔렀다.

"으헉!"

흑의여인의 검이 악소천의 턱 밑에 바짝 들이대어져 있었는데 검신에 아직 덜 마른 검붉은 피가 묻어 있었다. 무림인이라는 것이 신경 쓰이긴 했지만 초면에 탕탕 말을 놓는 것에 화가 났고, 또한 은근히 여자라는 것에 용기를 내어 신경질적으로 되물었던 것인데 검이 날아왔으므로 악소천은 가슴이 철렁했다.

"왜… 왜 이러십니까? 우리 말로 합시다."

"묻는 말에 넌 대답만 해라."

“뭐든지 물어주십시오.”

“이름이 뭐냐?”

“악소천이라 합니다.”

흑의여인이 날카로운 눈으로 악소천을 쏘아보았다. 어찌
나 눈빛이 매서운지 악소천은 눈이 바늘로 찌르는 것 같았다.

“그것은 뭐냐? 손에 들린 것 말이다.”

악소천이 노란 포대에 둘둘 말린 고기를 들어 보이며 말했
다.

“고기오. 늙은이, 아니, 존경하는 사부님에게 드리기 위해
시장에서 산 것이오.”

“우욱!”

흑의여인이 한 모금의 피를 토했다.

호흡이 거칠어지며 금방이라도 쓰러질 것 같았으므로 악
소천이 염려스런 표정으로 물어보았다.

“많이 아픈 것 같은데 내가 도울 것은 없습니까?”

“괜찮다. 신경 쓰지 마라. 으웩!”

그러면서 다시 피를 뱉고 휘청거리더니 길가 소나무에 쓰
러지듯 부딪쳤다.

쿵!

“나, 낭자!”

악소천이 잽싸게 쓰러지려는 흑의여인의 왼팔을 붙잡았
다.

"네, 네 이놈 감히 어딜 잡……?"

흑의여인은 말을 채 끝내지 못하고 그대로 의식을 잃고 자신의 품 안에 쓰러져 버렸다.

"뭐야? 기절했잖아."

흑의여인의 안색은 백지장처럼 창백했다. 악소천은 당황한 표정을 감추지 못하다 흑의여인을 끌어안은 채 맥을 짚어 보았다. 맥이 뛰긴 했지만 무척 가늘었으므로 악소천은 심각한 표정을 지었다. 의술에 조예가 깊지는 않지만 몸 상태가 나쁠수록 맥이 약하다는 것쯤은 알고 있었다.

'젠장!'

악소천은 투덜거렸다.

필시 과다한 출혈로 의식을 잃은 것이 분명했다.

마음 같아서는 죽든 말든 당장 내팽개치고 도망치고 싶었다. 하지만 아직 살아 있는 생명을 외면하고 발걸음을 옮긴다는 게 쉽지 않았다. 잠시 망설이던 악소천이 입술을 지그시 깨물었다. 아무리 무림인과 좋지 않은 기억이 있긴 하지만 죽어가는 사람을 방치하고 떠날 수는 없었다.

언젠가 죽은 아버지께서 몸을 두드려 기절한 사람의 의식을 일깨운 것을 본 적이 있었다. 당시 아버지는 충격을 받거나 갑자기 의식을 잃은 사람은 혈맥이 막혔기 때문이므로 손바닥을 이용해 몸을 두드려 주면 혈맥이 소통되어 의식을 차린다고 했었다.

아버지는 그것을 추궁과혈이라고 했다. 한데 추궁과혈을 시전하자면 흑의여인의 옷을 벗겨야 했다. 아무리 목숨을 구하기 위해서라지만 생면부지의, 그것도 여자의 몸을 벗긴다는 것은 쉽지 않았으므로 악소천은 또다시 망설였다.

바로 그때였다.

"이쪽이다. 여기 핏방울이 떨어져 있다."

우측 숲속으로부터 날카로운 외침이 들려왔다. 악소천은 한눈에 흑의여인을 공격했던 복면인들이라는 것을 알아차렸다.

잡히면 흑의여인은 물론이고 자신까지 죽을 것이다.

휘익!

악소천은 다급히 흑의여인을 들쳐업었다. 이미 이 근처의 산세에 대해서는 훤히 꿰뚫고 있었으므로 흑의여인을 들쳐업은 악소천은 좌측 숲속으로 뛰어들었다. 머지않은 곳에 겨울에 곰들이 동면하는 제법 큰 동굴이 있었다.

악소천이 사라지고 얼마 지나지 않아 다섯 명의 복면인이 장내에 나타났다.

"봐라. 피다."

흑의여인이 토해놓은 피를 발견한 사내들의 눈빛이 야수처럼 발광하며 주위를 살폈다.

"보나마나 이 근처에 숨어 있을 것이다. 각자 흩어져서 계집을 찾아라."

사내들이 일제히 시방으로 흩어졌다.

동굴 입구에 가시덤불이 우거져 있어서 자세히 보지 않으면 발각될 염려는 없었다. 악소천은 곰들이 깔아놓은 바닥의 마른 풀 위에 흑의여인을 눕혔다.

흑의여인의 얼굴은 하얗다 못해 푸르게 변하고 있었다. 피가 소통되지 않으면서 얼굴이 굳어가는 징조인 것이다.

악소천은 흑의여인 곁에 무릎을 꿇고 앉았다. 그리고 혼잣말을 중얼거렸다.

"분명히 말하지만 이건 낭자를 살리기 위한 부득이한 조처이니 나중 깨어나더라도 나한테 행패를 부리거나 그러면 절대 안 되오."

후우!

길게 심호흡을 하고 양손을 앞가슴으로 가져갔다. 하나 악소천은 옷을 곧바로 벗기지 못하고 머뭇거렸다. 손끝이 떨려왔고 속절없이 마른침이 넘어갔다.

악소천이 헛기침을 했다.

"허험! 그럼 지금부터 진짜 벗기겠소."

떨리는 두 손으로 악소천은 흑의여인의 옷을 벗기기 시작했다. 침착하려고 노력해도 자꾸 호흡이 가빠오면서 손에 땀까지 축축하게 배었다.

사락! 사락!

잠시 후 악소천은 가슴과 하체를 가린 천 조각만을 남겨두고 흑의여인의 옷을 완전히 벗겼다.

'우후!'

악소천은 자신도 모르게 숨을 들이켰다.

흑의여인의 몸은 비록 상처로 인해 처참했지만 황홀할 만큼 미끈했다.

갑자기 아랫도리가 뜨거워졌고 가슴이 거세게 쿵쾅거렸다. 자신의 마음과는 달리 시선이 자꾸 아래쪽으로 내려가려 했다.

'씨벌! 이러면 안 되는데.'

거칠어진 호흡과 울렁거리는 가슴을 잠재우기 위해 악소천은 이를 악물었다. 하나 마음과 달리 욕망은 걷잡을 수 없이 타올랐고 금방이라도 흑의여인을 덮치고 싶어졌다. 악소천은 활화산처럼 솟구쳐 오르는 본능을 털어버리기 위해 눈을 질끈 감고 중얼거렸다.

'나, 나무관세음보살! 나무관세음보살!'

입속으로 관세음보살을 계속 외우자 마음이 조금 가라앉는 듯했고 악소천은 다시 한 번 길게 숨을 들이마신 후 양손으로 흑의여인의 명치부터 두드리기 시작했다.

버버버벅!

혹시라도 눈을 뜨면 욕망을 주체하지 못할까 봐 두 눈을 꼭 감았다.

그러자 점차 본능이 수그러들었고 마음이 평정을 찾아가

기 시작했다. 악소천은 여인의 몸을 부지런히 두들겼다.

벅— 버벅!

조용한 동굴 속에 살과 살이 부딪치는 소리가 나직하게 울려 퍼졌다.

상체에서부터 시작된 추궁과혈은 점차 하체로 옮겨졌고 허벅지 부근을 두드릴 땐 가슴이 미친 듯이 뛰었다. 악소천은 더욱 큰소리로 관세음보살을 외우며 손을 두드렸다.

얼마쯤 두드렸을까.

온몸이 후줄근하게 땀에 젖었을쯤 살짝 눈을 뜨고 보았다. 시퍼렇던 흑의여인의 몸에 혈색이 돌기 시작했다.

퍼퍼퍼퍼!

양팔이 빠질 듯 아파왔지만 악소천은 이를 악물고 더욱 열심히 규칙적으로 흑의여인을 두드렸다. 이윽고 빈 시진쯤 지나자 흑의여인의 입이 벌려지며 검붉은 핏덩이 하나를 토해냈다.

"으왁!"

마침내 흑의여인의 의식이 돌아온 것이다.

악소천은 신속하게 흑의여인의 옷을 입히기 시작했다. 아무리 완벽하게 입힌다고 해도 깨어나면 금방 발각이 되겠지만 최선을 다해 저음과 같이 해놓았다. 그리고 이마에 흐르는 땀을 소매 춤으로 닦으며 한쪽으로 비켜 앉았다.

반 다경쯤 더 지났을까 흑의여인이 눈을 떴다.

의식을 차렸을 뿐 몸의 상처가 나은 것이 아니었기 때문에 고통이 밀려오는지 흑의여인은 이마를 찌푸리며 주위를 휘둘러보았다. 그러다 한쪽에 땀이 범벅이 되어 앉아 있는 악소천을 발견하더니 뭔가를 느낀 듯 벌떡 상체를 일으켰다.

"아악!"

몸을 급작스럽게 움직이느라 커다란 고통을 느낀 듯 왼손으로 가슴을 감싸며 길게 호흡을 내뱉던 흑의여인이 인상을 굳히며 물었다.

"내가 왜 여기에 누워 있느냐? 내 몸에 무슨 짓을 했느냐?"

흑의여인은 대번에 살기를 풍기며 오른손을 뻗어 장력을 발출했다. 비록 큰 부상을 입고 있어서 위력은 살인적이지 못했지만 악소천은 피하지 못했다.

퍼억!

"아이고!"

뒤로 벌렁 나자빠졌다가 벌떡 일어난 악소천을 향해 흑의여인이 흥분한 목소리로 말했다.

"네… 네놈이 날."

"마음대로 착각하지 마시오. 옷을 벗기긴 했지만."

흑의여인의 눈이 찢어질 듯 부릅떠졌다.

"오… 옷을 벗겨?"

자신의 옷매무새를 살피던 흑의여인이 흐트러진 부분을 발견하고 대노했다.

“이런 개자식!”

“잠깐!”

또다시 장력을 내쏟으려는 여인을 향해 소리쳤지만 또다시 악소천은 앞가슴에 일장을 얻어맞고 나동그라졌다.

악소천이 입가에 피를 흘리며 일어나더니 큰소리로 말했다.

“은혜를 원수로 갚아도 유분수지 이래도 되는 것이오? 나 아님 낭자는 지금쯤 죽었을 것이오.”

“무슨 개소리를 지껄이는 것이냐? 옷을 벗기고 날 겁탈한 주제에.”

“옷만 벗겼지 아무 짓도 안 했다니까? 못 믿겠으면 검사해 보면 알 것 아니오! 우라질!”

악소천이 소리를 버럭 지르자 흑의여인이 멈칫했다. 악소천은 억울하다는 듯 말했다.

“추궁과혈을 펼치자면 옷을 벗겨야 하기에 어쩔 수 없었소이다. 솔직히 마음이 싱숭생숭했지만 굳센 의지로 참아냈소이다. 젊은 놈이 허연 여자 알몸을 앞에 두고 참는다는 게 얼마나 큰 고문인 줄 아시오! 니기미.”

“정말 아무 짓 안 했느냐?”

악소전이 멱따는 소리로 외쳤다.

“검사해 보라니까?”

그래도 미심쩍다는 듯 악소천을 빤히 쳐다보던 흑의여인

이 툭 뱉듯 말했다.

"네가 날 구해주었단 얘기냐?"

"그렇다니까."

그래도 미심쩍다는 듯 흑의여인은 양손으로 상체를 더듬고 하체를 어루만졌다.

"진짜지?"

"그렇게 못 믿겠으면 확 벗고 확인해 보라니까? 그런데 도대체 낭자는 나이가 몇인데 계속 내게 반말을 해대는 것이오?"

악소천이 인상을 쓰며 묻자 흑의여인이 움찔했다.

"왜 대답이 없소이까? 몇 살이냐고 물었잖소?"

흑의여인이 더듬거렸다.

"어쨌든 댁보다는 많아요!"

"소생의 나이가 몇으로 보이는데 그러시오?"

"많아봤자 스물밖에 더 되겠어요?"

악소천의 눈이 커졌다.

하나 이내 뭔가를 떠올린 듯 야릇한 표정을 짓더니 물었다.

"그럼 댁은 몇이오?"

"스물이에요. 그러니까 나이도 비슷한데 당신에게 말 놔도 문제될 것은 없잖아요."

"허험! 그건."

악소천이 누런 이를 드러내며 속웃음을 지었다.

그때 흑의여인이 조심스럽게 몸을 일으켜 세우려고 했으므로 악소천이 눈을 빛내며 물었다.

"어딜 가려는 것이오?"

"그만 가봐야겠어요."

"위험하오. 지금 밖에는 복면한 사람들이 낭자를 쫓고 있소이다. 나가는 순간 곧바로 붙잡히고 말 것이오. 잠시 여기에 숨어 몸을 추스른 다음에 나가도 늦지 않을 것이오."

흑의여인의 표정이 잠시 굳더니 다시 바닥에 주저앉았다.

악소천이 조심스럽게 물었다.

"죄송하오만, 낭자의 방명을 여쭤봐도 되겠소?"

"모용란이라고 해요."

"모용 낭자이셨구려. 어쩌다 이렇게 쫓기게 되었소이까? 사실 모용 낭자 말고도 일행이 있다는 것을 알고 있소이다."

그러면서 공터에서의 싸움을 목격했다는 것을 얘기해 주었다.

"그들은 모두 어찌 되었소? 혹시……?"

모용란이 길게 한숨을 내쉬었다.

"모두 죽었어요. 나만 유일하게 살아남았죠. 사실 우린 무림맹 사람들이에요."

악소천이 눈살을 찌푸렸다.

"무림맹? 그건 또 뭐요?"

악소천이 무림에 대해 아는 것이라고는 개방이 유일했다.

무림세력이지만 거지 집단으로 중원에서 가장 제자의 숫자가 많다는 것이 개방에 대한 지식이었다.

"무림맹이라는 것은 소림을 비롯한 여러 무림의 명문가들이 힘을 합쳐 만든 단체를 말해요."

"그런 단체를 만들어서 뭐 하는 것이오?"

"무림맹에 소속된 사람이나 문파는 정파라고 하여 악을 배척하고 약자를 보호하는 사람들이죠."

"하면 무림맹에 반대되는 집단도 있다는 얘기 아니오?"

"있어요. 흔히 흑도라고 불리는 사람들이죠. 그들은 사람들을 괴롭히고 천하를 어지럽히죠. 강호는 그들과 무림맹이 대치와 전쟁을 하며 오늘날까지 내려오고 있어요. 난 부하들과 함께 무림맹의 비밀 임무를 수행 중에 있어요."

"모용 낭자를 공격한 자들은 누구요? 복면을 한 것으로 보아 정체를 드러내기가 꺼림칙한 사람들로 보이던데 말이오?"

"복면을 하여 나도 누군지는 알지 못해요. 다만 무림맹의 군사인 날 노린 것으로 보아 날 죽여 없애려는 한다는 것만 추측해 볼 뿐이에요."

"모용 낭자를 죽여 없애려 한다는 것은 보나마나 반대 세력이란 얘기 아니오?"

"증거는 없지만 그럴 것이라고 짐작은 하고 있어요."

궁금한 것이 많았지만 더 이상 묻지 않기로 했다. 지나친 흥미는 오히려 괜한 오해를 불러일으켜 분위기를 살벌하게 만들 수가 있었다.

"악 공자께서는 뭐 하는 분이시죠? 언뜻 보아하니 무림인 같지는 않은데?"

"물론이오. 난 무림인이 아니오. 나는 바로 도모……!"

자신도 모르게 도모수라고 말하려다 얼은 입을 다물었다. 아무리 돈 많은 사람들의 품속만을 노렸지만 어쨌든 남의 주머니를 노리는 것은 온당한 일이 아니었다.

"그냥 이것저것."

얼른 생각나는 것이 없어 대충 얼버무렸다.

"아까 보아하니 사부님 고기를 사가는 길이라고 하던데?"

"사부님이라고 할 것도 없는 오갈 데 없는 늙은이 한 명과 살고 있소이다."

모용란이 눈을 크게 뜨고 물었다.

"그 말은 오갈 데 없는 독거노인을 보살펴 드리는 좋은 일을 하고 있다는 뜻 아닌가요?"

졸지에 자신이 선을 행하는 사람으로 바뀌자 어색한 표정을 감추지 못했다. 하나 이왕지사 상대가 그렇게 생각한다면 확실하게 매조지 해야 한다.

"좋은 일이라기보다는."

일부러 말끝을 흐렸다. 그것은 자신의 선행을 드러내기 싫어하는 착한 사람들의 전형과 다르지 않았고 예상대로 모용란의 표정이 아주 밝아졌다.

"어쩐지, 무척 해맑은 느낌을 갖고 있다고 생각했는데 그런 훌륭한 일을 하고 계시는군요. 정말 존경스러워요."

악소천이 부끄럽다는 듯 가벼운 미소를 지었다.

"조… 존경까지는."

괜히 얼굴이 화끈거렸다. 웃으며 쳐다보는 모용란의 시선을 마주 볼 수가 없어 시선을 피해 버렸다.

문득 모용란이 고개를 숙이며 말했다.

"큰절이라도 올리며 구명에 감사를 드려야 하는데 보다시피 몸이 이래서 결례인 줄 알지만 간단히 목례로 대신하겠어요. 목숨을 구해주서서 진심으로 감사드립니다. 나중에 몸이 쾌차하면 정식으로 고마움을 전하겠어요."

"아, 아니오. 그냥 어려움에 처한 사람 못 본 체할 수가 없어서 잠시 손을 뻗어준 것뿐이니 너무 괘념치 마시오."

"아닙니다. 악 공자님이 아니었다면 오늘 난 절대 화를 피하지 못했을 거예요. 정말 고맙습니다."

모용란이 품에서 금빛 번쩍이는 동근 패를 한 개 꺼내어 내밀었다.

"이것 받으세요."

악소천은 금광이 번쩍이는 패를 보며 눈을 휘둥그레 떴다.

"이, 이게 무엇이오?"

모용란이 건네주는 금패를 받아 이리저리 살폈다.

'진짜 금이다!'

도모수답게 악소천은 한 번에 흑의여인이 건네준 명패가 진짜 금이라는 것을 알아보았다. 손바닥만 한 금패에는 봉황 한 마리가 새겨져 있었다.

"금봉패라는 것인데 무림맹에서 나의 신분을 나타내는 명패예요. 나중 시간이 나거든 그것을 갖고 무림맹에 한번 놀러 오세요. 그때 꼭 오늘의 은혜를 갚고 싶어요."

그리고 바닥에 떨어진 검을 주워 들고 몸을 일으켰다.

"왜 일어서시오."

"동굴 밖이 어두워진 것을 보니 해가 떨어진 것 같군요. 그만 가봐야겠어요."

악소천이 염려스런 얼굴로 말했다.

"놈들이 떠났는지 모르겠소이다."

"밤에는 훨씬 그들의 눈을 피하기가 쉬워요. 몸이 아직 많이 불편하긴 하지만 언제까지 여기 숨어 있을 수는 없잖아요. 다시 한 번 악 공자님의 구명지은에 감사를 드립니다."

"별말씀을. 아무튼 조심하시오."

두 사람은 동굴 밖으로 걸어나왔다.

모용란의 말처럼 동굴밖은 땅거미가 짙게 드리워져 있었다. 어두워진 산속은 금세 짙은 음영으로 덮였고 차가운 한기가 목널미를 오싹하게 감쌌다.

모용란은 악소천을 향해 짙은 미소를 머금더니 몸을 날렸다. 비록 허공으로 솟구칠 때 몸이 많이 흔들렸지만 걸음도

걷지 못했던 것에 비하면 확실히 회복이 된 듯했다.

잠시 모용란이 사라진 쪽을 쳐다보며 서 있던 악소천이 잽싸게 금봉패를 다시 살폈다.

슬쩍 이빨로 깨물어보았는데 자국이 선명했고 악소천의 입가에 미소가 맺혔다. 금봉패의 크기로 보아 최소한 석 냥은 너끈해 보였다.

'흐흐흐! 어젯밤 꿈에 죽은 아버지를 만났는데 이렇게 횡재를 하고야 마는구나!'

죽어도 무림맹인지 하는 곳에 찾아갈 일은 없었다. 더구나 돌려달라는 말도 하지 않았으므로 금봉패는 완전히 자신의 소유가 된 것이다. 악소천은 금봉패를 품속 깊숙이 넣고 모옥을 향해 힘차게 걸음을 내딛었다.

九天大魔王

第三章
일월현중(日月玄中)

九大魔王

예상대로 모옥에 들어서자 사부가 빌끈하며 화를 냈다. 도대체 어디서 뭐 하다 이제 오느냐는 힐난이었는데 악소천은 싱긋 웃으며 모용란에 대한 얘기를 하지 않고 적당히 둘러대었다. 왠지 모용란과 있었던 일을 말하고 싶지 않았다. 금봉패를 받아 큰돈을 벌었고 알몸의 여인을 떡 주무르듯 했던 그 짜릿한 순간까지 모든 것을 혼자만의 비밀로 간직하고 싶었다.

잠이 잘 오지 않았다. 잠을 자기 위해 눈을 감으면 그때마다 동굴 속에서 보았던 모용란의 눈부신 몸이 자꾸 눈앞에 어른거렸다. 여자의 몸, 그것도 성숙한 여인의 알몸을 직접 보기는 난생처음이었다. 그것은 말로 표현할 수 없는 충격이자 놀라움이었고 숨넘어가는 감동이 아닐 수 없었다.

또다시 아랫도리가 뻐근해졌다.

'끄응!'

악소천이 잠을 이루지 못하고 뒤척이자 사부가 짜증스런 목소리로 물었다.

"왜 오늘따라 잠을 자지 못하고 그렇게 한숨을 푹푹 쉬는 게냐?"

"흐흐! 아무것도 아닙니다. 신경 쓰지 말고 어서 주무십시오."

잠은 오지 않았지만 악소천은 일부러 눈을 감았다. 이상하게도 눈을 뜨는 것보다는 감을수록 모용란의 알몸이 선명하게 떠올랐기 때문이었다. 악소천의 입가로 계속 침방울이 흘러내리고 있었다.

벼락을 맞는 일은 계속되었다. 이제는 벼락이 떨어져도 처음처럼 놀라거나 두려워하지 않았다. 오히려 단 한 올의 뇌기(雷氣)라도 더 저장하고 흡수하기 위해 정성을 다해 뇌검심정술을 운용했고 몸 안에 열기는 차곡차곡 쌓였다.

어느덧 뇌검심정술을 수련한 지 반년이란 시간이 훌쩍 지나가 버렸다.

몸 속에는 하루가 다르게 극양의 힘이 차곡차곡 쌓였고 그럴수록 온몸에 힘이 충천했다.

바람이 불었다. 바람은 무척 거칠고 난폭했는데 망산의 가파른 계곡과 수십 개의 고봉을 쓰러뜨릴 듯 불어왔다. 괴괴한 바람 소리가 천지를 가득 채웠고 이른 아침부터 태양이 사라진 대지는 짙은 어둠에 묻혀 사방을 공포와 두려움에 빠뜨렸다.

"왜 해가 뜨지 않는 것입니까?"

모옥을 통째 날려 버릴 것 같은 시퍼런 바람과 사시가 다 되어가는데도 한밤이 된 듯 어두운 세상을 보며 악소천이 불안한 눈빛으로 물었다.

일어나자마자 쉴 새 없이 하늘을 살피고 있던 사부의 얼굴은 굳게 뭉쳐 있있다. 뭔가 심각한 긴상과 염려에 빠진 사람처럼 마당가에 서서 태양이 사라진 어두운 하늘을 보았다.

휘류류류!

백 년은 넘어 묵은 거대한 노송을 잘라 네 귀퉁이에 뿌리박고 세운 모옥이 거친 바람에 날아갈 듯 들썩거렸고 오늘따라 극조봉의 천둥소리가 지척으로 들렸다.

'이 무슨 괴이한 징조란 말인가……'

거듭된 질문에도 침묵으로 일관하며 굳어 있는 사부의 얼굴에서 뭔가 심상치 않은 기색을 느낀 악소천은 어금니를 지그시 깨물었다. 낙천적인 사부가 긴장하는 것을 보면 뭔가 엄청난 사태가 일어날 것이 분명했기 때문이었다.

오시가 지나고 미시를 넘어 신시에 이르러서도 하늘에 빛은 나타나지 않았다. 해가 없는 어두컴컴한 세상에 사람들은 모두가 숨을 죽이며 집 밖 출입을 자제했고 악소천 또한 더 이상 질문을 삼간 채 사부의 낯빛만 올려다보고 있었다.

이윽고 밤이 되었다.

한데 동쪽 하늘을 쳐다보던 악소천이 소스라치며 괴성을 질렀다.

"거… 검은 달!"

쭈그러진 곳이라고는 찾아볼 수 없는 둥근 보름달이 놀랍게도 먹물을 묻혀놓은 듯 시커멓다.

"검은 해에 이어 검은 달이라니……!"

낮과 밤을 비추는 해[日]과 달[月]이 검게 변한 해괴한 광경에 악소천은 더 이상 할 말을 잃고 말았다.

바로 그때 아침부터 침묵에 잠겨 있던 사부의 입술이 열렸다.

"일월현중(日月玄中)이라는 것이다."

"……."

"검은 해나 검은 달이 뜨는 것은 짧게는 몇십 년, 길게는 몇백 년 만에 한 번씩 일어난다. 하나, 같은 날 해와 달이 동시에 낮과 밤을 어둡게 덮기는 오백 년 만에 처음이다."

"그것을 일월현중이라고 한단 말입니까?"

"그렇단다. 예로부터 일월현중이 일어나면 천하에 온갖 괴사와 변고가 일어난다고 했다. 그중 강호에는 전무후무한 피바람이 일어난다는 전설이 내려오고 있다."

"강호라고 하면 무림을 말하는 것 아닙니까?"

무림이 피로 범벅이 되든 말든 나와 무슨 상관이 있느냐는 듯 악소천이 시큰둥하게 물었다.

사부가 심각한 표정으로 말했다.

"고래가 싸우면 작은 고기들이 다치지 않더냐?"

"그… 그렇긴 하지만."

"아무튼 뭐니 뭐니 해도 일월현중이 갖고 오는 최고의 이변은 건곤뢰(乾坤雷)이다."

악소천이 그게 무엇이냐는 듯 쳐다보았다.

사부가 크게 숨을 말아 쉬더니 느릿하게 말했다.

"벼락이다. 하나 일반 벼락과는 다르다. 말 그대로 하늘에서 가장 강한 극양의 벼락이다."

"하면 제가 지금까지 맞았던 벼락은 무엇이라고 부릅니까?"

"상뢰(上雷)라고 한다. 상뢰의 열기는 만년한철을 순식간에 녹여 버린다. 하나 건곤뢰는 천상천하를 통틀어 녹이지 못하고 부수지 못할 것이 없는 벼락이다. 그래서 벼락 중에 최고라 하여 건곤뢰(乾坤雷)라고 부르는 것이다."

"건곤뢰."

악소천이 나직이 중얼거렸다.

사부가 굳은 얼굴로 말했다.

"뇌 중 지존이라 할 수 있다."

"어느 정도 위력입니까?"

"단 한 방에 태산의 장안봉을 평지로 만들 수 있다고 하면 믿겠느냐?"

"으허혁!"

"지금까지 네가 맞았던 벼락이 모두 몇 번이나 되느냐?"

"글쎄요. 정확히 세어보지는 않았지만 대략 이백여 개 이상은 될 것입니다."

"그 이백 개를 다 합친 것보다 강한 위력이라고 하면 어느 정도 짐작이 되겠느냐? 하지만 건곤뢰는 강하기 때문에 자주 치지 않는다. 오직 오백 년에 한 번씩 일월현중 현상 때에만 이 발생한다."

악소천은 길게 숨을 들이마셨다.

아침부터 해가 떠오르지 않았고 천지를 휩쓸어 버릴 것 같은 폭풍이 망산을 뒤덮었다. 산속의 새와 짐승들도 자취를 감췄고 머리끝에 닿을 듯 드리워진 먹장구름에서 뭔가 심상치 않는 천지의 조화가 있다는 것을 알아챘지만 일월현중 현상일 줄이야.

더구나 오백 년에 한 번 발생한다는 일월현중에 의한 건곤뢰는 악소천의 가슴을 두근거리게 만들었다.

건곤뢰(乾坤雷).

뇌검심정술로 극양의 뇌기를 흡수하고 있는 악소천에게 건곤뢰는 분명 구미가 당기는 보물이다. 지난 반년 동안 자신이 맞았던 이백 개의 뇌전을 단 한 번에 치는 가공할 위력과 화기를 건곤뢰는 갖고 있다고 했다. 하나 그 반대로 강한 위력인 만큼 절대의 위험을 동반할 것은 불을 보듯 뻔했다.

악소천이 심각한 표정으로 물었다.

"기연이군요, 위험한."

사부가 고개를 끄덕였다.

"사실이다. 성공하면 수년 동안 수백 개의 상뢰를 맞아야 얻을 수 있는 것을 단숨에 얻을 수 있다."

"실패하면요?"

사부가 빠히 쳐다보았다.

그리고 느릿하게 입을 열어 말했다.

"죽는다."

사부의 얼굴이 바위 덩이처럼 딱딱해져 있었다. 지난 반년 동안 고기 국 타령을 할 때를 제외하고는 한 번도 심각한 표정을 지은 적이 없는 사부가 긴장하고 있는 것이다.

검은 달은 으스스한 한기를 뿌리며 중천을 향해 달려가고 있었고 밤마다 제 세상을 만난 듯 시끄럽게 활동하던 근저의 야생동물들도 일체 종적을 감춰 버리고 터질 것 같은 침묵만이 사위를 짓누르고 있었다.

꾸— 르릉! 쿠우우!

자시가 다가오면서 극조봉 하늘 위로 먹구름이 더욱 두텁게 내려앉았고 벼락들이 몰려오는 듯 천지사방이 들썩거리고 있었다.

"……."

"……."

두 사람은 그렇게 말없이 서로를 마주 보며 서 있었다. 사부도 말이 없었고 악소천도 입을 꾹 다물었다.

악소천은 사부의 침묵이 무엇을 의미하는지 충분히 짐작할 수 있었다.

성공하면 엄청난 기연을 얻게 되지만 실패할 확률 또한 크기 때문에 차마 건곤뢰를 맞으라고 권유하지 못하는 것이다. 그건 곧 모든 것을 자신의 의사에 맡기겠다는 의미이리라.

쿠구구구! 드르릉!

뇌성 소리가 갈수록 커졌다. 가공할 굉음에 귓구멍이 멍멍해졌고 극조봉이 지진을 만난 듯 흔들거렸다.

"맞겠습니다!"

순간 기다렸다는 듯 사부가 물었다.

"정말이냐? 맞을래?"

한 번도 죽음이 아깝지 않다고 생각해 본 적이 없었다. 그어떤 귀한 것도 목숨보다 소중할 수는 없다고 생각해 왔다.

하나 열여덟 어린 나이지만 한탕 크게 하려면 위험 또한 크게 따른다는 것쯤은 알고 있었다. 반년 동안 맞았던 이백여 개의 벼락보다 오늘 밤 떨어질 건곤뢰 한 방의 위력이 크다고 하니 성공만 한다면 그 가치란 이루 말할 수가 없을 것이다.

"까짓 것!"

악소천이 어금니를 깨물었다.

사부가 흥분한 표정으로 말했다.

"오늘 밤 떨어질 건곤뢰는 벼락의 모든 것이라고 할 수 있다. 만에 하나 완벽하게 몸 안에 흡수를 하게 된다면 상상할 수 없는 복을 얻을 것이다."

"그렇겠지요."

먹빛 달은 어느새 중천에 이르고 있었다.

사부가 말했다.

"올라가거라."

악소천은 다시 한 번 마른침을 소리나게 삼켰다. 길게 심호흡을 내뱉고 난 악소천은 천천히 바위로 걸어 올라갔다.

처억!

하늘을 보고 반듯하게 누웠다.

구구구궁!

하늘에서는 계속해서 뇌의 미진(微震)들이 있었다.

능으로 미지근한 기운이 스며들었다.

꿀꺽!

뇌검심정술을 운용하며 마음을 편하게 조절했지만 자꾸

가슴이 두근거렸고 몸이 경직되었다. 그럴수록 악소천은 몸을 부드럽게 만들기 위해 노력했다.

"반 각이 채 남지 않았다. 준비해라!"

하늘에서 시선을 떼지 않고 달의 움직임을 살피던 사부가 긴장한 목소리로 말했다.

쿠우우! 파— 파파악!

작은 뇌들이 폭발하면서 섬광이 불꽃처럼 사방으로 퍼져 나갔다.

투투툭! 푸와아!

크고 작은 뇌들이 극조봉 하늘을 수놓는 가운데 달은 하늘 가운데를 향해 줄달음쳤다.

'이거 괜히 하겠다고 나선 것 아냐……?'

갑자기 두려움이 왈칵 솟구쳤다. 지금이라도 자리에서 벌떡 일어나 못하겠다고 소리치고 싶었다. 어쩌면 이 자리에서 영원히 일어나지 못할지도 모른다고 생각하자 머리끝이 쭈뼛하며 불안했다. 몇 번이고 포기할까 생각했지만 그때마다 사부의 신기에 가까운 도모술이 어른거렸고 여기서 포기하면 지난 반년 동안의 고생이 물거품이 된다니 아까운 생각이 들었다.

불끈!

악소천은 두 주먹을 쥐었다.

'악소천, 넌 할 수 있다!'

반드시 성공하고야 말겠다는 듯 비장한 결의를 다지며 뇌검심정술을 운용하기 시작했다.

"강수강뇌사 투뇌한골사 마취뇌고익 설뇌발사고 현뇌수왕제 기뇌상불연 기명당자뇌 간사소인뇌 구장군자뇌 일인잔장뇌 유공감뇌의 불향곡중뇌 곡사비소뇌."

빠른 구결에 따라 지금까지 흡수한 뜨거운 뇌기가 단전을 벗어나 경락을 타고 흐르기 시작했다.

"소인자악뇌 요충피곤뇌 불가위사뇌 봉허불가뇌 후목정망뇌 평지본태뇌 비뇌감대수."

파아아!

어두운 하늘을 거대한 섬광 한 개가 가로질렀다.

바로 그 순간 사부의 목소리가 다급하게 울려 퍼졌다.

"자시닷!"

사부의 말이 떨어짐과 동시에 어두운 하늘 한가운데가 뻥 뚫리며 눈을 뜰 수 없을 만큼 강한 섬광이 일었다.

화악!

악소천의 눈이 경악으로 부릅떠졌다.

지금의 섬광은 지난 반년 동안 봐왔던 어떤 것보다 크고 거칠었으며, 장중했다.

쿠와아아!

하늘이 무너진 듯 거대한 뇌전이 떨어지고 있었다.

순간 악소천은 뇌점심정술을 빠르게 운용했다.

"호흡을 크게 가져가라!"

사부가 다급히 외쳤고 악소천이 입을 벌리고 커다랗게 호흡하며 뇌검심정술을 운용했다.

"선사여노뇌 중사초야뇌 안득원탁뇌……."

고오오오!

거대한 뇌전에 의해 사방이 대낮처럼 밝아졌고 커다란 봉우리 한 개만 한 뇌전이 수직으로 악소천의 몸을 향해 떨어졌다.

악소천의 눈이 강렬한 빛을 폭사했다. 이왕지사 일을 벌였으니 단 한가락의 세뢰(細雷)도 흘리지 않고 온전하게 받아들이고 싶었다.

콰— 우우!

눈을 뜰 수 없을 만큼의 길다란 섬광이 떨어졌고 악소천은 온 힘을 다해 뇌검심정술을 운용했다.

퍼— 어억!

악소천의 단전으로 육중한 섬광이 틀어박혔다.

아랫배가 찢어지는 고통이 전신으로 퍼져 나갔다. 하나 비명을 지르면 뇌기가 입을 통해 빠져나간다. 악소천은 이를 악물었는데 온몸이 불길에 던져진 듯 열기는 너무 극렬했다. 자신도 모르게 의식이 점차 가물가물해졌는데 사부의 외침이 천둥처럼 귓가를 파고들었다.

"정신 차려라! 의식을 잃으면 모든 것이 끝나고 만다!"

사부의 목소리를 의식을 잃으려는 악소천을 일깨웠다.

“뭐 하느냐? 아무리 뜨거워도 정신을 놓지 말거라! 어서 뇌검심정술의 구결대로 건곤뢰의 기운을 전신 경락으로 흐르도록 해라! 때를 놓치면 실패하고 마느니라!”

악소천은 가물가물해지는 의식 끈을 악착같이 붙잡고 건곤뢰의 열기를 흡수했다. 지금까지와는 비교 할 수조차 없는 살인적인 화기가 전신경락을 타고 흘렀다.

“청원무중뇌 감십무종뇌 하능복호뇌.”

터져 나오려는 신음을 안간힘을 다해 삼키며 악소천은 구결을 운용했다.

“어엇!”

바로 그때 사부의 다급한 목소리가 들려왔다.

“이럴 수가! 건곤뢰가 또 온다. 한 개가 아니구나!”

사부는 분명히 건곤뢰는 한 개뿐이라고 했다. 그런데 또 떨어진다는 말에 악소천의 안색이 급변했다. 단 한 개만 맞고서도 이렇게 기진맥진 의식의 끈을 놓칠 판인데 또다시 건곤뢰를 맞는다는 것은 위험했다. 하나 악소천이 어찌할 시간도 없이 하늘을 울리는 거대한 굉음이 터지며 건곤뢰가 또다시 떨어졌다.

쩌— 어억! 꽈르릉!

대낮처럼 주위가 또다시 환해지며 거대한 벼락 한 개가 악소천의 단전에 수직으로 쑤셔 박혔다.

뻐— 어억!

엄청난 열기가 아랫배에 작렬했다. 가물거리던 악소천의 눈이 화등잔만 하게 커졌고 혀끝에까지 밀려 나오는 비명을 삼키느라 입술이 부르르 떨었다.

"오오! 맙소사, 이게 도대체."

비명에 가까운 사부의 신음 소리가 터져 나왔고 연거푸 아랫배에 건곤뢰가 박혔다.

퍽! 퍼퍼퍽!

단 한 개의 건곤뢰만 해도 세상을 태우고 남을 열기를 지녔다. 한데 연거푸 건곤뢰가 악소천의 단전에 쏟아지고 있었다.

슈우욱! 콰콰콱!

이십여 개가 넘는 건곤뢰가 단전에 떨어졌고 악소천의 입은 굳게 닫힌 듯 결코 열리지 않았다. 악소천이 걸치고 있던 의복은 완전히 잿더미가 되어 바람에 날아가 버렸고 머리털까지 흔적도 없이 타버렸다. 악소천은 몸은 이글거리는 불덩이처럼 시뻘겋게 달아올랐다.

"……."

비몽사몽간에도 악소천은 구결 운용을 포기하지 않았다. 단전에 떨어진 건곤뢰의 가공할 화기는 악소천이 이끄는 대로 몸 속에 흡수되었고 전신 경락을 따라 흐르기 시작했다.

온몸이 타 들어가는 듯 뜨거웠지만 악소천은 입 밖으로 신음 한마디 내뱉지 않았고 경락을 타고 흐르던 건곤뢰의 열기는 임맥과 독맥을 따라 무섭게 질주했다.

콰아앙!

그리고 한순간 몸 안으로부터 엄청난 폭발음이 일어나면서 악소천은 정신을 잃었다.

"소… 소천아!"

악소천의 몸이 거칠게 요동을 하자 사부가 부리나케 바위로 다가서며 외쳐 불렀다.

하나 악소천은 아무런 반응을 보이지 않았다. 사부는 악소천의 몸 상태를 확인하고 싶었지만 너무 가공할 열기로 인해 더 이상 다가가지 못하고 발만 동동 구르며 그의 이름을 외쳤다.

"눈을 떠보거라! 사부의 말이 들리느냐?!"

건곤뢰는 오백 년에 한번 일월현중때만 떨어지는 벼락이다. 그래서 한 개지만 수백 개의 상뢰를 압도하는 위력과 화기를 갖고 있는데 이토록 많은 선곤뢰가 일거에 쏟아지듯 떨어질 줄은 전혀 예상하지 못했다. 아무리 그동안 상뢰로 인해 상당히 나겨신 몸이지만 건곤뢰의 파괴력과 열기는 그와 비교가 되지 않으므로 불안했다.

"소천아! 소천아!"

"……."

"이런!"

방법이라고는 악소천의 몸을 덮고 있는 열기가 식을 때까지 기다리는 수밖에 없었다. 전신의 공력을 극한으로 끌어올려 접근을 시도해 봤지만 다가갈 수 없을 만큼 건곤뢰의 열기는 가공했다.

툭!

사부가 어쩔 줄 모르며 바위 주위를 서성거리고 있을 때 돌연 악소천의 몸으로부터 기이한 소리가 들려나왔다.

투— 투툭!

사부의 눈이 커졌다.

악소천의 피부가 잘 익은 콩 껍질처럼 벗겨지고 있었다.

"저건!"

사부의 눈이 커졌다.

투투툭!

악소천의 온몸이 거미줄처럼 금이 가며 피부가 허물처럼 벗겨지기 시작했다.

"트, 틀림없는 탈태환골!"

탈태환골이 일어나고 있다는 것은 악소천이 죽지 않았다는 것을 증명하는 것이었다.

벌겋게 부풀어 오른 피부가 벗겨지고 어린아이와 같은 눈부신 피부를 드러내고 있는 악소천을 바라보던 사부가 돌연 앙천광소를 흘렸다.

"푸핫핫핫! 소천 네가 드디어 건곤뢰를 몸 속에 넣고 말았구나."

그것도 한두 개가 아닌 무려 이십여 개의 건곤뢰를 몸 속에 흡수했다. 그것은 실로 경이로운 기연이었다. 자신이 예측한 건곤뢰는 두세 개였고 운 좋게 천기의 흐름이 돕는다면 네다섯 개까지도 바라볼 수 있다고 생각했지만 어쨌든 한 개만 흡수해도 대성공이라고 생각했다.

전설에 의하면 건곤뢰는 결코 한 번에 세 개 이상 발생하지 않는다고 했는데 무려 스무 개 가까운 건곤뢰가 발생했다. 이는 악소천에게는 상상할 수 없는 행운이었고 더욱 대단한 것은 단 한 개도 놓치거나 흘려 버리지 않고 그 모두를 완벽하게 몸 속에 넣는 데 성공한 것이다.

한데 기연은 거기서 끝나지 않았다.

그 많은 건곤뢰로 인해 몸 속에 극양의 기운이 폭발적으로 증가하면서 생사현관이 타통되고 만 것이다.

생사현관(生死玄關).

사람에게는 두 개의 혈맥이 흐른다. 독맥(督脈)이라고 하여 단전으로부터 회음을 거쳐 척추, 정수리에 이르는 혈맥과 머리끝에 있는 백회혈에서부터 명치 단전을 거꾸로 흐르는 임맥(任脈)이 그것인데 이 두 개가 나누어져 있다.

생사현관이 소통되었다는 것은 이 두 개의 맥을 가로막고 있는 두꺼운 관(關)이 뚫렸다는 의미로 무인이라면 누구나 소망하고 염원한다. 그 이유는 두 맥이 서로 연결됨으로 인해 진기가 끊임없이 생성되어 쉽게 지치지 않기 때문이다.

"소천아!"

악소천의 몸에 열기가 어느 정도 식자 미륵존자가 재빨리 부축했다. 악소천이 여전히 깨어나지 않고 있어 미륵존자는 서둘러 맥을 짚었는데 표정이 환해졌다.

악소천의 맥은 도끼질하듯 힘차게 뛰고 있었다.

탈태환골의 현상을 보며 죽지 않았다는 것을 확신했다. 혹시나 했는데 역시 악소천은 살아 있었다. 일시적인 충격에 의해 의식을 잃었을 뿐 곧 깨어날 것이다.

악소천을 바위 위에 반드시 눕혀놓고 깨어나기를 기다리는 미륵존자의 입가에 웃음이 그치지 않았다. 도무지 실감이 나지 않아 자신의 살을 꼬집어보았는데 무척 아팠다.

'흐흐! 꿈은 절대 아니구나!'

현실이라는 것을 깨달았지만 도무지 믿어지지가 않았다. 역대 수많은 조사들이 뇌검심정술을 수련했지만 누구도 성공하지 못했다. 뇌검문(雷劍門) 사상 최고의 기재로 알려진 자신까지 처절한 실패에 절망하고 천하를 떠돈 지 어느덧 육십 년이란 세월이 흘렀다. 이제 그만 모든 것을 포기하고 자신을 마지막으로 뇌검문 역사에 종지부를 찍으려는데 한 소년이 나타난 것이다.

그것은 절망 끝에서 찾아낸 희망의 끈이었다.

처음 악소천을 만난 날 그 감동은 아직도 잊을 수가 없었다. 행색은 초라했지만 그 안에 감춰진 뼈대는 꿈의 신체라고 불리는 십전무골이었다.

십전무골(十全武骨).

무공을 익히기에 가장 완벽한 근골을 말하는데 소림을 창건한 달마조사가 십전무골로 불린다. 꼬일 때는 미치도록 꼬였다가도 한 번 풀리기 시작하면 알아서 풀리는 게 인생이라고 했던가. 워낙 근골이 뛰어나 뇌검심정술을 어렵지 않게 연마하리라 자신했지만 예상보다 빠른 성장을 보였고 오백 년에 한 번 일어난다는 일월현중 현상이 자기대에 서 발생할 줄이야. 거기다 떨어진 건곤뢰 또한 무려 스무 개였다. 사문에서 내려온 기록에 의하면 지금까지 한 번에 가장 많이 발생한 건곤뢰는 천오백 년 전 일월현중 현상 때 세 개가 떨어졌다고 했다. 건곤뢰 한 개가 상뢰 이백 개의 위력과 비교되므로 무려 일만 개의 상뢰를 맞은 꼴이었다.

벌떡!

그때 축 늘어져 있던 악소친이 상체를 일으켰다.

"으허억!"

자신이 알몸을 보며 무척 놀란 표정을 지었다. 그리고 주위를 휘둘러보다 미륵존자를 발견하고 큰소리로 물었다.

"내가 왜 옷을 벗고 있습니까? 설마 사부님이 벗겼단 말입니까?"

강렬한 의심의 눈으로 쏘아보았고 사부가 손을 흔들며 강력하게 부인했다.

"아니다. 절대 오해하지 마라. 그냥 벼락에 타버렸다."

"이런 젠장!"

양손으로 대머리로 변한 머리를 매만지며 낭패스런 표정을 지었다.

그러다 하얗게 변한 자신의 손등과 팔뚝의 피부를 보고 눈을 휘둥그레 뜨고 물었다.

"왜 이렇습니까? 제자의 피부가 갓 태어난 아이 같군요?"

"말하자면 길다. 일단 이거라도 걸치거라."

사부가 겉옷 한 개를 벗어 던져 주었고 악소천이 대충 걸치고 바위를 내려왔다.

"도대체 내게 무슨 일이 벌어진 것입니까? 건곤뢰를 맞고 엄청난 열기에 정신을 잃지 않으려고 발버둥 쳤던 기억까지는 생생합니다만?"

사부가 입가에 미소를 담고 물었다.

"몸은 어떠냐? 괜찮으냐?"

악소천이 길게 심호흡을 하며 양팔을 힘차게 쳐들었다.

목을 좌우로 두어 번 흔들자 우두둑 소리가 났는데 이상 없다는 듯 돌아보았다.

"좋습니다. 금방이라도 날아갈 것 같습니다."

"호호호!"

"왜 그런 현상이 생긴 겁니까? 정말이지 날개만 달아주면 훨훨 날아갈 것 같은데요."

"말하자면 길다. 아무튼 네가 의식을 잃고 난 사이에 벌어졌던 일을 한마디로 말한다면 엄청난 일이 생겼다는 것이다.

하나 가장 중요한 것은 네가 건곤뢰를 흡수했다는 것이다."

"모두 몇 개였습니까? 세 개까지는 기억하는데."

"스무 개였다."

악소천의 두 눈이 부릅떠졌다.

"제자가 스무 개의 건곤뢰를 맞았단 말입니까? 그러고도
이렇게 멀쩡하게 살아 있단 말입니까?"

"일단 내려가자. 이렇게 기쁜 날 최소한 술 한 잔 정도는
하면서 얘기를 해야 제격 아니겠느냐."

두 사람은 어깨를 나란히 하고 극조봉을 내려왔다. 산길을
내려오는 사부의 얼굴에 뜨거운 웃음이 그치지 않았다.

회안(回雁)에서 시작하여 북으로 악록(嶽麓)에 이르는 형산
은 팔백 리에 걸친 대산맥이다. 곽산(藿山)이라고도 부르는
형산은 중원 오악 중에서 남악으로 모두 칠십이 봉이 하늘을
찌를 듯 솟아 있다. 봉우리들이 돌고 돌아 혹은 바라보고 혹
은 등을 돌리니 이를 일컬어 구향구배(九向九背)란 하는데 특
히 사철 혼돈과 같은 안개에 뒤덮여 있어 운봉무쇄라는 말로
유명한 형산에 강호를 이끌어 가고 있는 무림맹이 있었다.

달그락! 달그락!

손아귀에 들어 있는 두 개의 붉은 혈추(血楸)가 부딪치며
날카로운 소리를 냈다. 그는 항상 고민스러울 때 혈추를 주물
럭거렸다. 혈추는 핏물에 담갔다 막 꺼내놓은 듯 시뻘건 홍광

을 내뿜고 있었는데 사내는 홍의를 걸치고 있었다.

뚝!

열심히 혈추를 주물럭거리던 홍의사내의 동작이 멈췄다. 그리고 맞은편에 시립해 있는 복면인을 향해 불쑥 물었다.

"실패했다고 했느냐?"

"소, 송구하옵니다."

복면인의 눈빛이 심하게 흔들리며 허리가 사정없이 구부러졌다.

"쯧쯧! 그것 하나를 제대로 처리 못하고."

홍의사내가 신경질적인 반응을 보이며 인상을 썼다.

그 순간 복면인이 그대로 무너지듯 바닥에 무릎을 꿇으며 머리를 조아렸다.

"이 제자를 죽여주십시오."

퍼억!

이어 세차게 이마를 바닥에 찧었다.

"다시 한 번 기회를 주십시오. 반드시 없애 버리겠습니다. 명령만 주시면 오늘 밤이라도."

"설마 맹안에서 그 계집을 죽여 없애겠다는 것이냐?"

"감쪽같이."

"닥쳐라, 멍청한 놈."

홍의사내의 이마가 더욱 찌푸려졌다.

"이 안에서 그 계집을 해치우다니 누굴 잡을 일 있느냐? 보

나마나 그 계집이 사라지면 곧바로 의심의 화살이 우리에게
돌아올 게 뻔한데."

"단 한 올의 증거도 남기지 않을 자신있습니다."

"한심한 놈."

복면인의 상체가 완전히 바닥에 닿으면서 오체투지를 했다.

마치 염라대왕 앞에 선 사람처럼 홍의사내 앞에서 제대로
말을 잇지 못했다.

달그락! 달그락!

홍의사내가 혈추를 다시 주물럭거리기 시작했다.

조용한 실내에 혈추 소리가 섬뜩하게 퍼져 나갔고 바닥에
완전하게 엎드린 복면인 이마에 땀방울이 배기 시작했다.

"당분간은 지켜만 보도록. 분명히 말하는데 절대 허튼짓하
지 말거라. 그 계집을 오다가다 만니더라도 평소처럼 행동하
란 말이다. 도둑 제 발 저린 다고 어설픈 행동 하다가 눈치 채
이게 했다가는 절대 안 된다?"

"명심하겠습니다."

홍의사내가 엎드려 있는 복면인을 못마땅한 시선으로 노
려보더니 더욱 거칠게 혈추를 주물럭거렸다.

"우라질! 그만 나가보거라."

"그, 그럼 제자는 이만."

몸을 일으킨 복면인이 허리를 채 펴지 못한 채 뒷걸음으로
실내를 빠져나갔다.

복면인이 사라지자 홍의사내의 안색이 더욱 우그러졌다.

"젠장할! 이번에야말로 그 계집을 죽일 수 있는 절호의 기회였는데."

홍의사내의 인상이 잔뜩 찌푸려졌다.

그때 문이 열리며 등에 쌍검을 교차하여 맨 흑의노인이 들어섰다.

"군사 계집이 돌아왔다는 소식 들었습니까?"

"그러잖아도 지금 막 들었지."

홍의사내의 표정이 굳어졌다.

쌍노라는 흑의노인이 빠르게 말을 이었다.

"부상이 아주 심각한가 보더군요. 돌아오자마자 곧바로 만의각(萬醫閣)으로 후송되는 것을 보면 말입니다."

"젠장!"

홍의사내의 눈살을 찌푸렸다. 실내에 잠시 멈췄던 혈추 소리가 다시 울려 퍼졌다.

달그락! 달그락!

'병신 같은 놈!'

홍의사내의 표정이 더욱 굳어졌고 혈추를 주무르는 손에 더욱 힘이 들어갔다.

*　　　*　　　*

모용란의 몸을 살피던 의원의 표정이 굳어졌다. 맥이 뛰고는 있었지만 아주 미약했고 안색은 시퍼렇게 굳어가고 있었다. 한눈에 상세가 위중함을 직감한 의원은 곧바로 생사아(生死兒)를 복용시켰다. 생사아는 천년하수오에 버금갈 만큼 약효가 뛰어난 약초였다.

무림맹의 부맹주가 숨을 죽인 채 모용란을 지켜보고 있었다.

모용란이 다시 의식을 차린 것은 생사아를 복용하고 만 하루가 지나서였다. 이미 그녀가 치료를 받고 있는 만의각은 담당 의원을 제외한 무사들의 출입이 부맹주의 명령으로 일체 금지되었고 경계 또한 한층 강화되었다. 부맹주의 허락 없이는 누구도 임의로 모용란을 면회하거나 찾아갈 수 없었다. 그만큼 이번 모용란의 피습 사건을 무림맹 상층부가 심각하게 보고 있다는 의미였다.

사흘째가 되어서야 모용란은 죽을 이용한 첫 식사를 시작했다. 어젯밤까지만 해도 물 말고는 아무것도 먹지를 못했던 것이다. 아침 식사를 마친 모용란이 침대를 내려와 창가로 다가갔다. 지팡이를 짚고 조심스럽게 걸음을 옮겼는데 창가까지 채 일 장 정도밖에 되지 않은 거리를 걸어가는 데도 식은 땀을 줄줄 흘릴 만큼 그녀의 몸은 쇠약해져 있었다.

사실 악소전의 주궁과혈은 잠시 그녀의 의식을 돌려놨을 뿐 상처를 치료한 것은 아니었다. 그런데다 동굴을 떠나자마자 쫓기는 사람 특유의 초조함으로 형산까지 천 리가 넘는 길을 필사적으로 내달리는 바람에 몸 상태가 더욱 악화된 것이었다.

'적은 내부에 있다.'

적은 자신의 이동로를 정확히 알고 습격을 가해왔다. 자신의 움직임을 알고 있는 사람은 맹주를 비롯해 고위층 일부말고는 없다. 결국 자신을 죽이려는 사람은 그들 중 한 명이라는 의미였다.

사실 그녀는 요즘 정체를 알 수 없는 그림자가 무림맹 깊숙이 침투해 들어와 있다는 것을 간파하고 은밀히 추적 중에 있었다.

"일어났구려?"

등 뒤로부터 들려오는 소리에 몸을 돌리던 모용란이 깜짝 놀라며 자세를 고쳤다. 입구는 깨끗한 백의를 걸친 중년인 한 명이 우뚝 서서 환한 미소를 짓고 있었다.

백의 중년인은 현 무림맹의 서열 이 위인 부 맹주 사마룡이었다.

전통의 명문 중 한 곳인 사마세가의 가주이자 강호에서는 비룡검협(飛龍劍俠)으로 불리는 거인이었다.

"부 맹주님!"

"침상에 누워 있지 않고 그곳에서 무엇 하는 것이오?"

"심려를 끼쳐 드려 송구하옵니다."

"군사, 흉수들 모두 복면을 했다고 들었소."

"그렇습니다. 얼굴을 가리고 있어서 아무것도 단서가 될 만한 것을 찾아낼 수가 없었습니다. 다만······."

"다만 뭐요? 말해보시오."

"본 군사의 움직임을 낱낱이 알고 있었다는 것입니다. 습격은 망산에서 있었지만 그 이전에 이미 세 번의 징후를 발견하고 미리 피했습니다."

사마룡의 눈이 커졌다.

"그 말은? 흉수가 맹 내의 인물일 뿐 아니라 군사가 추적 중인 사건과 밀접한 관련이 있는 것으로 의심된다는 얘기 아니오?"

"그럴 가능성이 큽니다."

"허어!"

사마룡이 입을 떠억 벌렸다.

전혀 예상치 못한 답변에 충격을 받은 듯했다.

"사실이라면 이건 아주 심각한 일이오. 더욱 엄밀한 조사에 나서야 하는 것 아니오? 아무리 견고한 집단일지라도 안에서부터 썩어 들어가면 오래 버티지 못하고 무너지는 법이오."

"모든 걸 소녀에게 맡겨주십시오. 모든 건 소녀가 알아서 하겠사옵니다."

"군사를 죽이려 했다는 것은 곧 궁극적으로는 무림맹을 공격하려는 의미 아니오? 전략과 전술을 입안하고 실행하는 군사를 가장 먼저 없애 무림맹을 무력화하겠다는 음모 아니겠소?"

"아무튼 그동안 비밀리에 조사를 했는데 이렇게 된 이상

이제 떳떳하게 공개적인 추적을 하겠습니다."

"그렇게 하시오. 전폭적으로 지원하고 도울 테니 반드시 흉수를 잡아 정체를 밝혀내시오, 군사."

사마룡의 두 눈이 활화산처럼 타올랐다.

그것은 어떤 적이든 무림맹에 도전하는 자는 결코 용서하지 않겠다는 단호한 의지였다.

몸 상태가 아직 완벽한 건 아니었지만 언제까지 마음 편히 누워 있을 수가 없었다. 분신과도 같은 자신의 친위대 귀호대 열두 명의 목숨을 잃고서도 흉수에 대해 아는 것이 별로 없다는 건 무척 치욕스런 일이었다. 특히 무림맹의 군사라는 막중한 명예와 지위를 생각해서라도 반드시 암중 그림자의 정체를 밝혀야 했다. 그래서 그녀는 보름 만에 만의각을 박차고 나오고 말았다.

"지궁(地宮)에서 보내왔습니다."

백수파파(白手婆婆)가 들어와 서찰 하나를 내밀었다.

지궁은 부맹주 사마룡의 거처였다.

모용란은 서찰을 펼쳐 들었다. 부맹주가 보낸 서찰에는 이십여 명쯤 되는 사람들의 이름이 쓰여 있었다. 그들은 바로 자신의 이번 출행을 알고 있는 간부들 명단이었다.

반년 전 무림맹 내에 은밀한 그림자가 있다는 것을 발견한 모용란은 폐관 수련 중인 맹주를 대신해 부맹주에게 직보했고 부맹주는 주요 간부 회의에서 그 사실을 말한 것이다. 그러니까 서찰은 당시 회의에 참석한 간부들 명단인 것이다.

"의심 가는 놈이 있습니까? 명령만 내려주세요. 본 파파가 당장 쫓아가 잡아오겠습니다."

백수파파가 두 눈을 날카롭게 번뜩이며 말했다.

백수파파는 세가(世家)에서부터 자신을 지켜왔던 호위무사로 올해 일흔다섯이다. 별호에서 알 수 있듯 백 개의 손을 가졌다고 할 만큼 장법에 능한 인물로 세가에 심부름을 보내 이번 출행에 참여하지 않았다. 만약 백수파파가 이번 길에 동행을 했다면 상황은 사뭇 달라졌을 것이라는 게 모용란의 생각이었다.

"으음!"

모용란은 나직한 침음을 흘리며 서책을 덮었다.

"왜 그러십니까? 의심 가는 놈을 찾았습니까?"

서찰에 적힌 이십 명은 무림맹 내 최고 간부들이었다. 한 사람 한 사람의 무위는 이미 입신의 경지에 이르렀고 모두가 명문거파를 등에 업고 있는 귀족들이었다. 한마디로 잘못 건드렸다가는 커다란 역풍에 휩쓸릴 수 있는 거물들인 것이다. 심증이 가는 인물이 없는 것은 아니었지만 물증도 없이 무턱대고 연행을 한다거나 추궁할 수는 더욱 없었다.

불끈!

모용란의 작은 주먹이 굳세게 쥐어졌다.

머리 싸움이라고 하면 누구에게도 뒤지지 않을 자신이 있었다. 거물들이기 때문에 함부로 덤벼들어서는 안 된다. 옴짝 달싹하지 못하도록 완벽한 물증을 확보한 다음에 일거에 섬멸해야 한다.

그때 문이 열리고 등에 검을 맨 한 명의 무사가 방 안으로 들어섰다. 백수파파가 대뜸 물었다.

"뭐냐?"

"군사님의 지시를 받고 망산의 시신을 전부 이송해 왔습니다."

그녀는 닷새 전 망산에서 죽은 귀호대 열두 구의 시신을 은밀히 옮겨오도록 명령을 내려놓았다.

"수고들 했다."

"그럼 속하는 이만."

무사가 물러가자 백수파파가 눈에 힘을 주고 물었다.

"장례를 치러주려거든 죽은 망산에서 치러줄 일이지 굳이 이곳까지 시신을 이송해 왔습니까?"

모용란이 방을 나갔다.

백수파파가 그 뒤를 따라나서며 물었다.

"어딜 가십니까? 이제 맹 내에서조차도 아가씨 곁에서 떨어지지 않을 것입니다."

"궁금하면 따라오세요."

모용란이 도착한 곳은 시신이 옮겨진 지하 석실이었다.

지하 석실은 평소 그녀가 무공을 연마하거나 골치 아픈 일이 있을 때 찾아와 잠시 묵상에 잠기며 머리를 식히던 곳이었다.

석실 입구는 무사들에 의해 삼엄히 지켜지고 있었다. 귀호대 열두 무사의 시신은 처참했다. 그만큼 싸움이 처절했다는 반증이기도 했는데 어지간해서는 눈빛 하나 꼼짝하지 않던 백수파파의 얼굴이 굳어졌다.

"쳐죽일 놈들! 사람을 이렇게 화를 쳐서 죽이다니."

백수파파가 이를 부드득 갈았다.

잠시 시신을 살피던 모용란이 오십가량의 시신을 가리키며 명령했다. 시신의 주인은 귀호대 대주인 가등룡이란 쉰한 살 먹은 사내였다. 가장 선두에서서 자신의 안전을 보호하려고 무던히 애를 쓴 탓에 가장 많은 상처를 갖고 있었다.

"이 시신을 짊어지고 나를 따르세요."

"네옛!"

시신을 짊어지고 따르란 말에 백수파파의 눈이 커졌다.

모용란은 두말 않고 석실을 걸어나가고 있었다.

입맛을 다시며 못마땅한 표정을 짓던 백수파파가 하는 수 없다는 듯 자신의 장포를 벗어 시신을 둘둘 싼 다음 어깨에 짊어지고 모용란의 뒤를 따라나섰다.

비은각(秘隱閣)은 무림맹의 정보 기관이었다. 무림맹에 저항하는 조직들의 움직임이나 동향을 파악하고 감시할 뿐만 아니라 적대 세력의 무공을 정밀 분석하고 파해 법을 연구하는 맹주의 직속기관이다.

가등룡의 시신을 짊어진 백수파파를 대동한 모용란이 비은각을 들어섰다. 비은각의 경비무사가 모용란을 알아보고 황급히 허리를 숙여 예를 취했다.

"각주께서는 계시느냐?"

"당장 안에 기별하겠사옵니다."

두 명의 경비무사 중 좌측 사내가 부리나케 안으로 뛰어들어 갔고 반 각이 채 되지 않아 비은각으로부터 왜소한 체구의 흑의 중년인이 안으로 뛰어들었던 경비무사와 세 명의 부사를 더 대동하고 총총걸음으로 다가왔다.

"군사께서 연락도 없이 이곳에 어인 일이십니까? 어, 파파께서도 오셨구려?"

뒤에 둘둘 만 시신을 짊어지고 서 있는 백수파파를 보며 아는 체를 했다.

백수파파도 깍듯이 아는 체를 했다.

"오랜만이옵니다, 각주님."

유영신객(有影身客) 황보량(皇甫量). 말 그대로 그림자만 남기고 다니는 인물로 정보 기관 수장답게 좀체 사람들 앞에 잘 나서지를 않는다.

무림맹에서의 서열로 따지면 둘 모두 독특한 위치라고 할 수 있었다.

군사는 무림맹의 모든 전략과 전술을 계획하는 사람이다. 그의 말 한마디에 따라 무림맹이 출렁거리는 것이다. 그에 반해 황보량은 정보 기관 비은각의 수장으로 무림맹에서 맹주와 독대할 수 있는 몇 안되는 인물 중 하나다.

또한 모용란의 사가가 오대세가 중 한 곳인 모용세가인 반면 황보량 역시 기관 진식의 명문이자 오대세가 중 한 곳인 황보가문의 가주였다.

"무슨 용무가 있어 이렇게 직접 본 각을 찾아오셨소이까? 그러잖아도 큰 부상을 입고 만의각에 입원했다는 소식을 들었습니다만 워낙 바빠서 찾아가 보지도 못했소이다."

"바쁘지 않아서 찾아왔다고 해도 소녀를 만나지 못했을 거예요. 부맹주께서 일체 완쾌되기 전까지는 누구도 접촉을 허락히지 않으셨기든요."

"도대체 어찌 된 일입니까? 감히 누가 대무림맹의 군사를 노린단 말입니까? 그것도 백주 대낮에?"

모용란의 표정이 굳어졌다.

"그러잖아도 그 문제로 찾아왔습니다. 일단 안으로 들어가실까요?"

"물론이오. 자, 어서 들어가십시다."

황보량이 두 사람을 데리고 안으로 들어갔다.

자신의 거처로 들어선 황보량은 백수파파가 짊어지고 있던 시신을 내려놓자 기겁할 듯 놀랐다.

"시체 아니오?"

모용란이 대답했다.

"맞아요. 얼마 전 날 호위했던 귀호대(鬼虎隊)의 수장 가등
룡이란 분이죠. 무척 충성심이 강했던 분인데 결국 날 위해
돌아가시고 말았어요."

"가만!"

시신을 쳐다보던 황보량의 두 눈이 빛을 발했다.

그걸 보며 모용란이 물었다.

"왜 그러시죠?"

황보량이 날카로운 눈으로 시신의 상처들을 살피기 시작
했다. 조금은 썩어 들어가고 있어서 더럽기 그지없는 시신인
데도 맨손으로 상처 부위를 과감히 만지기도 했고 뚫린 구멍
에 손가락을 넣어보기도 했다.

"뭔가 이상한 점이라도 있나요?"

"거참."

황보량이 난감한 표정을 지으며 수건으로 손가락에 묻은
고름과 피를 닦았다.

"좀 더 정밀한 검사를 해봐야 알겠소이다만."

"뭔가요?"

"당장 조사를 해봅시다. 여기서 섣불리 뭐라고 말하기에는
그렇소이다."

그러더니 밖을 향해 나직이 명령을 내렸다.

“밖에 무적 있느냐?”

말이 끝나자마자 방 안에 흑의거한이 들어서 허리를 구부렸다.

“부르셨습니까, 각주님?”

황보량이 백의사내를 향해 명령했다.

“이 시신을 당장 무밀대(武密隊)에 가져다주어 몸에 난 상처가 어떤 무공의 흔적인지 알아보도록 해라.”

“존명!”

무적이 곧바로 시신을 들쳐 메고 밖으로 사라졌다.

무밀대는 천하 각파의 무공만 전문적으로 연구 분석하는 비은각의 두뇌들이다. 무림맹에 소속된 문파의 무공을 비롯하여 지금까지 강호상에 한 번쯤 등장했던 개인이나 조직의 무공은 거의 빠지지 않고 그들에게 관리되고 있나고 해도 과언이 아닐 만큼 그들의 무공에 관한 지식은 광범위했다. 특히 그들의 임무 중 하나는 적의 무공의 장단점을 파악하여 아군에게 넘겨주어 전쟁을 승리로 이끌게 한다는 것이었다.

“자, 앉으시오. 오랜만에 오셨는데 대접할 것이 차밖에 없소이다.”

“그럼 결과가 나올 때까지 잠시 각주님의 대접을 받겠습니다.”

모용란이 원탁에 앉았고 백수파파는 서너 걸음 떨어진 채 시립했다.

“파파도 앉으시지 그러시오.”

황보량이 말했지만 백수파파가 고개를 내저었다.

“아니옵니다. 소신은 이렇게 서 있는 것이 차 마시는 것보다 훨씬 편합니다.”

나이는 백수파파가 많지만 엄연히 상관이자 사가의 직위를 놓고 보더라도 황보량은 황보세가의 가주이다. 자신은 모용세가의 원로이자 모용란의 시위이니 황보량과 마주 앉는다는 것은 예의에 어긋난다는 것을 본인이 모를 리 없었기 때문에 사양한 것이다.

“그래, 가친께서는 별고없으십니까? 건강이 많이 좋아졌다는 얘긴 들었소이다만?”

모용란이 조용히 대답했다.

“염려 덕분에 많이 호전되었어요. 지금은 혼자 산책도 하시고 가끔씩 나들이도 한답니다.”

모용란의 부친이자 가주인 모용관은 큰 부상을 입고 치료 중에 있었다. 일 년 전 무림맹은 흑마련이라는 흑도의 거대 세력을 대대적으로 공격한 일이 있었다. 한 달간에 걸친 대격돌 끝에 다행히도 흑마련을 붕괴시켰지만 무림맹도 많은 피해를 입었고 모용관 또한 당시 전쟁에서 커다란 부상을 입었다.

九尤大

魔王

九大魔王

그때 시비가 두 개의 찻잔을 가져와 놓고 사라졌다.

"드시오. 동정호에서 나는 방향복비인데 맛이 어떨지 모르겠소이다."

"향이 아주 좋군요."

두 사람은 차를 한 모금씩 마시곤 잔을 내려놓았다.

먼저 입을 연 사람은 황보량이었다.

"어떻게 된 일이오? 대충 보고는 받았소이다만."

"본 맹 내에 은밀한 그림자가 있다는 애긴 들었을 거예요. 물론 제가 알기로 비은각에서도 자체적으로 조사를 진행 중인 것으로 알고 있습니다."

"부맹주님의 지시를 받고 추적 중입니다만 아직 뚜렷한 소득은 없소이다. 하면 이번 습격 사건이 그 일과 관련이 있다는 것이오?"

"그렇게 생각합니다. 물론 증거는 없습니다. 순전히 저의 직감일 뿐이에요."

황보량이 고개를 끄덕이며 물었다.

"하면 그들의 목적이 무엇이라고 생각하시오? 단순히 군사의 생명 하나만을 노리기 위함은 아닐 것 아니오."

"그것은 각주님께서 밝혀내셔야 할 일 아니옵니까?"

등 뒤에서 지켜보고 있던 백수파파가 발끈하며 말했다.

순간 황보량이 큰소리로 웃었다.

"핫핫핫! 내 정신 좀 봐. 파파의 말이 맞소이다. 내가 아주 어리석은 질문을 했구려."

백수파파가 고개를 숙였다.

"두 분 말씀 중에 끼어들어 송구하옵니다."

"아니오. 옳은 지적이었소이다, 파파. 난 전혀 개념치 않습니다. 아무튼 만사를 제쳐 두고 군사의 이번 암살 음모를 최우선적으로 다루기로 하겠습니다. 물론 군사께서도 나름대로 조사를 하겠지만 말이오."

그때 발자국 소리가 들리자 셋 모두 입구로 고개를 돌렸다.

조금 전 시신을 갖고 사라졌던 무적이란 사내가 한 명의 사내를 대동하고 방 안에 들어섰다. 무적과 같이 들어선 사내는 무척 단단해 보였는데 눈이 세모꼴로 무척 날카로워 보였다.

황보량이 사내를 보며 말했다.

"어떻던가, 무밀대주? 시신의 상처를 검시해 보았는가?"

"예, 각주님."

"그래, 흉수들이 사용한 무공의 정체가 드러났겠지?"

무밀대주가 망설였다.

"드러났습니다만, 그것이……."

"왜 그런가?"

"그것이……."

무밀대주가 얼른 말을 잇지 못하고 주저했다.

그러자 황보량이 힐끔 모용란의 눈치를 살피며 말했다.

"왜 여기 군사께서 들어서는 곤란한 얘긴가? 그건 말도 안 되는 일이지. 군사께서 가져온 문제의 답을 군사께 말해주지 않으면 누구에게 하라는 말인가?"

무밀대주가 더듬거리며 말했다.

"그것이 아니오라 시신의 난 상처가 워낙 해괴해서 말이옵니다."

"말해보게."

무밀대주가 잠시 심호흡을 하더니 무거운 표정으로 말했다.

"정확한 것은 아닙니다만, 시신의 몸에 난 흔적들은……."

또다시 주저하자 황보량이 눈을 치켜떴다.

"이 사람이 평소 자네답지 않게 왜 이렇게 사람 애를 태우고 그러는 거야?"

무밀대주가 작심을 한 듯 입술을 꼭 물더니 말했다.

"시신의 몸에 난 흔적들은 그것입니다."

"그것이라니?"

"혈오수(血五手)입니다."

황보량이 눈을 빛내며 물었다.

"지금 뭐라고 했는가?"

"시신의 몸에 여러 검흔도 있지만 몇 구에서 혈오수가 발견되었습니다."

"혈오수라면 한때 천하를 피로 물들인 혈오천존의 독문 장법 아닌가?"

"틀림없습니다. 아직 수위가 깊지는 않지만 틀림없는 혈오수의 장세를 갖고 있습니다."

모용란이 다그치듯 물었다.

"분명한가요? 혈오수가 확실해요?"

"확실합니다. 혈오수입니다."

모용란의 안색이 굳어졌다.

혈오수(血五手). 그것은 실로 미증유의 장법이자 죽음의 재앙이었다.

한 번 펼쳐지면 반드시 상대를 죽음으로 몰아넣는다. 삼십 년 전 한 사내가 강호에 피보다 붉은 손바닥으로 세상을 발칵 뒤집어놓았다.

이름하여 혈오천존.

그의 손이 한 번씩 번뜩일 때마다 상대의 가슴에는 도장처럼 한 개의 장인이 찍혔다. 강호의 그 어떤 장법보다 혹독하고 잔혹하여 공포로 인구에 회자되는 혈오수의 등장은 그렇게 시작되었다.

황보량이 확인하듯 다시 물었다.

"분명하느냐? 혈오수가 틀림없느냔 말이다."

"예, 각주님!"

무밀대주가 단호히 대답했다.

순간 황보량은 물론 모용란의 안색이 돌덩이처럼 차갑게 굳어졌다.

회색빛 나뭇가지에 푸른 싹이 돋기 시작했다. 산 아래로부터 불어오는 바람에 따뜻한 온기가 실려 있었고 아침나절의 햇빛이 유리 그릇처럼 눈부신 것이 봄이 왔음을 말해주고 있었다.

아침을 먹고 상을 치우고 있는 악소천에게 사부가 한 권의 책을 내밀었다.

"받거라."

"이 책은 또 뭡니까?"

"내용을 외우도록 해라. 빠를수록 좋다."

악소천은 책을 받아 표지를 살폈다. 뇌검심정술이 기록되었던 고서와 달리 이번 책의 표지에는 글씨가 씌여 있었다.

천지연환구보(天地連環九步).

악소천이 더듬거리며 읽었다.

그리고 사부를 쳐다보며 물었다.

"가만, 보(步)라고 하면 걸음을 말하는 것 아닙니까?"

사부가 그렇다고 고개를 끄덕였다.

"제대로 아는구나. 그렇단다. 바로 걸음을 얘기하는데 보법이라고도 부른다."

악소천의 눈을 빛냈다.

"하면 앞으로 걸음을 가르쳐 주시겠다는 말입니까?"

악소천의 입이 벌어졌다.

걸음이야말로 도모술의 처음과 끝이라고 해도 과언이 아니다.

자신 또한 아버지의 걸음을 배웠고 스스로 연구하고 발전시켰지만 한계에 부딪쳤다. 완숙하고 좀 더 나은 걸음을 배우기 위해 무던히 애를 썼지만 쉽지 않았다. 걸음이 완벽할 때만이 덩달아 손놀림까지도 빨라진다고 아버지는 귀가 아프게 말했다.

건곤뢰를 맞고 난 이후 사부는 더 이상 벼락을 맞는 것은 무의미하다고 했다. 대신 앞으로는 몸 속에 들어 있는 건곤뢰를 완전하게 녹여 단전으로 흡수하는 일에 매진하라고 했다. 건곤뢰는 워낙 강하고 뜨거운 뇌의 결정이기 때문에 몸 속에 들어왔지만 아직 완전하게 녹아 흡수되지 않고 있었다. 그래서 악소천은 그날 이후 몸 속에 덩어리로 굳어 있는 건곤뢰를 녹이기 위해 하루에 아침저녁 두 번씩 뇌검심정술로 운기조식을 취했다.

그러면서 언제 걸음을 가르쳐 주나 무척 기다렸는데 마침내 그토록 기다리던 걸음에 대한 비급을 건네받은 것이다.

"오늘부터 밤을 새워서라도 외우겠습니다."

"뇌검심정술과 마찬가지로 단 한 개의 글자도 틀려서는 안 된다. 한 개의 글씨만 잘못 외워도 큰일이 남을 명심하거라."

"염려 마십시오, 사부님!"

기분이 들뜬 악소천은 큰소리로 대답하고 곧바로 책을 펼쳐 들었다.

다행히 천지연환구보의 구결은 뇌검심정술보다 분량이 적었다. 무슨 뜻인지 알 수는 없었지만 틀리지 않게 외우는 것이 일차 목표였으므로 악소천은 밥 먹는 시간을 제외하고는 천지연환구보에 매달렸다.

거의 뜬 눈으로 밤을 새우면서 읽었으며 나무를 하면서도 틈틈이 책을 펼쳐 들고 외웠다.

'무서운 의지로구나.'

자시가 넘었는데도 유등 불 아래서 구결을 외우는 악소천을 보며 사부는 놀란 표정을 지었다.

'도모술을 배우는 것이 저 아이에게는 저토록 즐겁고 유쾌한 일인가?'

악소천은 자신이 겪고 있는 모든 일이 뛰어난 도모술을 터득하는 과정으로 믿고 있었다. 나중 모든 사실을 알게 되더라도 아직은 억지로 말해줄 필요가 없다는 것이 사부의 생각이었다. 지금으로서는 도모술만큼 악소천의 흥미와 집념을 유발할 수 있는 것은 없었기 때문이다.

자신이 지금까지 죽기를 각오하고 배운 것이 도모술이 아니라는 것을 알게 된다면 얼마나 실망할까를 생각하니 작은 실소가 터져 나왔다. 보나마나 평소의 성격을 보건대 아마 자신을 잡아죽이려 들지도 몰랐다.

하나 하는 수 없었다. 모든 것은 운명이었다. 운명은 하늘의 섭리이기 때문에 인간의 뜻대로 어떻게 해볼 방법이 없었다. 자신과 악소천이 만난 것은 하늘이 정해준 철저한 운명이었다.

악소천은 보름 만에 천지연환구보를 모두 외웠다.

뇌검심정술을 한 달 만에 외웠는데 그보다 절반 분량도 되지 않은 천지연환구보를 보름 걸렸으니 무척 오래 걸린 셈이었다. 악소천은 사부가 지켜보는 앞에서 천지연환구보를 큰소리로 외워 보였다. 중간에 가끔씩 더듬거리긴 했지만 단 한 글자도 틀리지 않고 외우자 사부가 고개를 끄덕였다.

"매우 좋다. 한 자도 틀리지 않았다. 완벽하다."

"감사합니다, 사부님."

"걸음의 중요성은 백번을 강조해도 부족하지 않다."

"그렇습니다."

아버지의 걸음은 무척 현묘했다. 하나 낙양제일의 도모수인 천면신투에 비하면 아이 걸음이었다. 언젠가 우연히 본 천면신투의 걸음은 환상 그 자체였다. 눈 깜짝 할 사이에 공격을 마치고 사람들 사이로 모습을 감춰 버린 천면신투의 걸음이란 실로 눈이 부셨다.

"천지연환구보는 크게 종보(縱步)와 횡보(橫步), 그리고 원보(圓步)로 나눈다. 종보는 앞뒤로 가는 걸음이다. 횡보는 옆으로 이동하는 걸음이며 원보는 종보와 횡보가 혼용된 걸음이다. 천지연환구보를 극성에 이르면 아홉 개의 분신이 만들어진다."

"아, 아홉 개의 분신이라면 똑같은 제자의 모습이 아홉 개 생긴다는 말입니까?"

"오냐."

악소천의 입이 쩌억 벌려졌다.

아홉 개의 분신(分身).

만약 사실이라면 죽었다 깨어나도 들킬 염려가 없었다. 여러 개의 환영을 만들어 표적의 시선을 다른 곳으로 유인하고 털어버리는데 무슨 수로 알 것인가.

갑자기 가슴이 뜨거워지고 숨이 막혀왔다. 천면신투의 걸음이 뛰어나긴 하지만 분신을 만들어낼 만큼 현란하지는 못했다. 천지연환구보를 익히기만 하면 그를 누르고 낙양제일 신투의 위(位)에 오르는 것은 식은 죽 먹기였다.

천지연환구보의 근간은 아홉 걸음에 모든 변화와 속도를 담아내는 것이었다. 종보는 물론 횡보와 원보 모두 아홉 걸음 속에서 모든 것을 이루어야했다.

아홉 걸음[九步].

그 안에 생과 사가 담겨 있는 것이다.

"허험."

사부가 헛기침을 한 뒤 종보를 시연해 보기 위해 섰다.

악소천의 두 눈이 형형한 빛을 뿌렸다. 터럭만 한 변화도 놓치지 않겠다는 불타는 눈빛이었다.

"지금 내가 보일 걸음은 종보 중에서도 앞으로 이동하는 전보이니라. 그럼 지금부터 전보를 보여줄 테니 변화 하나도 놓치지 말고 잘 기억해 두거라."

스윽!

사부가 걸음을 뗴었다.

먼저 오른발을 한걸음 앞으로 내딛었다. 언뜻 봐서는 보통 사람의 걸음과 하나도 틀리지 않았다. 앞부리를 똑바로 세워

내딛는 것이 어디서나 흔히 볼 수 있는 걸음걸이였다.

스으으!

사부는 걷고 있었다. 한데 순식간에 마당 끝에 도달해 있었다.

"허헉!"

악소천의 두 눈이 화등잔만 하게 커졌다.

틀림없이 천천히 내딛었는데 어느새 십여 장 정도 떨어진 마당 끝에 도달해 있었던 것이다.

"잘 봤느냐?"

"아… 아니, 제대로 못 봤습니다."

"다시 보여줄 테니 잘 봐라."

사부가 이쪽을 향해 돌아섰고 악소천의 두 눈에 힘을 주었다.

눈을 최대한 크게 뜨고 사부의 두 다리를 주시했다.

"간다!"

조용한 말과 함께 사부가 걸어왔다.

스르르르!

그것은 걷는 걸음이라기보다는 미끄러지고 있었다. 분명히 왼발과 오른발이 교차하며 걸었지만 마치 물결이 밀려오는 듯 사부는 이동해 왔다.

"아아!"

악소천은 자신도 모르게 감탄을 흘리고 말았다.

"이제는 봤느냐?"

"보… 보긴 봤습니다만……."

"정확하지 않다는 얘기냐?"

"아닙니다. 정확히 봤는데 너무 빠르고 현란합니다."

사부의 눈이 커졌다.

"지, 지금 제대로 봤다고 했느냐?"

"예!"

"하면 내가 했던 대로 시늉을 낼 수 있단 말이냐?"

"하, 한번 해보겠습니다."

마치 어떤 신비로운 현상에 넋이 빠진 사람처럼 악소천이 마당 가운데에 이끌리듯 섰다.

그리고 조금 전 사부의 걸음을 떠올리는 듯 눈을 깜박이며 길게 호흡을 내쉬었다. 사부의 두 시선은 악소천의 좌우 다리에 고정되어 있었다.

척!

악소천이 걸음을 내딛었다.

처처처척!

사부처럼 부드럽지 않았다. 물결처럼 밀려 나아가지도 않았고 투박했으며 먼지까지 피어올랐다. 하나 어느새 그 또한 마당 끝에 서 있었으므로 사부의 눈은 찢어질듯 커졌다.

"다시 걸어보아라, 다시."

사부가 냉엄한 목소리로 재촉했다.

"알겠습니다!"

악소천이 큰소리로 대답하더니 호흡을 가다듬었다. 이윽고 사부를 향해 걷기 시작했다.

척— 처처척!

악소천이 다가오고 있었다. 거리는 대략 십여 장이 조금 넘는 거리였는데 두 호흡이 채 끝나기 전에 어느새 사부의 면전에 우뚝 몸을 세웠다.

'이럴 수가!'

사부의 입이 크게 벌려져 있었는데 거의 넋이 나간 얼굴이었다.

"다시 해봐라. 다시 한 번 걸어보아라."

"그러죠."

악소천이 또다시 걸었다.

여전히 빨랐다. 순식간에 마당 끝에 이르러 버린 악소천을 보며 사부의 목소리가 떨려 나왔다.

"세상에 어찌 이런 일이 있을 수 있단 말인가."

악소천이 염려스런 표정으로 물었다.

"제자가 잘못 걸은 것입니까? 잘못되었으면 지적해 주십시오."

사부의 두 눈이 찌를 듯이 쳐다보았다.

"아니다. 완벽했다. 너의 걸음은 너무 훌륭하여 뭐라고 할 말이 없구나. 한 번만 더 내게 보여줄 수 있겠느냐?"

악소천이 이맛살을 찌푸렸다. 그리고 고개를 갸웃거리며 다시 걸음을 옮기기 시작했다.

처처척!

첫발을 내딛는가 싶었는데 어느새 마당 끝에 도달해 버린 악소천을 보며 사부가 토하듯 말했다.

"그것이다. 됐다. 하나도 틀리지 않구나!"

"정말입니까?"

악소천의 걸음은 거의 완벽에 가까웠다. 단 한 번 보고 그대로 따라해 버리는 악소천의 재능에 사부는 한동안 말을 잊은 듯 그를 쳐다만 보았다. 몇 군데에서 움찔거리고 투박하긴 했지만 전체적인 보세는 흔들림이 없었다. 자질의 뛰어남을 겪고 보았지만 단 한 번에 그대로 흉내 낼 줄은 몰랐다.

'내가 복덩이를 얻었다. 본 문에 엄청난 호박이 넝쿨째 굴러들어 왔구나……!'

터져 나오는 환희와 기쁨을 주체할 길이 없었다.

밖으로 표현하면 혹시라도 눈치를 채거나 오만방자해질까 봐 사부는 터져 나오는 감격과 기쁨의 웃음을 꾹 눌러 참았다. 그리고 표정은 더욱 엄숙해졌다.

"이번에는 횡보다. 말 그대로 옆 걸음이지. 방식 또한 종보와 크게 차이나지 않는다."

악소천의 두 눈이 반짝거렸다.

잠시 호흡을 조절하던 사부가 우측으로 걸음을 시작했다.

사사삭!

게처럼 사부가 옆으로 이동하고 있었다. 한데 무척 빨랐
다. 잠깐 사이에 마당을 횡단하여 사립문 앞에 우뚝 서 있었
다.

사부가 돌아보며 물었다.

"보았느냐?"

"한 번만 더 보여주십시오."

"알겠다."

사부가 이번엔 좌측으로 이동했다.

삭— 사사삭!

잔잔한 수면 위를 미끄러지는 물고기처럼 사부가 이동하
고 있었다. 그 자리에 가만있는 것 같았는데 어느새 빠르게
움직였고 속도가 눈부셨다.

"어떠하냐. 할 수 있겠느냐?"

"한번 해보겠습니다."

악소천이 마당 가운데 섰다.

양발을 어깨 넓이로 벌리고 몸에 가볍게 움직여 힘을 빼더
니 우측으로 이동하기 시작했다.

삭— 삭삭!

상체가 기우뚱거렸다. 좌우발이 교차할 때마다 중심이 흔
들렸지만 빠르게 나아가 마당 끝에 이르렀다.

"이번엔 좌측으로 걸어보아라."

악소천이 옆으로 움직였다.

최대한 발바닥을 땅바닥에 붙여서 걸었는데 그가 지나가자 먼지가 자욱하게 피어 일어났다.

"어떠신지요?"

긴장한 표정으로 질문을 하는 악소천의 이마에 굵은 땀방울이 맺혀 있었다.

사부의 안색은 여러 차례 변했다.

언뜻 놀라는 것 같기도 했고 고개를 갸웃거리는 것이 어딘가 못마땅해하는 불만족스런 얼굴이기도 했다. 속마음을 알 길이 없어 잠시 사부의 눈치를 보고 있는데 조용히 말했다.

"연습해라. 그대로 수련을 쌓으면 된다."

"크게 고칠 것은 없는지요."

"있지만 일단 지금처럼 계속 연습해라."

처음부터 고칠 것이 없다고 말하면 건방져질 수도 있다. 적당한 선에서 칭찬을 마무리해 만약에 발생할 수도 있는 게으름과 오만을 미리 방지해야 한다. 워낙 눈치가 빠르고 교활한 놈이기 때문에 사부는 더욱 표정을 굳힌 채 방 안으로 들어갔다.

탁!

방문을 닫은 사부는 미친 듯 웃기 시작했다.

입 밖으로 터져 나오려는 웃음을 이불로 막으면서 아랫배가 아플 만큼 웃고 또 웃었다. 살아생전 언제 이토록 기분 좋게 웃어본 적이 있었던가.

'놈은 보물이다. 아니, 괴물이다.'

지금까지 살아오면서 자신처럼 복없는 사람이 또 있을까 싶을 만큼 지지리 되는 일도 없었다. 만사가 꼬였고 걸핏하면 실패하거나 무너지기 일쑤였다.

불과 다섯 살 되던 해에 쥐뿔도 없는 문파의 문주 직에 턱 하니 옹립되어 온갖 고생 안 해본 것이 없었다. 책임만 잔뜩 짊어지고 누릴 권한과 권력이라고는 아무것도 없는 현실을 얼마나 원망하며 속 터져 했던가. 급기야 문주 자릴 내팽개치고 머릴 깎으려고 산에 들어갔지만 운명이라는 것이 얼마나 기구한 것인지 그곳에서도 출가할 운명이 아니라면서 받아주지 않았다.

이립(而立)을 넘고 나서아 운명이린 지항히기보다는 순응하는 것이 현명하다는 진리를 깨우치고 그때부터 본래의 자리로 돌아갔다. 그리고 최선을 다해 늦게나마 무공을 연마하고 비록 몰락한 문파이지만 사문을 일으켜 세우기 위해 나름대로 최선을 다하며 오늘에 이르렀다.

어쨌든 돌아보건대 단 한 번도 만사형통해 본 적이 없는 삶이다.

그런데 지금 이 무슨 운명의 장난이란 말인가. 날벼락처럼 어린놈이 품속을 뒤지기에 홧김에 놈의 은자를 털어버렸는데 이런 놀라운 인연이 맺어질 줄이야.

그것도 보통 인연이 아니라 하나를 가르치면 열 개를 깨우쳐 버리는 신동을 만난 것이다.

'앞으로 남은 인생이라도 미친 듯 피려나?

혼자 상상의 나래를 펴며 사부는 또 웃었다. 웃지 않고서는 이 즐거움을 어찌해 볼 방법이 없었다.

마의 바람은 아무도 가로막지 못하고 아수라의 칼은 한 번에 자른다네.

산을 쩌렁쩌렁 울리는 노랫소리가 울려 퍼졌다.

악소천이 큰소리로 노래를 부르며 산길을 내려가고 있었다.

선인은 작은 적에도 신중하고 존은 함부로 화내지 않노라. 신창은 한 번 뽑기 전에 여러 번 생각하고 늑대의 주먹은 잡을 수 없이 빠르다네.

식량이 바닥났다. 그래서 쌀을 비롯한 반찬거리를 구하러 산을 내려가고 있는 길이었다.

만 번을 패했어도 빼어나고 천 번을 이겼어도.

악소천이 갑자기 노래를 뚝 그쳤다.

그리고 두 눈을 빛내며 중얼거렸다.

'가만있자. 이렇게 무의미하게 걸어갈 것이 아니라 이왕이면 배운 것을 복습하면서.'

호흡을 가다듬고 천지연환구보의 구결을 떠올렸다.

그리고 종보를 펼쳤다.

사사삭!

악소천의 몸이 땅에 착 달라붙은 듯 바람처럼 미끄러져 나아갔다.

무척 빠르게 움직이는데도 바람이 일지 않았고 옷자락도 펄럭이지 않았다.

천지연환보의 수위가 높아질수록 바람도 일어나지 않는다고 했다.

빠른 종보에 주위 나무가 빠르게 뒤로 이동했고 순식간에 두 개의 고개를 훌쩍 넘어버렸다.

종보를 시전하며 빠르게 내려가던 악소천이 걸음을 세웠다.

'이번엔 횡보를.'

악소천이 몸을 옆으로 세웠다.

잠시 횡보의 구결을 중얼거리던 악소천의 몸이 옆으로 이동하기 시작했다.

스으으윽!

걸음을 내딛고 있다기보다는 미끄러지고 있었다. 상체가 전혀 요동하지 않았고 무릎도 굽혀지지 않는데 악소천의 몸은 신속히 옆으로 걷고 있었다.

악소천은 어느새 관도로 접어들었고 지나가던 사람들이 악소천의 특이한 걸음걸이에 놀라는 눈으로 쳐다보았다. 사람들의 주목을 받자 절로 흥이 났고 악소천은 횡보의 속도를 올렸다.

스으으으!

눈 위를 미끄러지듯 옆으로 나아가자 구경을 하던 사람들이 모두 감탄을 금치 못했다.

"저럴 수가!"

"무슨 걸음이."

옆으로 걷던 악소천의 신형이 틀어지며 종보로 바뀌었다.

싸아악!

바람처럼 이동하는 악소천의 발놀림에 사람들은 경탄을 금치 못했고 쏘아가듯 앞으로 나아가던 신형이 갑자기 뒤로 후퇴하기 시작했다.

츠으으!

까마득히 멀어졌다가 순식간에 뒷걸음으로 다가오자 사람들의 눈은 더 이상 찢어질 수 없을 만큼 커졌다.

씨익!

사람들의 놀란 시선과 자신의 걸음에 만족한 듯 누런 이

를 드러내며 웃던 악소천이 평소의 걸음으로 바꾸어 관도를
걸었다. 걸음의 속도가 자신들과 비슷해지자 사람들이 주위
로 몰려들어 이것저것 신기하다는 듯 질문을 퍼붓기 시작했
다.

"도대체 무슨 걸음이오?"

"우리도 좀 배웁시다."

뜨거운 사람들의 관심에 어깨를 으쓱하던 악소천의 두 눈
이 번득였다.

악소천과 그를 둘러싼 사람들이 저잣거리 초입에 들어서
고 있었는데 맞은편에서 금포를 걸친 한 명의 사내가 팔자걸
음으로 다가오고 있었다.

한눈에 일찍 장사를 끝내고 돌아가는 장사꾼임을 알아볼
수 있었는데 아랫배가 불룩 솟아 있었다.

'전대(錢臺)다!'

악소천은 금포사내를 상대로 직접 도모술을 펼쳐 걸음의
정도를 시험해 보고 싶은 욕망을 느꼈다. 백번 연습하는 것보
다 한 번의 실전이 효과적이라는 것은 주지의 사실이다.

악소천의 두 눈이 활활 타올랐다.

'해보자!'

자신의 도모술 중 가장 취약한 부분이 걸음이었다. 그래서
지난 시간 미친 듯 천지연환구보에 매달렸고 오늘 마침내 실
전을 경험해 보려는 것이다.

신기한 걸음에 관심을 보이며 주위를 에워싸고 있던 사람들도 저잣거리에 들어서면서 모두 각자 갈 길로 흩어졌고 여기저기서 물건을 쌓아놓고 손님을 끌기 위한 호객꾼들의 외침이 귀를 먹먹하게 만들었다.

금포사내는 흡족한 표정으로 다가왔는데 오늘 장사에 무척 만족해하는 얼굴이었다.

악소천은 숨을 가다듬었다.

오랜만에 도모술을 펼치려 들자 가슴이 두근거렸고 손바닥에 땀까지 배어 나왔다.

무려 일 년 만에 펼쳐 보는 도모술이다.

악소천은 긴장을 풀기 위해 다시 한 번 길게 숨을 들이마신 후 종보의 구결을 따라 걸음을 옮겼다. 저잣거리는 인파로 북적대었지만 악소천의 몸은 미꾸라지처럼 단 한 명의 사람과도 어깨를 부딪치지 않고 금포사내를 향해 다가갔다.

스스로 생각해도 놀라웠다. 예전 같았으면 이 정도 사람이 끓으면 접근 도중 두세 차례 주위와 부딪쳤다. 그렇게 되면 걸음의 속도가 떨어질 뿐 아니라 부딪친 사람들의 시선을 받게 되어 자칫 공격이 목격되거나 실패할 위험이 컸다.

하나 종보는 절묘하게 사람들 사이를 빠져나가도록 만들었다. 그렇다고 속도가 떨어진 것은 더욱 아니었다. 휙 하며 지나가는데도 어느새 맞은편에서 부딪쳐 오는 사람과의 충돌을 피해 빠져나가는 환상적인 몸놀림에 짜릿한 전율이 일었다.

'실전에 더욱 빛나는 걸음이라니……!'

더욱 감탄을 금치 못하며 금포사내의 왼쪽으로 다가섰다.

순간 금포사내의 시선이 움찔하며 악소천을 쫓았다. 흔히 큰돈을 지니고 있는 사람들이 취하는 본능적인 경계심이었다. 하나 금포사내의 시선이 좌측으로 다가서는 악소천을 쫓을 때 행인 한 사람이 둘 사이에 끼어들며 금포사내의 시선에서 악소천을 차단해 버렸다.

쓰으으!

바로 그 순간 악소천의 몸이 우측으로 이동했다.

종보에서 횡보로 바뀐 것이다.

움찔!

순식간에 좌측으로 다가오던 악소천이 시야에서 사라져 버리자 금포사내가 흠칫 놀라는 표정을 지었다. 비록 일반 사람이었지만 상대의 시선을 떨어뜨릴 만큼 종보에서 횡보로 바뀌는 변화와 속도는 상상을 초월했다.

스윽!

금포사내가 놀라며 주위를 두리번거리다 안도의 표정을 지었다. 악소천이 자신의 우측 어깨를 스치듯 지나가고 있었기 때문이다. 금포사내는 다시 팔자걸음으로 느긋하게 저잣거리를 헤치며 나아갔다.

한편 사라지는 금포사내를 인파 속에서 지켜보던 악소천의 입꼬리는 힘껏 말려 올라가고 있었고 그의 손에는 두툼한 전대 한 개가 쥐어져 있었다. 굳이 안을 열어보지 않아도 은자가 가득 들어 있다는 것을 알 수 있었다. 족히 다섯 근은 될 것 같은 전대가 통째 털렸는데도 모르고 열심히 걸어간다는 것은 그만큼 걸음이 완벽했다는 뜻이었다.

품속이나 주머니에 있는 은자는 손을 넣어 꺼내가지만 허리에 차고 있는 전대의 경우는 대부분 손가락 사이에 숨겨놓은 칼로 끈을 자르고 통째 가져간다.

아무리 질긴 전대의 끈을 자르는 손가락 사이의 칼이 예리하다고는 하지만 완벽한 걸음으로 상대의 시선을 따돌리지 않았다면 성공할 수 없었을 것이었으므로 악소천의 입가의 미소가 더욱 짙어졌다.

한 번의 실전을 통해 뛰어남이 증명된 탓에 악소천은 더욱 천지연환구보에 매달렸다.

그리고 천지연환구보를 수련한 지 팔 개월이 되던 날 마당 한 켠에 또 한 명의 악소천이 모습을 드러냈다.

'환영이다.'

비록 실체와는 적지 않은 차이가 있었지만 종보와 횡보를 뒤섞은 원보를 펼칠 때마다 흐릿한 형상의 또 하나의 자신이 생겨나 있었다.

수위가 높아질수록 환영은 실체에 가까워진다고 했는데 아직 환영 상태에서는 이목구비가 없었다. 사람의 형상을 한 아지랑이가 가물거렸다.

하지만 사부는 희색을 금치 못했다.

'흐흐! 이거야말로 통천 경악할 일이다. 본 문 역사 어디를 뒤져도 천지연환구보 수련 팔 개월 만에 환영을 만들어냈다는 기록은 없거늘!'

하나 결코 입을 벌려 소리내어 웃는 따위의 짓은 하지 않았다. 그저 마음속으로 한을 토해내듯 실컷 웃을 뿐이었다.

'흐흐흐흐!'

사부의 속마음을 아는지 모르는지 악소천은 더욱 보법 연마에 심취했다.

그리고 두 번째 겨울이 찾아왔고 거위 털 같은 흰 눈이 내리던 날 사부는 생사십팔섬이라고 쓰여진 기서 한 권을 내밀었다.

생사십팔섬(生死十八閃).

그것은 장법이었다.

꿀꺽!

그동안 환영이 두 개 이상 늘어나지 않은 보법에 약간 의기소침해 있던 악소천의 두 눈이 반짝거렸다. 그것은 침체된 악소천의 기분을 전환하는 뜨거운 활력소였다. 악소천은 다음 날부터 생사십팔섬의 구결을 암기하기 시작했다. 사부로부터 건네받은 기서 중 가장 분량이 많기도 했지만 생사십팔섬의 구결을 외우는 데 정확히 두 달 반이 소모되었다. 그리고 그해 겨울이 깊어가는 음력 섣달그믐부터 생사십팔섬을 수련하기 시작했다.

생사십팔섬은 말 그대로 열여덟 개의 장법이었다.

하나 다른 장법과 한 가지 다른 점은 하나의 장법이 열여덟 개의 식을 구성하는 부속물이기도 하지만 또한 독자적인 위력과 기능을 갖고 있다는 것이다. 즉, 열여덟 개의 장법 하나하나가 나름대로 특징과 위력을 달리하고 있는 것이다.

특히 생사십팔섬은 뇌검심정술에 기초했기 때문에 철저히 뇌의 장법이다. 그래서 생사십팔섬이란 곧 열여덟 개의 뇌전을 말하고 있는 것이다.

생사십팔섬 제일식 풍섬(風閃).

말 그대로 바람과 같은 쾌속절륜한 장법이다. 풍섬은 변화와 파괴력보다는 빠름에 그 가치를 두었다.

일명 피의 쾌장(快掌).

흔히 소리와 흔적을 남기지 않는 병기의 특성을 감안해 암습할 때는 주로 검이나 병기를 사용한다. 장이나 권은 아무래도 소리를 남길 뿐 아니라 공격의 폭이 넓고 둔탁하여 발각될 위험이 크기 때문이다. 하나 풍섬은 그런 장법의 단점을 제거한 쾌장으로 전광석화와 같은 속도를 생명으로 한다.

허공에 손이 나타났다.

번쩍!

흰 장광이 나타났다가 순식간에 사라졌다.

파팟!

공기가 산산조각이 되어 으스러졌다. 하나 공기는 금새 다시 섞여 허공을 가득 메웠다.

'흐음!'

문득 악소천의 이마가 찌푸려졌다.

벌써 사흘째 풍섬에 매달려 있는데 진전이 영 못마땅했다. 구결은 운용하고 손바닥을 이용해 진기를 밖으로 튕겨내는 과정이 매끄럽지 못했다. 과정이 일사불란하지 못하다 보니 쏘아져 나가는 장력이 둔탁해지며 제 속도를 내지 못하고 있는 것이다.

슈욱! 츠츠측!

연거푸 좌우 쌍장을 번갈아가며 허공을 격했지만 상상했던 것만큼 재빠르지 못했다. 그것은 어딘가에 문제가 있음을 말하고 있었다. 자세에 문제가 있다면 불편해야 하는데 전혀 그런 느낌이 들지 않은 것을 보면 구결 운용을 다시 짚어봐야 했다.

후우!

길게 숨을 들이쉬며 뇌검심정술을 운용했다.

순간 단전의 진기가 거칠게 회오리치며 일어섰다. 조심스럽게 몸 밖으로 끌어낸 진기를 경락으로 이끌며 양손으로 모으기 시작했다.

'으음!'

아직까지는 진기의 흐름이 부드럽다.

거칠 것이 없고 미끄러지듯 흐르는 것을 느끼며 조심스럽게 양손으로 진기를 끌어들였다.

천정(天井)과 소해(小海)까지는 진기가 막힘없이 흘러들어왔다. 이제 남은 것은 외문과 장지 액문이다. 장지와 액문을 통해 내기가 몸 밖으로 분출되기 때문에 이 두 곳만 매끄럽게 통과하면 문제는 결코 없다.

'엇!'

갑자기 악소천의 입에서 자신도 모르는 다급성이 터져 나왔다.

장지를 지나던 진기가 거칠게 꿈틀 하며 주춤한 것이다.

'호흡이다.'

진기가 장지를 지나는 순간 자신의 호흡이 끊어졌다. 뇌검심정술 운용의 기본은 삼흡(三吸) 오출(五出)이다.

즉, 세 번의 들숨과 다섯 번의 날숨이 주기적으로 순환해야 하는 것이다. 한데 지금 마지막 다섯 번째 오출에서 문제가 있었다. 신속히 들숨으로 전환해야 한다는 본능적인 생각에 날숨을 제대로 끝내지 못하고 곧바로 들숨으로 전환한 것이다. 그러다 보니 진기가 주춤거리며 멈춘 것이다.

'찾았다!'

악소천은 천천히 들숨을 시작했다.

세 번의 들숨에 이어 다섯 번의 날숨을 거듭 하던 악소천이 여섯 번째에서 완전하게 호흡을 내뱉고 들숨으로 전환했다.

'됐다.'

그러자 놀랍게도 진기가 막힘없이 손바닥으로 흘러들어 왔다.

잠시 후 빠르게 호흡을 가져가며 오른손에 진기를 극성으로 끌어들인 악소천이 벼락처럼 손을 내뻗었다.

촤! 슈우우!

한줄기 장력이 화살처럼 날아가 전면의 소나무를 정통으로 가격했다.

파악!

소나무가 가볍게 흔들거렸다.

위력은 크게 없었지만 속도는 상당했으므로 악소천의 입가에 흐뭇한 미소가 내려앉았다.

후웁!

악소천은 곧바로 뇌검심정술을 운용했다.

마지막 날숨과 들숨의 간격을 느긋하게 조절하자 손으로 흘러들던 진기는 막힘이 없었다.

풍섬!

짧은 호통을 내지르며 오른손을 번개처럼 뻗어내었다.

좌아아!

한줄기 장력이 직선으로 날아가 노송 줄기를 정통으로 때렸다.

뻐억!

여전히 소나무는 짧게 미동하다 멈췄다. 하지만 악소천은 그다지 신경 쓰지 않았다. 풍섬은 위력보다는 속도가 생명인 쾌장이기 때문에 얼마만큼 빠르게 접근하느냐가 관건이기 때문이었다. 물론 속도 위주의 장법이라고 해서 살상력이 떨어지는 것은 아니다. 다만 제대로 속도가 났을 때 그 위력이 배가된다는 뜻이다. 소나무가 크게 흔들리지 않은 것은 아직 서툴기 때문이지, 장법 자체에 문제가 있기 때문은 아니었다.

악소천의 손동작이 바뀌었다.

일식의 형세는 거의 깨우쳤으므로 악소천은 곧바로 이식 수련에 들어간 것이다.

쌍섬(雙閃).

생사십팔섬 제이식.

하나 쌍장으로 생각하면 안 된다. 흔히 쌍장이라 함은 양손에서 하나의 장법을 토해내는 것을 말하지만 쌍섬은 각각의 장력이었다. 좌우 양손으로 각기 하나씩의 장법을 뿜어내는 장법인 것이다. 하나 쌍섬의 특징은 각각 두 개의 손에서 장법을 쏟아내지만 위력이 한 개일 때와 전혀 다를 바 없다는 것이다. 흔히 말하는 쌍장과 각장은 위력에서 큰 차이를 보인다. 두 개의 장법을 하나로 뭉쳐 뿜어내는 쌍장은 당연히 위력에서 압도적이다. 하나 각각의 장법은 몸 속의 내력이 두 개로 나눠지기 때문에 당연히 위력은 그만큼 약해질 수밖에 없지만 쌍섬은 전혀 그렇지 않았다. 두 개이지만 위력은 하나일 때와 같은 것이 쌍섬의 무서운 점이었다.

희고 부드러운 두 개의 손이 부챗살처럼 옆으로 쫙 이동하며 격렬하게 허공을 격(擊)했다. 순간 도장을 찍듯 허공에 여러 개의 손바닥이 나타났다가 바람결에 흩어졌다. 부드럽게 미끄러져 나갔다가 격렬하게 소용돌이를 일으켰고 잠시 숨을 가다듬으며 커다란 원을 만들던 손바닥이 일시에 앞으로 뻗어갔다.

팍— 파파팍!

손바닥의 움직임은 현란했다. 여러 개로 나누어졌딘 손바닥이 한 개로 합쳐졌다가 다시 분산되기를 반복했다.

콰우우!

허공이 신산이 부숴졌다. 허공이 비명을 질렀고 바람이 눈가루처럼 손바닥에 의해 파편이 되어 사방으로 날아갔다.

도모수는 보통 사람들보다 훨씬 손이 빠르다.

손이 빠르지 않고서는 결코 상대의 품속에 들어 있는 돈주머니를 꺼낼 수가 없기 때문이다. 그런데 가뜩이나 빠른 손은 생사십팔섬으로 인해 더욱 빨라지고 있었다.

들리는 말로는 낙양제일도모수 천면신투는 네 개의 손으

로 주머니를 뒤진다고 했다. 그에게만 특별히 네 개의 손이 달려 있을 리는 없다. 결국 네 개의 손이라는 뜻은 그 또한 자신처럼 생사십팔섬 같은 장법(掌法)을 배웠다는 뜻이 분명했다.

"큭큭!"

자신도 모르게 웃음이 터져 나왔다.

천면신투가 고작 네 개의 손으로 주머니를 뒤지는데 자신은 아직은 멀었지만 언젠가는 열여덟 개의 손으로 주머니를 뒤질 것이다.

그리고 지금은 삼식 금강섬에 이어 사식 비섬, 오식 벽력섬과 생사십팔섬 제육식 단철섬과 칠식 금종섬, 팔식 화섬을 넘어 구식 분섬, 십식 선섬을 연마하고 있었다.

손은 갈수록 빨라지고 있었다. 지금 정도만 갖고서도 천면신투보다 훨씬 빠른 손임을 자신할 수 있었으므로 더 이상 부러울 것도 없었다.

"지, 지금 뭐라고 했느냐? 여길 떠나겠다고 했느냐?"

그만 떠나겠다는 말에 저녁을 먹고 막 잠자리에 들려던 사부가 깜짝 놀라는 표정을 지었다.

악소천은 사부를 똑바로 쳐다보며 말했다.

"떠나겠습니다. 원래는 일 년 정도만 사부님 밑에서 배울 생각이었는데 사부님 가르침에 심취하다 보니 벌써 이 년이 넘어버렸습니다. 이 정도면 충분하다고 생각합니다."

사부는 몹시 당황한 표정을 지었다.

악소천은 말을 이었다.

"그동안 감사했습니다. 이 은혜 절대 잊지 않겠습니다."

"잠깐 앉아보거라."

사부가 자리에서 일어나려는 악소천의 손을 붙잡고 다시 주저앉혔다.

"아니, 왜 이러십니까?"

"도대체 왜 갑자기 떠나겠다는 것이냐? 내게 섭섭한 것 있느냐? 있으면 사내답게 당당하게 말해보아라. 내게 섭섭한 것 있으면 내가 사과하겠다."

"아닙니다. 사부님께서는 저에게 너무 잘해주셨습니다. 그런 것 전혀 없습니다."

"섭섭한 것도 없다면서 왜 갑자기 가겠다는 것이냐? 사내답게 툭 터놓고 말해보거라. 너, 나에게 꽁한 것 있지? 그러니까 갑자기 이렇게 떠나려는 것 아니냐?"

어떻게 해서라도 붙잡아야 했다.

지금 여기서 이대로 헤어진다면 악소천과의 인연은 끝이다. 이렇게 흐지부지 끝내서는 절대 안 된다. 무슨 수를 써서라도 악소천을 붙잡아야 했다.

"소천아, 난 아직 너에게 가르쳐 줄 것도 많은데 왜 벌써 가려 한단 말이냐?"

"아닙니다. 배울 만큼 배웠사옵니다. 그만 가르쳐 주셔도 됩니다."

지금까지 배운 것이면 충분했다.

오래전 식량을 구하기 위해 산을 내려와 실험해 보았다. 그 결과 사부로부터 배운 걸음이 완벽하게 통한다는 사실이 증명 되었다. 당시 곧바로 떠나고 싶은 충동이 생겼지만 장법(掌法)을 배우지 않았기 때문에 참았었다. 한데 이제 생사십팔섬이라는 놀라운 손놀림까지 배웠으므로 더 이상 이곳에 머물러 있을 필요가 없어졌다. 비록 십식까지밖에 익히지 않았지만 그 정도면 충분했고 나머지는 천천히 시간을 두고 익히면 된다.

지금까지 배운 기예라면 자신 또한 조그마한 조직 하나 만들어 운영할 수 있을 것 같았다. 낙양에서 내로라하는 도모수들 대부분이 작게는 대여섯 명에서부터 많게는 이십여 명 가까이 되는 조직을 운영하고 있었다.

자신도 이제 사람을 끌어 모아 집단을 만들고 싶어졌다. 지금까지 사부에게 배운 기예이면 한 집단의 수장이 되어 부하들을 거느릴 수 있을 것 같았다.

"절 받으십시오."

악소천이 자리에서 일어나 뒤로 두 걸음을 물러났다.

절을 하기 위해 양손을 앞으로 가지런히 모으고 앉아 있는 사부를 내려다보았다. 사부가 자신을 올려다보고 있었는데 방 안이 약간 어두운 탓인지 금방이라도 울 것 같은 표정을 짓고 있었다.

　그동안 기예를 배우기 위해 어쩔 수 없이 굽실거렸지만 마음에 우러나 사부를 존경해 본 적은 손톱만큼도 없었다. 이 년이 넘도록 열심히 밥하고 빨래해 주며 뒷수발을 했으므로 그것이면 기예를 배운 대가로 충분하다고 생각했다.

　그동안 놀고먹으면서 공짜로 기예만 배워가는 것이 아니라는 것을 애써 정당화하기 위해 노력하고 있을 때 사부가 입을 열었다.

　"좋다. 떠나겠다면 굳이 말리지 않겠다. 하나 그에 앞서 한 가지만 너에게 묻겠다."

　사부가 고개를 쳐들고 정색하여 말했다.

　"넌 지금까지 네가 배운 것이 정말로 도모술이라고 생각하느냐? 그것은 남의 주머니를 훔칠 수 있는 도모술이 아니라 강호에 흘러나가면 파란이 일어나고도 남을 한 문파의 무공이니라."

　사부가 비장한 얼굴로 말했지만 악소천은 아무런 표정 없이 우두커니 서서 내려다보기만 했다.

　사부가 이마를 찡그리며 물었다.

　"왜 그런 눈으로 보느냐? 전혀 놀라지 않는구나?"

　"도모술이든 아니든 그게 중요한 것은 아니죠. 저에게 징작 중요한 것은 사부님께 배운 재주가 도모술에 엄청난 도움이 된다는 사실입니다."

"한마디로 도모술을 펼치는 데 써먹기 위해 대충 무공인 줄 눈치 챘으면서도 열심히 배웠다는 얘기 아니냐?"

사부의 표정이 굳어졌다.

모든 것을 알고서도 내색을 하지 않는다는 것이 결코 쉬운 일은 아니다. 그것도 이제 스무 살밖에 되지 않은 소년이라면 그 심기의 깊음은 익히 짐작하고도 남았다.

사부가 마른침을 삼키며 정색했다.

"좋다. 까짓 것 이왕지사 이렇게 말이 나왔으니 확실하게 모든 것을 짚고 넘어가자꾸나. 정식으로 이 늙은이의 제자가 되어달라는 얘기다. 솔직히 말해 네놈이 마음에 든다. 그래서 제대로 제자로 받아들이고 싶다."

"이미 제자잖아요."

사부가 고개를 흔들었다.

"네놈이 내 기예를 배우기 위해 말로만 사부님이라고 불렀을 뿐 속으로는 전혀 존경하지 않고 있다는 것을 내가 모를 줄 아느냐? 내 말은 그런 식의 스승과 제자 말고 정식으로 구배지례를 올리고 하늘에 맹세하는 그런 사제지간을 맺자는 말이다."

"형식이 그렇게 중요합니까? 어쨌든 우린 이미 스승과 제자입니다. 그건 죽을 때까지 변하지 않을 사실입니다."

"내가 누군지 아느냐? 내 정체가 궁금하지 않느냐는 얘기다. 노부는 뇌검문의 장문인이다."

"……."

"개파조사는 뇌검선인이란 사람으로 지금으로부터 천오백 년 전의 인물이다. 내가 배운 뇌검심정술은 본 문의 처음이자 전부라고 할 수 있는 내공심법이다. 하나 개파조사 뇌검선인 이후 뇌검심정술을 익힌 사람은 네가 유일하다."

악소천이 흠칫 놀라는 표정을 지었다.

그리고 슬머시 제자리에 주저앉으며 물었다.

"정말입니까? 나 말고 누구도 연성하지 못했단 말입니까?"

"틀림없는 사실이다. 나뿐만 아니라 수많은 제자들이 벼락을 흡수하려 했지만 실패했다. 그 이유가 어디에 있는지 아느냐?"

"궁금합니다."

"몸이 약한 탓이다."

"무슨 말입니까?"

"벼락을 맞고서도 죽지 않아야 한다는 얘기다. 과연 벼락을 맞고 죽지 않을 몸이 천하에 몇 명이나 되겠느냐? 아무튼 뇌검문의 역대 장문인들은 벼락을 맞고서도 죽지 않을 만큼 뛰어난 근골을 지닌 후계자를 찾아 천하를 주유했다. 나름대로 근골이 뛰어나다 생각해 제자로 데려와 이곳 극조봉의 벼락을 맞게 하면 거의가 병신이 되거나 죽었다."

악소천이 무척 흥미롭다는 듯 두 눈을 반짝거렸다.

大九魔王

九大魔王

뇌검문의 무공은 철저히 뇌검심정술에 바탕했다. 뇌검심정술을 반드시 터득해야지 나머지 무공이 위력을 발하게 되어 있었다. 한데 벼락에 맞아 모든 제자들이 죽거나 병신이 되므로 인해 뇌검문의 절기는 뇌검선인 이후 세상에 나타날 기회를 갖지 못했다. 그렇다고 문을 닫을 수는 없었다. 그래서 역대 장문인들은 자신의 뒤를 이을 후계자만 겨우 남기고 숨을 거두길 반복했다.

"나 또한 뇌검심정술을 터득하지 못한 상태로 나머지 무공을 배웠기 때문에 천하에 이름을 전혀 날리지 못했다."

악소천이 물었다.

“만약 뇌검심정술을 완숙하게 수련하고서 나머지 무공을 터득하면 엄청나게 강해진다는 것입니까?”

“사실이다. 뇌검문의 모든 무공은 뇌의 기운에 기초해 있다. 그래서 다른 내공심법이 밑바탕 되어서는 전혀 힘을 쓰지 못한다. 오로지 뇌검심정술을 기초로 할 때만 그 위력이 드러나지.”

악소천이 고개를 끄덕였다.

사부가 물었다.

“네가 자주 부르는 노래의 제목이 무엇인지 아느냐?”

“자세히는 모르고 마왕가(魔王歌)라는 것으로 오래전부터 강호에 흘러 다니는 구전가요라고 알고 있습니다.”

“그렇다. 마왕가는 현 강호에서 가장 뛰어난 아홉 사람을 찬양한 노래 가사이다. 마왕가의 맨 마지막 구절을 불러보겠느냐?”

악소천이 사부를 뚫어져라 쳐다보았다.

그리고 어색한 듯 헛기침을 두어 번 하고 노래를 외쳐 불렀다.

“세상은 갈수록 험악해지는데 벼락은 나타날 줄 모르네.”

“그 대목은 바로 본 문을 두고 하는 말이다.”

악소천이 눈을 좁혀 뜨고 물었다.

“결국 뇌검문의 주인인 사부님께서 아홉 명 중 한 사람이라는 얘기 아닙니까?”

사부가 고개를 가로저었다.

"난 아니다."

"맨 마지막 구절이 뇌검문 주인을 지칭한다고 했으니까 당연히 사부님 아닙니까?"

"바뀌었다. 내가 아니라 바로 너다."

"내가?"

악소천이 눈을 크게 떴다.

사부가 빛나는 눈빛으로 말했다.

"넌 뇌검선인 개파조사 이후 최초로 뇌검심정술을 터득했다. 아까도 말했다시피 뇌검문의 무공은 뇌섬심정술을 얻을 때 그 위력이 드러난다. 아직은 여러 가지에서 미숙한 부분이 많지만 머잖아 반드시 뇌검문의 진정한 실체가 너에 의해 세상에 드러날 것으로 믿어 의심치 않는다. 하나 뭐니 뭐니 해도 뇌검문의 진짜 무서움은 일명 천왕뇌로 부는 뇌검에 있다."

"천왕뇌라는 검은 또 뭡니까?"

"말 그대로 벼락으로 만들어진 검을 말한다. 너의 몸 속에 들어 있는 뇌기가 뭉쳐 하나의 검으로 형상화할 것이다. 그것을 천왕뇌, 일명 뇌검이라고 한다."

악소천이 눈을 크게 뜨고 물었다.

"몸 속에 검이 들어 있단 말입니까?"

"지금은 아니지만 언젠가는 너의 몸에 들어간 벼락이 한

개의 단단한 결정을 이루게 될 것이다. 뇌검심정술은 궁극적
으로 너의 몸 속에 들어 있는 벼락을 검으로 만드는 방법이
다.”

사람의 몸 속에 검이 들어 있다는 사실이 아무리 생각해도
믿어지지가 않았다.

검이란 살상병기의 총아이다. 그래서 훌륭한 검일수록 베
고 자르지 못할 것이 없다. 비록 고정된 형태의 검은 아니라
지만 자신의 몸 속에 사람을 죽이는 검이 들어 있다는 사실이
얼른 피부에 와 닿지 않았으므로 한동안 눈을 깜박거리다 물
었다.

“하면 천왕뇌를 어떻게 사용하는 것입니까?”

“일반 검과 똑같다. 단지 몸 밖에 휴대하는 것이 아니라 몸
안에 있다는 차이가 있을 뿐이다. 뇌검심정술이 극성에 이르
렀을 때 내기를 일으켜 조종하면 천왕뇌를 몸 밖으로 끌어낼
수가 있다.”

너무 허무맹랑하기까지 한 얘기에 악소천이 피식 웃음을
짓고 말았다. 거짓말 같지는 않지만 그렇다고 믿기에는 너무
터무니없는 것 같았기 때문이었다.

“지금 내 입으로 백번 말을 해도 믿을 수 없을 것이다. 하
나 언젠가 뇌검심정술이 십이 성에 이르면 너의 몸에서 한 개
의 검이 뻗어 나와 세상을 박살 낼 것이다.”

여전히 악소천이 믿을 수 없다는 표정을 짓자 사부의 얼굴

이 굳어졌다.

"네가 끝까지 믿지 않으니 어쩔 수 없구나."

그리고 품속을 뒤지더니 빛 바랜 책 한 권을 꺼냈다.

책은 금방이라도 삭아 부숴질듯 낡아 있었는데 사부는 감개무량한 표정으로 한참 책을 살피더니 불쑥 내밀었다.

"봐라."

악소천은 사부가 건네준 고서를 받아보았다.

천왕검법(天王劍法).

책 표지에 붉은 글씨로 희미하게 씌어져 있었다.

사부가 당당한 목소리로 말했다.

"천왕뇌로 펼칠 수 있는 검법이다. 아주 가혹하지."

악소천은 책을 넘겨보았다.

깨알 같은 글씨가 쓰여져 있었는데 한눈에 검법이라는 것을 알 수 있었다.

하지만 무슨 뜻인지는 도무지 알 수가 없었다. 잠시 책장을 넘겨 살피던 악소천이 책을 덮었다.

"소천아."

"말씀하십시오, 사부님. 이 제자 세이 경청하겠나이다."

"난 네가 마음에 든다. 사실 처음 널 보는 순간 숨이 넘어가는 줄 알았구나. 한마디로 완벽한 근골을 갖고 있었다. 하나 곁으로 내색을 하지 않았던 것은 네가 워낙 눈치가 빠르고 심계가 깊어 혹시라도 좋아하는 기색을 보이면 그것을 빌미로 못되게 굴 것을 염려해서였다. 한데 오히려 기예를 배우지 못할까 봐 네가 나에게 잘 보이고자 노력하는 바람에 오늘날까지 무리없이 지내온 거지.”

문득 악소천이 마른침을 삼키며 자세를 고쳐 앉았다.

그리고 정색하여 물었다.

“사부님께 묻고자 합니다.”

“말해봐라.”

“혹시 누군가를 호되게 손볼 일 있습니까?”

사부가 눈을 치켜뜨며 물었다.

“누굴 손보다니? 갑자기 무슨 말이냐?”

“사문의 원수 같은 것 있냐는 얘기입니다. 이따금 무림인들 얘기를 들어보면 사문의 원수가 있어서 제자는 반드시 피의 복수를 해야 하는 숙명 같은 걸 지니고 있기도 한다던데 혹시 뇌검문에도 그런 깊은 사연이 있느냐고 묻는 것입니다.”

사부가 단호히 말했다.

“개파조사 말고는 제대로 어깨 펴고 살아본 적이 없는 문파인데 어디 원수진 놈이 있겠느냐? 살아오면서 왕왕 날 무시했던 몇 놈이 있긴 하지만 일상적인 감정일 뿐 사문의 원수라고까지 할 놈들은 눈을 씻고 찾아봐도 없다.”

“그러면 사문에 내가 누구의 지시를 따르거나 명령을 받들어야 할 사람이 있습니까?”

사부가 눈을 빛내며 물었다.

“그건 또 무슨 뜻으로 하는 질문이냐?”

악소천이 인상을 찡그리며 채근댔다.

“있습니까? 없습니까?”

사부가 고개를 저었다.

“전혀 없다. 나 죽고 나면 네가 곧바로 장문인인데 감히 누구의 말을 듣는단 말이냐? 절대 그런 것 없다.”

악소천이 눈에 힘을 주고 물었다.

“하면 내가 무슨 짓을 하든 간섭하거나 말릴 사람이 전혀 없다는 얘기지요?”

“그렇다. 한데 왜 그렇게 꼬치꼬치 캐묻느냐?”

“이런 말 들어보셨습니까? 빚 많은 집 양자로 들어가면 빚 갚느라 죽어라고 고생만 한다는 얘기 말입니다. 내 말은 겉만 번지르르할 뿐 멋모르고 들어갔다가 평생 죽을 때까지 앞서 가신 분들이 맺어놓은 강호의 악연 따위를 갚느라 허리 한 번 제대로 펴지 못하고 사는 것 아니냐는 것이지요.”

사부가 단호히 말했다.

“절대 널 고생시키거나 힘들게 할 일은 추호도 없다는 것을 하늘에 맹세한다.”

“틀림없습니까?”

돌연 사부가 고개를 갸웃거리더니 눈을 빛내며 말했다.

"아참, 한 가지 있구나. 너 혹시 혈금호면(血金虎面)이라고 들어보았느냐?"

악소천이 긴장한 표정으로 물었다.

"그건 또 무엇입니까?"

"말 그대로 황금보다 귀하다는 혈금(血金)으로 만들어진 호랑이의 탈이다. 혈금호면은 본 문의 신물이다. 그게 없으면 대내외적으로 본 문의 장문인이라는 것을 인정받지 못한다. 그래서 반드시 찾아야 하는 물건이지."

"정확히 좀 말씀해 보십시오."

"나도 보지 않아 자세히는 모른다. 다만 전해 내려오는 얘기에 의하면 그것에는 엄청난 비밀이 담겨 있다고 하더구나. 뿐만 아니라 귀하기가 천하에 으뜸이어서 그 가치는 상상을 초월한다고 했다."

악소천의 두 눈이 예리한 광채를 뿜었다.

"상상을 초월하는 가치라고 하면 혈금호면이 엄청난 고가의 물건이라는 말 아닙니까?"

"워낙 고가여서 가격을 매길 수가 없다고 한다."

악소천이 다그치듯 물었다.

"지금 어디 있습니까?"

"아주 오래전에 분실하여 종적을 알 수가 없다. 지난 세월 혈금호면을 찾기 위해 많은 노력을 했지만 실패했다. 다행히 삼 년 전쯤 강호에 호랑이 탈이 나타났다는 말을 얼핏 들었는데 아직 진위 확인은 못하고 있다."

악소천이 혼쾌히 말했다.

"좋습니다. 정식으로 뇌검문의 제자가 되어드리겠습니다."

사부가 눈을 부릅떴다.

"저, 정말이냐?"

악소천이 고개를 끄덕였다.

"물론입니다. 뇌검문의 후계자가 되어드리겠습니다."

"고… 고맙구나. 이렇게 간단하게 대답을 해주다니, 녀석."

사부가 악소천의 양손을 덥석 쥐었다. 사부는 눈물까지 글썽거리며 말했다.

"이게 꿈은 아니지? 아까 네가 떠나셨다고 해시 얼미나 마음 졸인 줄 아느냐? 사실 앞이 캄캄했느니라. 이제 와서 하는 얘기지만 난 널 너무 좋아했다."

"뇌검문의 정식 제자가 되어드리는 대신 한 가지 조건이 있습니다."

사부의 얼굴이 순식간에 굳어졌다.

"조… 조건?"

불안해하는 사부를 보며 악소천이 느릿하게 말했다.

"사부라고 해서 함부로 날 괴롭힌다거나 우월한 지위를 이용해 내 사생활을 간섭하려 든다면 절대 안 됩니다. 만약 그런 일이 생기면 당장 그 자리에서 사제의 연을 끊겠습니다.”

사부가 펄쩍 뛰며 손을 내저었다.

“죽어도 그런 일은 없을 것이다. 절대 간섭하지 않겠다. 단지…….”

“뭐요? 자꾸?”

“어른으로서 네가 나쁜 짓을 할 때는 충고쯤은 해야 되지 않겠느냐? 제자가 엇나가는데 모른 체 지켜만 보고 있을 수는 없지 않느냐?”

돌연 악소천의 눈을 빛내며 말했다.

“그것은 혹시 더 이상 앞으로는 도모수 노릇을 하지 말라는 뜻 아니오?”

사부가 헛기침을 했다.

그리고 정색을 하며 말했다.

“말이 나왔으니까 하는 얘긴데 대뇌검문의 장문인이 될 사람이 남의 주머니나 노려서야 되겠느냐? 이건 격에 맞지도 않을 뿐 아니라 사람들에게 알려지면 고개를 들지 못할 일 아니냐?”

사부가 조심스럽게 악소천의 눈치를 살피며 말을 이었다.

“생각해 보아라. 솔직히 말해 도모술이라는 게 나쁜 짓 아니냐. 아무리 가진 놈들 주머니만 턴다고 하지만 어쨌든 범죄 아니겠느냐? 네가 돈이 필요해서 도모수 노릇을 해야 한다면 이제 그럴 필요가 없다. 선조들이 물려준 재산이 적지 않게 있느니라.”

선조들이 남겨준 재산이 적지 않다는 말에 잠시 구겨졌던 악소천의 인상이 확 펴졌다.

“나, 나도 굳이 도모수 노릇을 하고 싶지는 않습니다. 하나 배운 게 도둑질이라고 할 줄 아는 게 그 짓거리뿐인데 먹고 살려면 어쩌겠습니까?”

“조금 전 말했다시피 문에서 내려온 재산이 조금 있구나. 무(武)로써 이름을 날리지 못하자 생계유지를 위해 장사를 벌였는데 그럭저럭 큰 부는 아니지만 누구에게 아쉬운 소리 하며 살아야 할 정도로 살지는 않는다. 그러니 그만 그 바닥에서 은퇴했으면 한다.”

악소천이 입맛을 다셨다. 뭔가 아쉬움이 적지 않게 남은 표정이었다.

“알았습니다. 완전히 손을 끊겠습니다.”

“장하다.”

사부의 얼굴에 환한 웃음이 가득했다.

“우리 잘해보자. 힘들고 어려울 때마다 서로 도와가면서 아주 사이좋게 지내자꾸나.”

“바라던 바입니다.”

두 사람의 시선이 강렬하게 엉켰다.

사부가 죽고 나면 장문인이 된다는 말에 도무지 가슴이 진정되지 않았다. 무림에 대해 자세히 알지는 못하지만 장문인이라는 직위가 어떤 자리인지는 알고 있었다. 비록 다 망해 버린 문파이지만 장문인이라는 이름 석 자는 어깨에 힘이 들어가기에 충분했고 엄청난 가치를 지닌 혈금호면은 물론 적지 않은 재산과 따르는 무리도 조금 있다고 했으므로 악소천의 입은 다물어지질 못했다.

"아자앗!"

기합도 평소보다 두 배는 우렁찼고 수련에 임하는 태도 또한 훨씬 진지했다. 이미 천지연환구보와 생사십팔섬도 중반부를 수련 중인데다 천오백 년 뇌검문 사상 두 번째로 뇌검심정술을 터득한 악소천의 몸놀림은 신비막측했다.

파파팍!

악소천의 손바닥이 좌우로 뻗어가며 마당가에 있는 아름드리 노송을 때렸다. 거대한 노송이 태풍을 맞은 듯 흔들거리며 바늘 같은 잎사귀들이 우수수 떨어졌다.

'오오!'

두 자루 검을 들고 모옥 문을 들어서던 사부의 눈이 휘둥그레졌다.

장정 세 명이 팔을 벌려야 간신히 손이 맞닿을 것 같은 거대한 노송이 금방이라도 부러질 듯이 휘청거렸다.

악소천의 뛰어난 자질을 알고는 있지만 하루가 다르게 성장해 가는 그를 보고 있노라니 절로 가슴이 벅차올랐다. 아무리 생각해도 엄청난 횡재를 했다는 생각을 지울 수가 없었다.

"옛다! 받거라."

사부가 들고 있던 두 자루의 검 중 한 개를 내밀었다.

천왕검법의 연마를 위해 아침 일찍 대장간을 찾아가 준비해 온 청강검이다. 비록 뇌검심정술을 터득하지 못하여 그다지 뛰어난 실력을 갖추지는 못했지만 아직까지 누구에게 패배하지 않았던 데에는 천왕검법의 힘이 컸다.

스르르!

악소천이 검을 검집에서 뽑아 들었다. 햇살에 검광이 줄기줄기 폭사되었는데 뇌검심정술이 아직 천왕뇌를 생성해 낼 경지에 이르지 못했으므로 당분간은 일반 검으로 수련을 해야 했다.

천왕검법은 모두 질식으로 이루어져 있었다.

제일식 지옥우(地獄雨).

그것은 장대 같은 검의 폭우였다. 한번 펼쳐지면 산야을 휩쓸어가 버리는 폭풍검우(暴風劍雨)에 결코 온전해질 수 있는 것은 아무것도 없다.

검을 거머쥐자 가슴이 두근거렸다.

그것은 마치 오랫동안 헤어져 있다가 만난 혈육과 같았는데 악소천의 두 눈이 가벼운 떨림을 일으켰다.

'묘하군. 검을 쥐니 이토록 가슴이 설레다니.'

짜릿한 전율이 등골을 적시며 손바닥에 검의 냉기가 깊숙이 파고들었다.

손에 힘을 주었다. 가만 쥔 손아귀에 검의 숨결이 느껴지는 것이 착각이던가. 금방이라도 검을 휘두르고 싶은 강렬한 충동과 흥분에 악소천은 숨을 길게 들이켰다.

"시작하십시오."

사부가 헛기침을 하고 마당 가운데 똑바로 섰는데 그 역시 손에 청강검 한 자루가 쥐어져 있었다.

"잘 봐라."

사부가 지옥우의 검형을 시전해 보이기 시작했다.

스스슥!

전후좌우로 빠르게 움직이면서 찌르고 베었는데 비록 운기를 하지 않은 가벼운 놀림이었지만 쾌속함과 장중함이 혀를 내두를 만큼 앞마당을 장악했다.

쉭쉭쉭!

사부의 검은 폭우였다. 대지를 할퀴듯이 쏟아졌다가 거칠게 허공을 짓밟더니 어느새 지면에 수십 개의 흔적을 만들었다.

뚝!

좁지 않은 마당을 거세게 난도질하던 검이 커다란 원을 만들며 사부의 가슴 앞에 모아졌다. 마치 날뛰던 짐승이 길들여져 주인 앞에 온전히 순종하듯 검은 사부의 거친 호흡을 따라 끝을 끄덕일 뿐이었다.

"어떠냐? 한번 해보겠느냐?"

악소천이 가볍게 웃었다.

"해보겠습니다."

악소천이 자세를 잡고 섰다.

검을 가만 쥐고 우뚝 섰는데 무척 부드러운 자세였다.

"지옥우."

나직히 천왕검법의 일식을 되뇌이며 검에 힘을 주입했다. 손바닥을 통해 뜨거운 극양의 기운이 검 속으로 파고들었고 검끝에 붉은 열기가 넘실거렸다.

쉬쉭!

마치 이글거리는 불길과 같은 검끝을 보며 사부의 눈이 거세게 치켜떠졌다.

'뇌염(雷焰)이닷!'

뇌검심정술을 익힌 사람만이 보여줄 수 있는 불꽃이었다. 뇌검심정술이 극성에 이르면 뇌염만으로도 상태를 태우거나 격살할 수 있다.

그으으!

악소천이 검끝을 치켜세웠다. 북극성이 있는 진북 방향으로 비스듬히 세웠는데 검끝에서는 끊임없이 화염이 이글거리며 타올랐다.

싸악!

검을 그었다.

천천히 무척 느리게 베었지만 사부의 두 눈에는 악소천의
모든 공력이 주입되었다는 것을 알 수 있었다. 겉으로는 느리
게 보이지만 눈에 보이지 않는 검식 내부에서는 엄청난 화기
의 소용돌이가 일어나고 있을 것이다.

타앗!

갑자기 악소천이 짧은 기합을 터뜨리며 몸을 솟구쳤다.

뒤이어 삼 장 높이로 떠오른 악소천의 입에서 쩌렁한 목소
리가 울려 퍼졌다.

"피의 비— 지옥우(地獄雨)!"

콰아아!

손에 들린 검이 비명을 토하며 격렬히 움직였다. 마치 눈앞
에 적이 있듯, 그래서 인정사정없이 베듯 검은 거친 섬광을
내뿜으며 번득였다.

촤촤촤!

허공이 잘려지고 있었다. 검이 지나가는 곳마다 소리없는
절규를 터뜨리며 허공은 산산이 부서지고 흩어졌다.

화악!

멀찍이 서 있던 사부의 두 눈이 커졌다.

'진짜 잘려지고 있다.'

마치 덩어리져 있는 단단한 물체처럼 악소천의 검에 의해
허공은 잘게 쪼개지고 있었다. 허공이 잘려진다는 것은 그만
큼 악소천의 검이 빠르다는 의미였고 몸 속의 뇌기를 정확히

구결에 따라 검신에 주입했다는 의미였다.

처음 시전하는데도 지옥우 검세와 원형을 정확히 파악하고 쏟아내는 악소천의 놀라운 자질에 사부는 마른침을 삼키며 홍분을 금치 못했다.

그리고 또다시 속으로 통렬한 웃음을 흘렸다.

'크흐흐흐! 누가 이 사실을 믿을까, 단순히 처음 펼치는 검에서 대단한 살기와 이글거리는 뇌염이 폭사되었다는 사실을.'

벌려지는 입을 악착같이 다물었다. 어린 제자 앞에서 다 빠진 이빨을 보이며 웃는다는 것이 볼썽사나울 것 같았기 때문이다. 한데 웃음을 억지로 참으려다 보니 얼굴이 기괴하게 일그러졌다.

"어째 표정이 좀 그렇군요?"

땅에 내려선 악소천이 왼손으로 이마의 땀을 닦으며 투덜거렸다.

터져 나오는 웃음을 참으려다 보니 인상을 쓸 수밖에 없었는데 자신의 솜씨가 보잘것없어서 실망하는 줄 알고 악소천이 못마땅한 표정을 지었다.

"내 솜씨가 그렇게 형편없습니까?"

사부가 화들짝 놀라며 손을 내저었다.

"아니다. 천만에, 아주 보기 좋구나."

"그런데 표정이 왜 그렇습니까? 솔직히 말해보십시오. 나쁘면 나쁘다고 말입니다. 제대로 말씀을 해주셔야 저도 제 실력을 정확히 깨우치고 더욱 노력할 것 아닙니까?"

"정말로 좋다. 진심이다."

그제야 악소천의 표정이 밝아졌다.

호흡을 가다듬더니 다시 검을 들어 올렸다. 이윽고 잠시 검을 세워들고 구결을 반복하여 확인하던 악소천이 움직이기 시작했다. 천지연환구보를 밟아가며 검을 휘둘렀는데 그 빠름이 분간할 수 없을 만큼 신속했다.

슉~

슈슈슉!

천지연환구보의 신묘한 변화와 지옥우의 세기가 뒤섞이면서 마당에 자욱한 먼지가 피어올랐다. 거세게 소용돌이치는 먼지 속에서 악소천의 검은 절묘한 변화와 열기를 내뿜었다.

지옥우는 무척 파괴적인 검식이었다. 검식에 숨겨진 폭발력은 갈수록 위력을 더해갔고 불과 보름 사이에 근처 노송이 계속 잘려 나갔고 인근의 바위까지 찾아 부수자 모옥 주위는 어느덧 황무지로 변해가고 있었다.

아침부터 비가 내렸다. 봄을 재촉하는 비였지만 아직은 겨울의 냉기가 묻어 있어 차갑다.

차가운 빗속에 두 사람은 미동도 하지 않고 서 있었다. 검 끝이 서로를 겨누고 있었지만 함부로 움직이지 않은 것은 그만큼 서로의 자세에 허점이 없는 까닭이었다. 무리한 공격은 커다란 화를 부른다. 지금이야말로 상대가 허점을 드러내도록 기다리는 것만이 최선이다.

"……."

"……."

기다림은 연륜에 비례한다.

하지만 악소천에게는 전혀 통용되지 않는 상식이었다. 그는 기다림을 즐기기라도 하듯 우두커니 서 있을 뿐이었다. 그에 반해 사부의 눈꼬리는 미세한 떨림을 보였는데 더 이상 견딜 수가 없는 인내의 한계에 다다른 사람의 모습이었다.

이제 갓 약관에 이른 나이다.

그런데도 무척 유유자적했다. 답답함을 견디지 못하고 곧바로 돌진할 급한 성정을 지닐 패기 왕성한 연륜이건만 마치 인생의 희로애락을 모두 섭렵한 노장의 기다림처럼 단 한 발자국도 움직이지 않았다. 물고기를 낚는 어부처럼 그는 사부가 공격할 때만을 끈질기게 기다렸다.

'아아! 이 아이에게 이런 무서운 인내심까지 있었단 말인가…….'

아침에 일어나자마자 대련을 요청했고 흔쾌히 받아주었다.

비록 뇌검심정술을 터득하지 않았지만 사부의 천왕검법은 약하지 않았다. 지금까지 대략 스무 번 정도의 대련을 했고 초반 십여 회까지는 당연히 승리의 몫은 사부였다. 하나 횟수가 거듭될수록 버티는 시간도 오래 지속되었고, 오늘 또다시 대련을 벌이는데 벌써 이각 가까이 꼼짝도 하지 않은 것이다.

자신의 무위를 스스로 평가한다면 일류다.

지난 세월 강호행 도중 대소 이백여 회의 격투가 있었다. 그중 패한 기억이라고는 두세 번밖에 되지 않는다는 것이 그것을 증명하고 있었는데 불현듯 어쩌면 오늘 패할지도 모른다는 생각이 들었다.

'그것이 저 아이를 참을성있게 만들었구나.'

돌연 사부의 두 눈이 빛을 뿌렸다. 젊은 혈기에도 저토록 자신이 먼저 움직일 때까지 기다릴 줄 아는 인내심은 어쩌면 도모술에서 기인한 것인지도 모른다고 생각했다. 악소천의 말을 빌리면 뛰어난 도모수는 표적을 발견했다고 함부로 공격하지 않는다고 했다. 표적의 습성과 태도 등을 세밀하게 관찰한 후 공격을 하는데 짧게는 일각에서부터 길게는 며칠을 살피는 사람도 있다고 했다.

그렇다면 도모수들이야말로 기다림에 관한 타의 추종을 불허한다고 볼 때 악소천의 인내심은 이미 달인의 경지에 이르렀다고 봐도 무방할 터이다.

'큭큭!'

또다시 웃음이 터져 나오려고 했다.

어쨌든 새파란 나이에 팔십이 넘은 자신보다 오히려 더 느긋하게 기다릴 줄 안다는 것이 미치도록 기특하고 놀랍다.

강호에서 급한 놈은 무조건 손해라는 것이 지금까지의 경험이었다. 특히 비슷한 상대끼리는 무조건 먼저 움직이는 놈이 불리하다는 것을 잘 알고 있는 자신에게 끈덕지게 공격을 하지 않고 허점을 드러내도록 기다리는 악소천의 인내심은 멋지고 그저 한없이 사랑스러울 뿐이었다.

숙!

사부가 검을 움직였는데 벼락이 치듯 내려쳤다.

그 순간 악소천의 입꼬리가 말려 올라갔다. 그것은 참아내지 못한 사부의 조급함을 비웃는 것이라기보다는 대결이 자신의 의지대로 이루어짐에 만족해하는 표정이었다.

쾌우우!

악소천의 검 역시 날아오는 사부의 검을 피하지 않았다.

콱!

두 사람의 검기가 정면으로 부딪쳤다.

펼친 초식은 둘 모두 지옥우(地獄雨)였다.

처척! 척!

똑같이 한 걸음 뒤로 물러났고 겉으로 드러난 모양새는 일단 승부의 추가 어느 한쪽으로도 기울지 않은 팽팽한 대결이었다.

쾌우우! 슈와악!

지옥우 식의 근간은 강(强)이다. 거칠게 압박하고 저돌적으로 상대를 부수는 것이 지옥우의 특징인데 두 사람의 검은 매우 난폭하게 부딪쳤다.

쫘가강!

모옥이 들썩거렸다. 벼락이 친 듯 사위가 들썩거렸고 충돌의 반탄강기에 폭풍우가 일어났다.

사삭! 슥!

자세를 낮추고 서로를 노려보는 두 사람의 얼굴에 긴장의 기색이 엿보였다. 대련이라는 것을 보여주는 흔적은 어디에도 찾아볼 수 없을 만큼 두 사람의 검에서는 언뜻 살기까지 넘실거린다.

"차앗!"

"핫!"

동시에 기합을 지르며 두 사람의 검이 날아갔다.

꽝! 퍽— 퍼퍼퍽!

약속이나 한 듯 두 사람의 검에서는 연거푸 천왕검법 제이식 사망섬과 삼식 무정련이 폭발했다.

사망섬(死亡閃)과 무정련(無情蓮).

지옥우와 더불어 천왕검법의 화려한 식들이 연이어 펼쳐진 것이다.

쿠쿠쿠쿠!

엄청난 충돌이 벌어졌고 사부가 뒤로 휘청거리며 세 걸음을 물러났는데 걸치고 있던 의복이 길게 찢어져 있었다. 반면 악소천은 머리만 약간 풀어헤쳐져 있을 뿐 대체적으로 말끔

했는데 사부의 표정이 잿빛으로 굳어 있었다.

'내가 밀린다.'

그것은 내공이 차이였다. 뇌검심정술을 터득한 사람과 그렇지 않은 사람의 차이였는데 이제 자신의 능력으로는 악소천의 상대가 될 수 없다는 것을 절감하고 있었다.

"끝장을 봐야 하지 않겠습니까?"

악소천이 바람에 나부끼는 사부의 찢어진 옷자락을 보며 말했다.

"조심하십시오."

"오너라."

두 사람의 동시에 튕겨 나갔다. 두 사람의 검에는 조금의 망설임이나 사정을 봐주는 멈칫거림이 없었다. 필사의 적끼리 만나 광폭한 생사를 겨루듯 두 사람의 검은 미친 듯 검기를 뿌려댔다.

콰콰콰! 츄리릭!

해일처럼 밀려왔던 두 사람의 검기가 사정없이 부딪쳤다.

뻐— 어억!

사부가 휘청거리며 뒷걸음을 치더니 끝내 버티지 못하고 털썩 주저앉아 버렸다. 한데 땅바닥에 주저앉은 사부의 얼굴이 사정없이 찡그러졌다.

어딘가 고통스러워 찡그린 것이 아니었다. 그렇다고 패배에 대한 아쉬움 때문에는 더욱 아니었다.

아무리 뇌검심정술을 익히지 않았어도 강호 일류고수로 실력을 인정받는 자신을 물리친 악소천이 너무 예뻐서 미칠 것만 같았기 때문이다.

끄윽윽!

터져 나오는 웃음을 억지로 참았더니 가래 끓는 소리가 흘러나왔다.

이렇게 즐거운 패배라면 열 번 아니라 백번천번이라도 당하고 싶을 만큼 기분이 좋았다.

악착같이 표정 관리를 했다.

아무리 침이 마르도록 칭찬을 해도 부족할 만큼 뛰어난 재질을 갖고 있지만 과하면 나태해지고 게을러져 무예 수련을 등한시할 위험이 있다.

강호는 강할수록 좋다. 적당한 칭찬은 채찍 효과도 부른다.

"험험! 졌다. 많이 늘었구나."

그리고 서둘러 방 안으로 들어가 문을 잠그고 또다시 미친 사람처럼 웃기 시작했다. 아무리 제자라고 하지만 패했는데도 이렇게 좋단 말인가.

어렵게 웃음을 그친 사부는 찢어진 문구멍 사이로 밖을 내다보았다. 잠시 휴식을 취하던 악소천이 다시 검을 꼬나 쥐고 수련에 몰두했다.

'흐흐흐! 볼수록 빼어나구나.'

보면 볼수록 기상이 넘쳤고 장중한 위세를 풍겼다.

하루에도 몇 번씩 악소천을 보고 있노라면 이게 꿈이 아닌가 의심스러워진다. 그럴 때마다 자신의 살갗을 꼬집어보며 꿈이 아니라는 것을 확인할 정도로 악소천의 자질은 뛰어났고 성장속도는 눈부셨다.

"할 얘기가 있다."

아침상을 물리고 나서 사부가 조용히 말했다.

밥상을 들고 나가려던 악소천이 다시 제자리에 주저앉았다. 사부가 잠시 악소천을 뚫어져라 쳐다보더니 나직한 목소리로 말했다.

"이제 그만 이곳을 떠나야겠다."

악소천이 눈을 빛내며 물었다.

"이곳을 떠나겠다고 하시면?"

"너도 알다시피 내가 이곳 극조봉 아래에 머문 것은 순전히 뇌검심정술에 대한 미련 때문이 아니냐? 비록 실패는 했지만 차마 떠날 수가 없었다. 그래서 한 가닥 미련을 버리지 못하고 머뭇거리다 널 만난 것 아니냐?"

"하면 어디로 가겠다는 말씀입니까?"

"내가 말했지 않느냐? 사문이 있다고."

악소천이 눈을 빛냈다.

"말이 나온 김에 얘기 좀 해주십시오. 사문이 절강성에 있다는 말씀만 해주었지 아직까지 자세한 설명은 없으셨잖습니까?"

"뇌검심정술을 터득하지 못한 뇌검문의 명성이란 초라하기 이루 말할 수가 없었다. 갈수록 문파가 쇄락하고 급기야 몰락 직전까지에 이르자 조상들께서는 이대로 무너질 수 없다고 생각했다. 무가로서는 성공하지 못해도 존재 자체까지 말살되어서는 안 된다고 생각하여 취한 대책이 바로 상인의 길이었다."

"하면 본 뇌검문의 지금 모습은 상가(商家)란 말입니까?"

"크지는 않지만 절강성에서 제법 터를 잡고 살고 있다. 물론 밑의 아이들 무공 수준이라는 것은 산적을 물리칠 수 있는 호신의 수준 정도밖에는 되지 않는다. 물론 한때는 상가가 아니라 천하제일문의 명성을 얻었다는 과거의 역사도 알고 있지. 하지만 지금은 모두 상가의 상인으로서 만족하고 있느니라."

"이름이 무엇입니까?"

"뇌상산장이라고 부른다."

"뇌상산장?"

"절강성에서 뇌상산장 하면 제법 알아주느니라."

"하면 지금 곧바로 뇌상산장으로 가시겠다는 말입니까?"

"산장을 비운 지 너무 오래되었다. 물론 내가 없이도 잘 굴러가지만 말이다."

"이 제자도 같이 가야 합니까?"

"이왕이면 같이 갔으면 하는데 넌 이곳이 낳고 자라난 고향 아니더냐? 당장 떠나기에는 여러 가지 해야 할 일이 남아 있을 터, 내가 먼저 갈 테니 넌 이곳 일을 마무리하고 오너라."

"그렇게 하겠습니다. 사부님 먼저 가 계십시오. 이곳 일을 마무리하고 산장으로 찾아가겠습니다."

사부가 품속에서 주머니 한 개를 꺼냈다.

"받아라. 아무리 힘이 최고인 강호이지만 돈 한 푼 없으면 더욱 초라해지느니라."

사부는 곧바로 일어나 금포를 걸치고 모옥을 떠났다.

처음 봤을 때처럼 오른손을 뒷짐 지고 왼손을 좌우로 흔들며 걸어갔다. 하지만 처음 봤을 때와 다른 점은 걸음에 한결 여유가 넘쳐흐른다는 것이었다. 악소천은 그 이유가 아마 자신 때문일 것이라고 나름대로 분석했나.

제자를 두었고 일천오백 년 뇌검문의 최대 난제였던 뇌검심정술을 연마했으니 걸음이 구름에 달 가듯 가벼울 수밖에 없을 것이라고 생각하면서 다시 검을 잡았다. 사망섬과 무정련의 식중에서 몇 가지 미더운 부분이 있었는데 며칠째 깨우치지 못하고 있었다. 완전히 이해하지 못하면 단 한 걸음도 모옥 밖으로 나가지 않겠다고 다짐하며 다시 검을 휘둘렀다.

*   *   *

방 안의 공기는 후텁지근했다. 알몸의 남녀는 두 마리의 뱀 처럼 서로를 뜨겁게 휘어 감고 있었다. 여인의 몸은 무척 아름다웠다. 뼈가 들여다보일 만큼 희었을 뿐만 아니라 부드럽고 매끈하여 마치 잘 다듬어놓은 조각상과도 같았다.

사내의 탄탄한 앞가슴을 타고 아랫배로 내려가던 여인의 입술이 어딜 스쳤는지 사내의 두 눈이 찢어져라 부릅떠지며 신음했다.

"꾸우욱!"

여인의 입술은 집요했다. 오직 한 곳만을 집중적으로 공략을 가했고 사내는 온몸을 떨면서 연신 짐승 같은 괴성을 격렬하게 토해내었다.

사내의 의식은 완전히 여인에게 지배되어 있었다. 여인의 손길과 입술이 한 번씩 더듬을 때마다 숨을 삼키며 몇 번씩 죽었다가 깨어나는 것을 반복하고 있었다.

사내의 하반신에서 머물던 여인의 고개가 들려졌다.

두 눈을 파르르 떨며 어쩔 줄 모르는 사내를 보며 무척 만족스런 표정을 짓더니 자신의 몸을 곧게 세워 사내의 배 위로 쏟아지듯 떨어져 내렸다.

퍼억!

"우우욱!"

사내의 눈이 자지러지며 커졌다.

이윽고 여인의 엉덩이가 물살을 가르며 유영하기 시작했

다. 마치 노련한 사공처럼 느긋하게 좌우로 노를 저었는데 사
내는 꿈속을 노니는 것 같은 흥분에 숨을 마디마디 끊어 뱉어
내었다.

"헉… 헉헉!"

여인의 늘씬한 두 다리가 하체를 휘어 감고 바싹 조여들 때
마다 사내는 벼락을 맞은 듯 연신 경련을 일으켰다.

"커거걱!"

두 눈이 튀어나올 듯 불거졌고 입을 떠억 벌렸는데 금방이
라도 숨이 넘어갈 것 같았다.

그때 문득 여인의 입술이 벌려지며 뜨거운 목소리가 흘러
나왔다.

"내가 누구냐?"

여인의 목소리는 너무도 뜨겁고 끈적끈적했다.

아름다우면서도 영혼을 빨아들이는 강한 마력이 담겨 있
어서 목소리만으로도 사내를 또다시 뜨거운 흥분 속으로 몰
아넣어 버렸다.

"말해보거라. 나는 너에게 누구지?"

"당신은 나의……."

사내의 목소리가 젖어 나왔다.

"주… 주인입니다."

여자의 입가에 웃음이 조용히 맺혔다.

"다시 한 번 묻겠다. 나는 너란 사람에게 어떤 존재이더냐?

말해보거라.”

사내가 여인을 쳐다보았다. 두 사람의 시선이 동시에 부딪
쳤고 그 순간 검은 안개 같은 가느다란 기운이 여인에게서 뻗
어 나왔다. 먹물보다 진한 검은 안개는 사내의 눈 속으로 파
고들 듯 흡수되어 사라졌다.

움찔!

뭔가에 눈이 찔린 것 같은 느낌인 듯 사내가 몸을 가볍게
한번 떨었다. 검은 안개를 흡수한 두 눈은 물에 젖은 듯 흐릿
해졌고 사내는 거칠게 헐떡거리며 말했다.

“학학! 나의 지배자이며 영원한 주인이십니다.”

여인의 입가에 색정적인 미소가 더욱 요사하게 피어났고
사내는 세차게 몸을 떨며 흥분했다. 그리고 곧장 여인의 젖가
슴에 얼굴을 묻고 미친 듯 빨기 시작했다.

“학… 하학!”

“호호호! 실컷 먹거라.”

여인도 사내를 힘껏 끌어안고 엉덩이를 힘차게 움직였다.

노를 젓는 사공처럼 여인의 능숙한 움직임에 사내는 쾌감
에 몸부림쳤고 뜨거운 열풍은 방 안을 거세게 휘몰아쳤다.

사내는 이성을 완전히 잃었다. 여인 또한 점차 열락 속으로
자신을 던져 넣는 듯 벌려진 입 사이로 뜨거운 김이 풍겨 나
왔다.

여인은 다리를 벌려 사내의 몸을 더욱 활짝 받아들였다.

힘차게 솟구친 사내의 몸이 온몸을 휘저었고 여인의 입은
커다랗게 벌려졌다.

"아아! 좋구나."

별안간 여인의 두 다리가 힘껏 오므라졌다. 그로 인해 여인
의 몸 속에 들어간 사내가 힘껏 조여졌다. 순간 사내의 입이
찢어져라 벌려지며 자지러지는 괴성을 토해냈다.

"으허허!"

사내는 완전히 여인의 늪에 빠져 허우적거렸다.

바로 그때였다. 두 남녀가 뜨거운 열락 속을 헤매고 있을
때 한줄기 전음이 방 안을 파고들었다.

"타주님, 속하이옵니다."

여인의 눈썹이 찌푸려졌다.

전음은 빠르게 이어졌다.

"손님이 왔습니다."

여인도 전음으로 물었다.

"손님?"

"악소천이라는 자입니다. 기억나지 않으십니까? 언젠가 본
루에서 술을 마시고 행패를 부리던 놈 있잖습니까?"

여인의 눈썹이 찌푸려졌다.

"아, 언젠가 술이 취해 날 데려오라고 악을 쓰던 그놈?"

"어떻게 할까요? 타주님과 술을 마시려면 황금 일백 냥이
있어야 하는 걸 아느냐고 물었더니 걱정 말라고 큰소리를 치

더군요. 어떡하시겠습니까? 귀찮으시다면 속하가 적당히 혼
좀 내서 쫓아내 버리겠습니다."
　"아니다. 돈을 싸들고 왔다면 만나주는 것이 지금까지의
법칙 아니더냐? 불러오너라."
　문득 여인의 입가에 야릇한 웃음이 떠올랐다.
　흥분한 사내가 양손으로 젖가슴을 터져라 움켜쥐고 있었
기 때문이다.

　악소천은 푸짐한 술상을 앞에 놓고 앉아 술을 마셨다. 이
년이 넘도록 술과 담을 쌓은 탓에 서너 배 들어가자 금세 배
속으로부터 뜨거운 열기가 치밀어 올랐다.
　"커어!"
　가볍게 트림을 하고 노루 고기를 말린 안주를 입에 넣고 씹
었다.
　봉황루는 낙양제일의 기루이자 수많은 사내들이 꿈에라도
한 번 들어가 보기를 원하는 화중림(花中林)이었다. 특히 이
곳에는 낙양월(洛陽月), 즉 낙양의 달빛이라고 불리는 한 여인
이 있어 사내들이 더욱 애간장을 태웠다.
　흑설(黑雪).
　항상 발목까지 내려온 검은 흑의를 걸치고 다닌다고 하여
흑설로 불리는 여인.
　시(詩), 서(書), 화(畵)에 능통하고 심지어 천기까지 살필 줄

알아 뭇 사내들을 더욱 오금 저리게 만드는 여인이다. 하나 그녀의 가장 빼어난 점은 뭐니 뭐니 해도 월궁과 항아의 미모를 뺨치는 아름다움에 있었다. 그래서 너 나 할 것 없이 수많은 낙양의 풍류객들이 앞 다투어 그녀와 한잔의 술을 소원했지만 뜻을 이루는 사람은 극소수였다. 그녀는 아무와 술좌석을 갖지 않았다. 최소한 하룻밤 술값으로 황금 백 냥을 지불할 능력이 있거나 강호에서 절정의 고수로 이름난 거목이 아니면 자리를 하지 않았다.

"호호호."

악소천이 나직한 웃음을 흘리며 품속을 다독였다.

품속에는 사부로부터 넘겨받은 주머니가 있었다. 주머니 속에는 놀랍게도 한 개에 황금 백 냥 가치를 호가하는 환희주 두 개와 용목주 다섯 개가 들어 있었다.

반찬거리 하나 살 돈이 없어 허둥대도 일체 관심도 주지 않던 사부에게 그토록 큰돈이 있을 줄 몰랐다. 물론 떠나면서 절강성에서 제법 유명하다는 상가가 사문이라는 말을 듣고 큰돈에 대한 이해가 되었지만 한편으로는 그런 거액을 놔두고도 자신을 그렇게 고생시켰는가 싶어 불끈 화가 치솟기도 했다.

문득 무인이자 상가의 적지 않은 식솔을 이끄는 주인이 되려면 절약하는 습관부터 배워야 한다는 나름대로 가르침을 위해 일부러 그랬는지 모른다는 자위를 하며 느긋하게 술잔을 비웠다.

천하없어도 낙양을 떠나기 전에 그토록 소원이던 흑설과 하룻밤 진하게 놀고 싶었다. 그래서 산을 내려오자마자 이곳으로 곧바로 달려온 것이다.

"호호호! 이게 누구야? 악 동생 아니야."

비음 섞인 여인의 음성과 함께 한 여인이 문을 열고 들어섰다. 여인은 온몸의 굴곡이 선연하게 드러나도록 착 달라붙은 흑의로 몸을 감쌌는데 바로 낙양의 사내들이 그토록 오매불망 하룻밤 수청받기를 원하던 여인 흑설이었다.

"흐훗! 오랜만입니다, 흑 누님."

"도대체 이게 몇 년 만이야? 봉황루 망하는 꼴 보고 죽겠다고 악담을 퍼붓고 떠난 이후 처음이니까 삼 년쯤 되었지?"

흑설이 마주 앉아 술병을 들어 따르며 말했다.

"큭큭!"

악소천이 채워진 잔을 단숨에 비우고 흑설 앞으로 소리나게 잔을 내밀었다.

쾅!

"한잔 받으십시오."

"고마워, 동생."

콸콸콸!

악소천이 철철 넘치도록 잔을 채웠다. 이윽고 병을 내리며 흑설을 음흉한 눈빛으로 쳐다보며 말했다.

"몇 년 못 봤더니 더욱 아름다워졌군요?"

"호호호! 정말이야? 동생에게 칭찬을 받으니 기분이 아주 좋은데?"

흑설이 상체를 흔들며 웃었었다. 그러자 흑의 속에 감춰진 터질 듯한 가슴이 물결처럼 흔들거렸고 그걸 바라보는 악소천의 입가에 음탕한 미소가 더욱 짙어졌다.

"아무래도 오늘 무척 뜨거운 밤이 될 것 같은 예감이 드는군요? 그렇지 않소이까, 누님?"

"호호호! 동생 무척 짓궂어졌다. 예전에는 난폭하긴 했어도 이렇게 노골적이진 않았는데 말이야."

"흐흐! 옛날 일에 대해 사과도 할 겸 우리 오늘 밤 실컷 마시며 화끈하게 한번 놀아봅시다."

삼 년 전, 악소천은 봉황루에 단신으로 술을 마시러 들어갔다. 우연히 길거리에서 한 번 마주친 흑설의 미모는 소문보다 훨씬 빼어났고 그때부터 어떻게 해서라도 기어코 한 번 술을 마셔보겠다는 의지를 나졌나. 하나 강호의 명사도 아닌네다 황금 백 냥이라는 거액은 그에게 꿈같은 일이었다. 결국 참다 못한 악소천은 다짜고짜 봉황루를 찾아들어 갔고 그녀를 앞에 앉히고 술을 마셨다. 그리고 나자빠진 것이다.

일명 배 째라 전술로 나온 것이다.

九大魔王

끝내 수많은 점원들의 집단 공격을 받고 거의 초죽음이 되어 기어나왔던 삼 년 전 사건을 떠올리자 악소천은 저절로 입가에 웃음이 돌았다.

"좋아, 동생. 우리 그동안 못 푼 회포를 왕창 풀어보자고. 한데 동생 말이야."

문득 흑설의 눈이 가늘어졌다.

"너무 기분 나쁘게 듣지는 마."

"왜 그러시오? 혹시 그때처럼 즐기고 나서 돈 못 받을까 봐 그러는 것 아니오?"

흑설이 깜짝 놀라며 손을 내저었다.

"아니, 그게 아니라, 내 말은."

악소천이 사부로부터 건네받은 주머니 안에 손을 집어넣었다. 이윽고 주먹만 한 용목주 한 개를 꺼내 탁자에 힘차게 놓았다.

쾅!

"이것이면 마음 놓겠소이까?"

순간 촛불과 미광을 압도하는 푸른색 광채가 방 안을 압도했다.

용의 눈을 닮았다고 하여 용목주로 불리는 푸른 보석은 그 가치가 황금 백 냥을 넘는다.

흑설의 눈이 대번에 커졌다.

"도… 동생."

악소천이 목에 힘을 주며 말했다.

"왜 그러시오, 누님? 혹시 가짜일까 봐 그렇소?"

흑설이 눈을 흘기며 말했다.

"무슨 말을 그렇게 해, 동생. 세상에, 이건 그 비싼 용목주 아냐?"

흑설이 타원형으로 푸른 광채를 내뿜는 용목주를 호기심 가득한 시선으로 살폈다.

"이제 오늘 밤 나와 화끈하게 놀 수 있겠소?"

"이게 아니더라도 난 동생과 화끈하게 놀 준비가 되어 있어. 예전부터 동생과 꼭 술 한잔하고 싶었는데. 정말 잘 왔어.

내가 다시 한잔 따를게, 동생."

"이왕이면 거기 앉지 말고 옆으로 와서 따르면 안 되겠소?
누님과 나란히 앉아서 술을 마시고 싶어서 말이오."

"좋아. 동생이 원한다면 어딘들 앉지 못하겠어."

흑설이 자리에서 일어나 옆으로 다가왔다. 흑설이 곁에 앉
자 코끝으로 진한 분 냄새가 진동을 했다.

"호호! 자, 받아."

"어서 따르시오."

악소천이 오른손에 쥔 잔을 내밀며 왼손으로는 흑설의 어
깨를 끌어안았다.

순간 흑설이 가볍게 어깨를 떨었다.

"호호호!"

악소천의 입가에서 미소가 떠날 줄을 몰랐다.

마파람에 게 눈 감추듯 술이 비워졌다. 잠깐 동안 비싼 여
아홍 다섯 병이 들어왔고 악소천의 얼굴이 취기로 인해 벌겋
게 상기되었다.

악소천이 흑설을 힘껏 끌어안으며 오른손이 앞가슴을 더
듬었다. 순간 흑설이 상체를 교묘히 틀어 피했다.

"가만있어 보시오."

"동생 취했나 봐?"

"취했소이다. 이렇게 아름다운 누님과 술을 마시는데 어찌
취하지 않겠소. 오늘은 무슨 일이 있어도 꼭 누님을 한번 품

어야겠소이다."

문득 악소천이 양팔을 쳐들고 윗도리를 벗으려 했다.

그걸 보고 흑설이 깜짝 놀라며 말했다.

"도, 동생 지금 뭐 하는 거야?"

"옷을 입고 누님을 품을 수는 없지 않겠소?"

"뭐, 뭐라구? 그래서 지금 옷을 벗으려는 거야?"

"그렇소이다. 흐흐! 누님 잠시만 기다리시오. 여자 앞에서 옷 벗는 것에 관한 나보다 빠른 놈은 아마 천하에 없을 것이오."

악소천이 옷을 벗으려 들자 흑설이 반쯤 벗겨진 윗도리를 잡아당기며 말렸다.

"동생, 진정해."

"왜 옷을 못 벗게 하는 것이오?"

"못써, 자꾸 이러면 화낼 거야, 동생."

"큭큭! 화낼 테면 내보시오. 누님은 화내는 모습도 아름다울 것이오."

"나 진짜 화낸다."

"오늘을 얼마나 기다린 줄 아시오? 흐흐! 금방 벗을 테니 속으로 셋까지만 세시오."

악소천이 윗도리를 벗고 번개처럼 아랫도리까지 벗어버렸다.

하체의 중요 부위만을 가린 삼각형의 속옷만 남기고 완전히 알몸이 된 악소천을 보며 흑설의 안색이 굳어졌다.

악소천이 양팔을 벌리고 서서 말했다.

"흐흐흐! 누님 어서 오시오."

그러면서 악소천이 양팔을 벌리고 엉거주춤하며 앉아 있는 흑설을 안으려 들었다.

"왜 이래, 동생!"

악소천이 자신의 가슴을 손바닥으로 툭툭 치며 음산한 웃음을 지었다.

"흐흐! 이 넓은 품에 어서 푹 안겨보시오. 자자!"

흑설이 벌떡 일어나며 소리쳤다.

"이 미친놈이 보자 보자 하니까?"

퍼억!

흑설의 왼손이 정통으로 양팔을 벌리고 달려드는 악소천의 가슴을 때렸다.

꽈당!

악소천이 그대로 엉덩방아를 찧으며 주저앉았다. 하나 화를 내기는커녕 벌겋게 달아오른 앞가슴을 두어 번 매만지며 벌떡 일어났다.

"흐흐! 우리 아버지가 그랬소이다. 앙탈을 부리는 계집일수록 기가 막힌 법이라고."

악소천이 입가에 침까지 흘리며 다시 다가들었다.

한편 흑설의 안색은 더욱 굳어졌다.

자신의 손길은 평범하지 않았다. 홧김에 뿜어낸 장력은 어지간한 바위도 부술 만한 위력이었는데 악소천은 가볍게 엉덩방아만 찧고 아무렇지도 않다는 듯 툭툭 털고 일어나 버렸다.

자신의 장력이 아무런 충격이나 위협이 되지 못했다는 뜻이었으므로 그녀는 마른침을 삼켰다.

악소천이 더욱 다가들며 웃었다.

"누님!"

"버러지 같은 새끼."

그녀는 차갑게 소리치며 또다시 쌍장을 날렸다. 이번에는 화가 머리끝까지 솟구쳤으므로 살기가 담겨 있었다.

그런데 이번에는 경악을 금치 못했다.

일장도 채 떨어지지 않는 면전이랄 수 있을 만큼 짧은 거리에 서 있는 악소천이 자신의 장력을 피해 버린 것이다. 그 바람에 장력은 뒤쪽 벽에 커다란 구멍을 뚫어버렸다.

콰아앙!

자욱한 흙먼지가 날리며 방 안은 순식간에 아수라장으로 변해 버렸고 악소천이 눈을 휘둥그레 떴다.

"누님, 왜 벽을 부수고 그러시오?"

흑설의 표정은 돌덩이처럼 차갑게 굳어 있었다.

"너… 너 뭐 하는 놈이냐?"

"뭐 하는 놈이라뇨? 날 모르겠소? 삼 년 전 이곳에서 술 마시고 누님 한번 덮쳐 보려고 했다가 이곳 누님들에게 실컷 얻어맞고 쫓겨난 악소천 아니오?"

"끝까지 날 희롱할 셈이냐? 네놈 정체가 무엇이더냐? 네놈이 무공을 갖고 있었다니 놀랍구나."

흑설이 쌍장을 끌어올렸다.

"악소천, 이대로 널 보내지 않겠다. 네놈의 정체가 뭐냐? 무림맹에서 왔느냐?"

알아먹지 못할 소리에 악소천이 눈을 크게 떴다.

"무림맹?"

"호호호! 어디 이것도 한번 받아보거라."

흑설의 흑의가 팽팽하게 부풀었다.

그녀의 얼굴에 사악한 미소가 짙어지며 양손을 힘껏 앞으로 뿌렸다.

쿠와아!

강력한 장력이 쏘아오자 악소천이 잽싸게 양 손을 크게 휘저으며 소리쳤다.

"아, 알았소이다. 그냥 돌아갈 테니 내게서 받은 용목주나 내놓으시오."

콰앙!

장력은 또다시 악소천의 뒤쪽 벽에 커다란 구멍을 내었다.

악소천이 다급히 말했다.

"제발 진정하시오. 그냥 가겠단 말이오."

"죽일 놈아, 이곳이 네놈 맘대로 들어왔다가 기분 내키는 대로 나갈 수 있는 곳인 줄 알았더냐?"

악소천이 눈을 치켜떴다.

"그게 무슨 말이오? 술집에 술꾼 맘대로 들어왔다가 맘대로 나가지, 그럼 누구에게 허락받고 출입을 해야 한단 말이오. 뭐 하시오? 빨리 용목주 내주시오."

그때 갑자기 악소천의 안색이 변했다.

언제 나타났는지 입구를 복면을 한 두 명의 흑의인이 떡 가로막고 있었다.

"저건 또 뭐요?"

"호호호! 보면 모르느냐? 넌 오늘 여길 빠져나가지 못한다. 좋게 말할 때 정체를 밝히고 내게 목숨을 구걸해라."

악소천이 눈을 휘둥그레 뜨고 말했다.

"정말로 날 가만두지 않을 셈이오?"

"무림맹에서 어떻게 본녀의 정체를 알았는지 몰라도 넌 오늘 잘못 걸렸다. 뭣들 하느냐? 놈을 당장 잡아랏!"

그녀의 명령에 입구를 막아서고 있던 두 명의 사내가 미끄러지듯 다가왔다.

걸음을 떼는 것 같지도 않았는데 어느새 면전으로 다가들자 악소천은 흠칫 놀랐다.

굳이 천지연환구보를 배우지 않았다고 해도 도모수란 직업을 가졌기 때문에 누구보다도 걸음에 대해서는 보는 안목이 탁월하다고 자부했다.

걸음이 빠르고 안정되어 있을수록 상체의 요동이 적은데 두 사내의 상체는 꼿꼿했다.

숙!

두 사내가 좌우에서 주먹을 날려왔다.

악소천은 잽싸게 고개를 숙였다. 순간 아슬아슬하게 두 사내의 주먹이 허공을 스치며 사라졌다.

악소천이 입구 오른쪽으로 비켜선 흑설을 향해 빠르게 소리쳤다.

"누님, 진정하시오. 왜 이러시오. 그냥 용목주도 달라는 얘기 않을 테니 이들을 물러가라고 하시오."

흑설이 콧방귀를 뀌었다.

"네가 무림맹 따위에 겁먹을 사람인 줄 아느냐? 악소천, 잘 들어둬라. 머잖아 본 천은 정식으로 강호에 개문을 선포하고 활동할 것이다. 본 천에 의해 기존의 강호는 새롭게 재편될 것이고 누구든 우리의 앞길을 막는 자들은 결코 살아남지 못할 것이다."

"아, 알았으니 제발 그만둡시다. 누님께서 강호를 재편하든 말든 난 관심없단 말이오."

"속히 놈을 붙잡거라."

두 복면인이 다시 달려들었다.

조금 전보다 훨씬 강한 주먹이 뻗어오자 악소천의 다급히 뒤로 한 걸음 물러났다.

스윽!

악소천이 뒤로 한 걸음 물러나며 자연스럽게 천지연환구보가 펼쳐졌다.

상대의 공격에 본능적으로 천지연환구보를 펼쳤다는 것은 자신의 몸 속에 뇌검문의 무공이 완벽하게 녹아들었다는 의미였으므로 악소천은 흐뭇한 미소를 지었다.

흑설은 연이은 두 번의 공격을 허탕 치자 더욱 악을 쓰며 외쳤다.

"정신들 똑바로 차리거라. 놈의 솜씨가 녹록치 않다."

슈욱! 콰우우!

눈앞으로 두 사람이 쏟아낸 주먹이 비 오듯 쏟아져 들어왔고 악소천이 지그시 입술을 깨물었다. 좁은 방 안에서 피하는 건 한계가 있었다.

"누님, 자꾸 이렇게 막 나오면 나도 참는 데 한계가 있소!"

"개자식이 참든 말든 네놈 맘대로 할 일이지 그걸 왜 나한테 묻느냐?"

"내가 공격하면 이 사람들이 다칠 텐데 그래도 괜찮겠소? 괜히 부하들 다쳤다고 꿍해서 다음부터 날 못 본 체하는 것 아니오?"

흑설의 표정이 붉으락푸르락해졌다.

"쳐죽일 놈, 당장 저놈 혓바닥부터 잘라 버려라."

콰콰콰!

두 사람의 주먹이 입을 향해 뻗어왔고 악소천의 안색이 싸늘해졌다.

"나중에 날 원망하지 마시오. 이건 분명히 누님께서 자초한 화이니."

악소천의 몸이 두 사람에게 다가갔다.

두 사람이 쏟아낸 권영 사이를 교묘히 파고들어 접근했다.

확!

그 광경을 보던 흑설의 눈이 부릅떠졌다.

어지간히 보법이 뛰어나고서는 물샐틈없이 쏟아지는 주먹 세례 속으로 파고들 수 없기 때문이었다.

자신들의 주먹을 뚫고 악소천이 지척으로 다가들자 두 사내가 깜짝 놀랐나. 움찔 놀라는 그 순간 아소천의 손바닥이 두 사내의 면상을 가볍게 후려쳤다.

생사십팔섬.

십이성 극성에 이르면 한 번에 열여덟 개의 손바닥을 만들어낼 수 있는 뇌검문의 비전장법이었다.

빠ㅡ박!

권과 장이 부딪친 충격으로 휘청거리며 물러선 복면인들에게 다가서며 연거푸 이 장을 더 쏟아 넣었다.

빠바바박! 쿠웅! 퍽!

두 사내의 몸이 마침내 뒤로 튕겨나듯 밀려가 벽에 세차게 부딪쳤다.

그중 한 사내의 복면이 찢겨지며 얼굴 일부가 드러났는데 악소천의 두 눈이 빛을 발했다.

"어엇!"

왼쪽 얼굴이 드러난 복면인의 모습이 낯익었다. 비록 오른쪽 절반을 가리고 있었지만 드러난 구레나룻과 유난히 검은 피부가 어디서 많이 본 사람의 얼굴이었다.

그때 좌측 사내가 주먹을 휘둘러 왔고 악소천은 피하지 않았다.

빠악!

주먹과 장이 부딪치자 복면사내가 뒤로 퉁겨나더니 문짝을 부수며 복도로 나동그라졌다.

그와 동시에 복면이 찢어진 사내가 덮쳐 왔고 악소천의 두 눈이 기광을 발했다.

"천면신투!"

악소천이 자신도 모르게 소릴 질렀다.

찢어진 복면 사내는 낙양제일의 도모수 천면신투였다.

검은 피부에 털복숭이를 연상하는 구레나룻과 움푹 팬 눈은 틀림없었다.

그토록 닮고 싶어했고 가슴속에 진한 우상으로 남아 있던 그가 어떻게 흑설의 부하로 전락했는지에 대한 의문을 품고 있을 때 천면신투의 주먹이 옆구리를 치고 들어왔다.

슈욱! 쾅!

장과 권이 부딪치며 천면신투 역시 뒤로 밀려났다.

"날 모르겠습니까?"

몇 번 길을 가다 마주친 적은 있었지만 감히 말을 붙여본다는 것은 꿈도 꾸지 못할 일이었다. 최소한 낙양의 도모수 바닥에서만큼은 천면신투는 하늘이었다. 한데 지금 와서 보니 그의 신기에 가까운 도모술이 결국 무공이었음이 확실하게 증명되는 순간이었다.

사부 또한 자신에게 펼쳐 보였던 놀라운 도모술은 모두 무공을 밑바탕에 둔 것이었다. 천지연환구보에 생사십팔섬으로 자신의 혼을 빼버린 것인데 결국 무공이 뛰어날수록 남의 주머니 또한 손쉽게 털 수 있다는 것이 입증된 셈이었다.

"소생을 알아보시겠습니까? 군왕로를 무대로 활동하던 도모수 악소천입니다."

하나 천면신투로서는 아무런 반응이 없었다.

오히려 적의를 내뿜으며 자신을 향해 재차 주먹을 뻗어왔는데 연이어 공격을 당하자 몹시 화가 난 듯 맹렬했다.

콰콰콰! 휘리릭!

좌측사내까지 합세한 공격은 모질고 독했다.

하지만 두 사람 모두 악소천을 상대하기에는 그의 걸음이 너무 신묘했다. 악소천의 그림자가 물결처럼 출렁이는가 싶은 순간 두 사람의 주먹은 허공을 가격했다.

쾅!

그리고 뻗어나간 악소천의 좌장이 좌측 사내의 앞가슴을 정통으로 후려쳤다.

"꾸억!"

사내가 괴성을 흘리며 나가떨어졌는데 기절을 한 듯 잠잠했고 그 틈을 노리고 달려드는 천면신투의 공세를 좌측으로 흘려 버린 악소천의 장력이 옆구리를 찍었다.

"큭!"

천면신투가 휘청거리며 벽에 등을 기댔는데 몹시 지친 모습이었다.

하나 몸을 툭툭 털고 다시 공격을 하려드는 천면신투에게 악소천은 다시 소리쳐 말했다.

"날 똑바로 보십시오. 소생을 정녕 모르겠습니까?"

천면신투는 아무런 반응을 보이지 않고 다시 쌍권을 끌어올렸다.

'뭔가 이상하다.'

아무리 생면부지의 사이라고 해도 그 정도 외치고 설득했으면 어떤 응답이 있어야 정상이었다. 그런데 천면신투는 아무런 반응을 보이지 않았다.

'혹시…….'

악소천의 뇌리에 한 가지 생각이 퍼뜩 스쳤다.

천면신투의 두 눈은 흐릿했고 아무런 초점이 잡혀 있지 않았다.

‘틀림없다. 이지를 상실했다.’

약물에 의한 것인지, 아니면 혈도를 제압당한 것인지 알 수
는 없지만 자신을 보고서도 아무런 반응을 보이지 않는 것과
눈동자에 전혀 초점이 잡히지 않는 여러 정황을 보아 거의 확
신했다.

슈아악!

제정신이 아닌 천면신투의 공격을 무자비했고 맹목적이었
다.

가만 내버려 두면 숨이 끊어질 때까지 공격을 멈추지 않을
것 같았으므로 악소천은 마혈을 제압하기로 했다.

콰앙!

전력을 다해 뻗어오는 천면신투의 주먹을 향해 쌍상을 날
렸고 거센 폭음이 방 안을 회오리쳤다.

"크헉!"

답답한 신음을 흘리며 비틀거리던 천면신투에게 다가서며
마혈을 때렸다.

팟!

"끄럭!"

순간 가래 끓는 소리를 내며 천면신투의 신형이 통나무처
럼 꼿꼿하게 쓰러졌다.

쿠웅!

악소천은 천면신투에게 다가갔다. 자신을 쳐다보면서도 아무런 반응을 여전히 보이지 않았다.

"날 정말 모르시겠습니까?"

천면신투는 눈만 깜박거릴 뿐 여전히 아무런 반응이 없었다.

하는 수 없이 흑설을 찾아 어찌 된 영문인지 밝혀내야 했는데 그녀의 모습은 실내에서 사라지고 보이지 않았다.

악소천은 벗어 던진 의복을 걸친 뒤 천면신투를 어깨에 짊어지고 방을 나섰다. 복도는 조용했고 평소 손님으로 시끌벅적하던 주루는 물을 끼얹은 듯 고요했다.

복도를 벗어나 별채 밖으로 나선 악소천이 멈칫 했다.

별채 앞마당에는 흑설이 다섯 명의 복면인을 이끌고 지키고 있었다.

악소천은 흑설을 발견하고 반색했다.

"누님, 한 가지 여쭐 게 있소이다."

"어깨에 메고 있는 늙은이가 어찌 된 것이냐고 물어보려는 것이냐?"

"그렇소이다. 뭔가 이상하구려. 혹시 이분의 몸에 어떤 장난을 친 것 아니오?"

"호호호! 저승에 가서 물어보거라. 어서 저놈을 죽여라."

흑설이 이끌고 있는 복면인들을 향해 명령을 내렸다. 순간 다섯 명의 복면인이 흉흉한 기세로 악소천을 향해 다가오기 시작했다.

악소천이 큰소리로 흑설을 향해 말했다.

"도대체 누님 왜 이러시오? 나와 무슨 원한이 있다고 이렇게 날 죽이려고 떼거리로 몰고 왔단 말이오?"

"시끄럽다."

"솔직히 누님을 사모했소. 피 끓는 사내로서 누님같이 아름다운 여인에게 마음을 뺏기는 것은 어쩌면 당연한 것 아니오? 하지만 누님께서 오늘 밤 나와 뜨거운 사랑을 나눌 수 없다면 아쉽지만 사내답게 물러날 테니 제발 분노를 거두시오."

"넌 이미 돌아올 수 없는 강을 건넜느니라. 네놈을 살려두면 지금까지 내가 쌓아올린 모든 수고가 물거품이 된다. 어쩔 수 없이 네놈을 죽여야겠다."

"입 닫겠소. 오늘 이곳에서 있었던 일은 무덤까지 가져가겠소. 그래도 날 용서할 수 없겠소?"

"어서 죽여라."

흑설이 발작적으로 명령을 내렸고 다섯 명의 복면인들이 벌 떼처럼 달려들었다.

슈와아! 츄리릿!

적수공권과 각종 병기로 무장한 복면인들의 공세가 악소천을 향해 쏟아졌다.

파아아! 쉬이익!

이들 또한 천면신투처럼 아무런 말이 없었고 복면 밖으로 드러난 눈빛 또한 희멀겠다.

'이들도 천면신투와 같은 신세다.'

더 이상 내버려 둘 수가 없었다. 한두 명도 아닌 적지 않은 무림인들의 이지를 제압하여 자신의 수하로 만들어 버린 흑설의 간악한 행동은 용서받을 수 없는 일이었다. 그 속사정이야 알 수는 없지만 사람을 이렇게 짐승처럼 제압하여 부린다는 것은 그녀가 결코 올바른 품성을 갖고 있다고 볼 수 없었다.

악소천이 계단 한쪽으로 천면신투를 가만 내려놓았다.

그리고 몰려드는 복면인들을 향해 양손을 뻗어냈다.

콰아아아!

또다시 생사십팔섬이 펼쳐졌다.

생사십팔섬은 각 식마다 별개로 펼칠 수도 있고 일식부터 십팔식까지 연환식으로 펼칠 수도 있을 뿐만 아니라 십이 성에 이르면 열여덟 개의 식을 단 한 개로 응축시켜 시전할 수도 있었다.

파파파파!

악소천의 손바닥이 부챗살처럼 횡으로 펼쳐졌다.

콱콱콱콱!

단 한 번에 다섯 사람의 공세를 차단하자 흑설이 자신도 모르게 신음을 토했다.

"세상에!"

그것은 놀라운 신위였다. 한 번에 다섯 개의 장력을 동시에 쏟아낸다는 것은 자신으로서는 꿈도 꿀 수 없는 불가사의한 능력이었다.

무공이 높으면 누구라도 한 번에 여러 개의 공격을 만들어 낼 수 있다. 하나 그 대신 힘은 약화된다. 그만큼 힘이 분산되기 때문이다.

하지만 적의 숫자가 많다고 해서 무조건 많은 공격을 여러 개로 만들어낼 경우 자칫 힘이 떨어져 오히려 이쪽이 치명적인 부상을 당할 수가 있다.

악소천 역시 그 사실을 모르지 않았지만 뇌검심정술로 쌓인 자신의 현재 내공이 어느 정도 되는지 실험해 보고 싶었다. 사부와는 많은 대련을 했지만 그것은 어디까지나 생사기 걸리지 않은 수련 차원의 훈련일 뿐이다.

자신의 능력을 정확히 아는 것 또한 싸움에서의 승패를 결정짓는 중요한 요소였으므로 과감히 다섯 사람을 상대 해본 것이다. 물론 마음속으로 자신감이 없지는 않았기 때문에 가능한 시도였지만.

히죽!

악소천이 어깨를 으쓱하며 누런 미소를 지었다.

확실히 자신감을 얻은 표정이었고 사내들을 향해 몸을 날려가며 말했다.

"나도 그냥은 못 가겠소. 이왕지사 이렇게 되었으니 누님이 이들에게 무슨 꿍꿍이 수작을 부렸는지 기어코 밝혀봐야겠소."

악소천의 양손이 다섯 복면인들을 향해 매섭게 뻗어나갔다.

촤아아!

복면인들 또한 악소천의 공격을 피하지 않고 정면으로 받아왔다.

꽈강! 쿠와아아!

격렬한 굉음이 연거푸 터지며 복면인들이 뒷걸음질 쳤다. 하나 악소천의 공격은 인정사정 봐주지 않았다. 거세게 복면인들을 밀어붙여 무력화시킨 다음 천면신투처럼 제압할 계획이었다. 자신을 공격하는 것은 이들의 본의가 아니다.

원흉은 흑설이다. 아무것도 모르는 이들에게 살수를 펼친다는 것은 지나치게 가혹한 처사였다.

퍼퍼퍽!

둔탁한 소리가 들리며 두 명의 사내가 바닥을 나뒹굴며 피를 토했고 그 순간을 놓치지 않고 악소천의 쌍장이 마혈을 때렸다.

파팍!

"컥!"

"윽!"

짧은 신음을 터뜨리며 두 사내의 몸이 뻣뻣해졌다.

남은 세 사내가 달려들었는데 두 동료가 제압당하는 것을 보고서도 전혀 망설이거나 두려워하는 빛을 보이지 않았다. 특히 검을 든 두 복면인의 공세는 무척 거칠었는데 다섯 중 가장 무공이 강해 보였다.

가급적 적당히 부상을 입힌 다음 마혈을 제압하려는 시도가 잘 먹히지 않았다. 오히려 제압하기 위해 손속에 사정을 두는 바람에 여기저기 몇 군데 옷자락까지 찢어졌고 허벅지에서는 피까지 흘러내렸다.

'할 수 없다. 이러다간 자칫 내가 당한다.'

악소천의 손속이 돌변했다.

쐐애액!

손이 번쩍 하는가 싶더니 강력한 장력이 사내를 몰아쌌나.

파파팍!

강력한 충돌과 더불어 반탄강기에 휩쓸려 비틀거리는 사내들을 향해 연거푸 장력을 쏟아내었다.

번— 쩍!

양손에서 벼락이 터지듯 흰 빛 섬광이 일어나며 세 사내가 광채 속에 묻혔다.

콰아앙!

"컥!"

"으아악!"

검은 든 한 복면인과 적수공권으로 대항하던 복면인이 비명을 지르며 담장에 부딪쳐 즉사했다.

혼자 남은 복면인은 검을 지팡이 삼아 간신이 버티고 있었는데 악소천을 보며 더듬거렸다.

"다, 당신은 누구요?"

"엇! 말을 할 줄 아시오?"

"내가 왜 여기에 있소?"

그러면서 주위를 휘둘러보았다.

"저놈을 반드시 죽여야 한다. 그렇지 않으면 우리 모두 끝장이니라."

악소천이 고개를 돌렸다.

언제 모여들었는지 열 명의 여인이 검을 쥐고 다가오고 있었다.

그걸 보며 악소천이 반색했다.

"보… 봉황루의 누님들 아니오?"

"잡아랏!"

흑설의 외침에 기녀들이 달려들었다.

"누님들, 나 악소천이오! 나 모르겠소? 아이쿠."

악소천이 떼거리로 파고드는 기녀들의 공격에 화들짝 놀라며 뒷걸음을 쳤다.

쐐애액! 쉭!

두 기녀의 검이 명치와 다리를 베어왔다.

"추월 누님과 월향 누님?"

두 기녀가 싸늘하게 외쳤다.

"주둥이 닥쳐라."

"네놈이 제법 한수 갖고 있나 본데 우리에게는 어림없다."

퍼퍽!

악소천이 뒤로 물러나면서 두 기녀의 검은 지면에 거대한 구덩이를 만들었다.

사사사삭!

몸의 중심을 잡기도 전에 좌측으로부터 세 명의 기녀가 허리를 베어왔는데 그 기세가 살벌했다.

악소천이 우측으로 세 걸음 미끄러졌다.

순간 세 여인의 검이 허탕을 쳤고 검이 지나가는 그 순간을 놓치지 않고 악소천의 신형이 벼락같이 다가들면서 좌장을 뻗었다.

콰아아!

깜짝 놀란 세 기녀가 서둘러 검을 추슬러 악소천의 장력을 베면서 양측의 공세가 정면으로 부딪쳤다.

퍼어어억!

"컥!"

"으음!"

기녀들이 휘청이며 뒤로 한 걸음씩 물러났는데 안색이 변했다.

"오늘 기어코 네놈의 뼈를 이곳에 묻겠다. 사정을 봐주지 마라."

흑설이 더욱 악을 썼고 네 명의 기녀가 날아왔다.

땅을 박찼다고 느낀 순간 어느새 면전으로 날아와 연속 십여 검을 토해내었다.

싸사삭!

검끝에서 쏟아져 나온 예리한 검기는 금방이라도 악소천의 몸을 조각 낼 듯 압박해 왔다.

"우훗!"

악소천의 나직한 신음을 터뜨렸다.

단순한 검기일 뿐인데 온몸에 심한 압박이 느껴진다는 것은 기녀들의 무공이 상당한 수준이라는 것을 말해주고 있었다.

촤— 촤악!

악소천의 손이 빠르게 맞서갔다.

퍼퍼퍽!

검과 장이 부딪쳐 둔탁한 음향을 내며 기녀들이 심하게 비틀거렸다.

그에 반해 악소천은 아무렇지도 않다는 듯 서 있었는데 등 뒤로부터 싸늘한 한기가 또다시 밀려들었다.

보지 않아도 두 명의 기녀가 다리를 베어오고 있다는 것을 알 수가 있었다.

악소천의 발이 움직였다.

자연스럽게 땅을 타듯이 미끄러져 어느새 두 기녀가 뻗어 낸 검세를 벗어나 그녀의 등 뒤로 돌아가 쌍장을 날리고 있었다.

눈앞에 신형이 번득이는가 싶더니 어느새 자신들의 등 뒤로 돌아와 쌍장을 뻗어내자 기녀들이 다급성을 터뜨렸다.

"어느새!"

"피햇."

서로가 서로를 일깨워 주는 함성을 질렀지만 좌측 기녀는 한 발 늦고 말았다.

팍!

옆구리에 일장을 맞은 기녀가 나자빠졌고 우측 기녀가 동료의 부상에 이를 갈며 달려들었다.

"개새끼!"

"세상에, 욕하는 입인데도 이렇게 이쁠 수가."

악소천이 우장을 쭉 뻗었다.

콰앙!

"아악!"

기녀의 신형이 멀리 튕겨 날아갔다.

흑설이 고래고래 소리를 질렀다.

"더 힘을 내라. 반드시 놈을 잡아야 한다!"

기녀들이 밀려들었다.

마치 파도와 같았는데 그 위세가 자못 비장하기까지 했다.

추화악!

허공 가득 검기가 물결쳤고 악소천을 단번에 요절낼 듯 쓸어왔다.

거대한 검의 물결과도 같았는데 악소천이 눈을 빛내며 진력을 끌어올렸다.

"좋아! 누가 이기는지 한번 해보자고!"

악소천이 자신을 향해 밀려오는 검기를 향해 쌍장을 갈겼다.

"까짓 것!"

촤아아!

흑설의 눈이 커졌다.

부상자 두 명을 제외하고 여덟 명의 기녀가 쏟아낸 검기란 실로 가공했다. 자신일지라도 정면충돌은 피했을 위력적인 검세 앞에 악소천이 서슴없이 돌진했기 때문이었다.

하나 놀라움도 잠시뿐 그녀의 입가에 미소가 번졌다.

'훗훗! 네놈도 끝장이다!'

퍽! 퍼퍼어어!

장(掌)과 검(劍)이 정면으로 부딪쳤다.

한데 밀물처럼 밀려오던 기녀들의 검기가 악소천의 장력에 산산이 부서져 흩어졌다. 그리고 장력은 기녀들을 휩쓸어버렸다.

슈와아악!

장력에 휘말린 기녀들의 몸이 낙엽처럼 허공으로 날아올라가 버렸고 처절한 비명이 뒤를 이었다.

"컥!"

"아악! 윽! 꺼어억!"

온전히 서 있는 기녀는 세 명뿐이었고 나머지는 모두 땅바닥을 나뒹굴고 있었는데 입에서 붉은 피를 뿜어내고 있었다. 그나마 서 있는 세 명의 기녀도 정원수를 붙잡거나 담벼락에 기대어 가까스로 서 있었다.

흑설의 안색이 여러 차례 변했다.

처음에는 붉어지더니 희어졌다가 마지막에는 숯덩이처럼 검게 변하고 말았다.

'이… 이게 도대체가!'

믿을 수 없다는 듯 눈을 깜박거렸지만 쓰러지고 피를 토하고 있는 기녀들의 모습은 틀림없는 현실이었다.

그리고 한순간 그녀의 눈앞으로 한 가지 사실이 떠올랐다. 자신의 부주의로 애써 세운 한 지역의 분타가 통째 궤멸되었으니 상부에서 결코 자신을 가만 내버려 두지 않을 것이다.

'이것이……!'

정녕 꿈인가 싶었다.

어처구니없기가 이루 말할 수가 없었다. 이름난 무림의 고수와 시비가 붙어 싸운 것도 아니고 술 마시러 온 저잣거리의 잡배에게 분타가 궤멸되었다는 게 도무지 믿어지지가 않았다. 아무리 현실을 인정하려 들어도 받아들여지지 않았으므로 흑설은 쉴 사이 없이 숨을 들이쉬며 끓어오르는 가슴을 진정시키려 노력했다.

"누님, 왜 그러고 서 계시오? 뭐라고 할 얘기가 있을 것 같은데?"

악소천이 이죽거렸다.

"누님이 곱게 날 받아들였다면 이런 일도 없었을 것 아니오? 물론 지금이라도 늦지 않았지만."

"호호호!"

별안간 흑설이 고개를 쳐들고 교소를 터뜨렸다.

웃음소리가 날카롭게 귀청을 울렸는데 무척 분노해 있음을 알 수 있었다.

뚝!

칼날처럼 울려 퍼지던 흑설의 웃음이 그쳤다.

"너 이 새끼!"

그녀가 씹어뱉듯 말했다.

표독스런 눈빛으로 악소천을 노려보며 말했다.

"너 죽고 나 죽자. 오늘!"

"우리가 왜 죽어야 한단 말이오? 난 죽기 싫소이다. 누님 또한 왜 죽으려 하시오? 누님처럼 아름답고 화끈한 분이 죽는다는 것은 이 땅의 큰 손실이오."

"네놈이 끝까지 날 조롱하는구나. 개자식!"

그녀의 몸이 튕기듯 날아왔다.

얼마나 흥분했는지 폭풍과 같았는데 악소천의 어깨를 향해 검을 내려쳤다.

"뒈져!"

콰우우!

악소천의 표정이 변했다.

거대한 압력이 몸을 짓누르듯 파고들었으므로 경시하지 못하고 오른손을 번쩍 뒤집어 흑설의 검을 후려쳤다.

까강!

장력과 검이 부딪쳤는데 섬뜩한 쇳소리가 울려나왔다. 그만큼 악소천의 장력이 단단하게 응축되었고 전력을 다했다는 반증이었다. 하나 반탄력에 뒤로 잠시 밀려난 흑설의 신형이 무서운 속도로 쇄도해 들어왔다.

쉬아악!

흑설의 검이 강렬한 섬광을 일으키며 무차별하게 베어왔다.

여인의 몸인데도 검에서 상당한 압력이 느껴진 것을 보면 그녀의 내기 또한 범상치 않아 보였다.

빠악!

두 사람의 공격이 다시 충돌했고 주춤 밀려난 그녀의 검이 다시 파고들었다.

쉭!

섬전과도 같은 빠른 일검이었다.

딱!

또다시 악소천의 우장이 쳐냈다.

핑그르!

흑설의 검이 연속 오검을 찔러왔다.

숙숙숙숙― 숙!

그에 따라 악소천의 손도 바빠졌다.

좌좌좌좌좌앗!

악소천 역시 연속 오 장을 쏟아내며 맞섰다.

콰콰콱!

격렬한 진동이 터지며 두 사람이 한 걸음씩 뒤로 물러났다. 흑설의 이마에 땀방울 두 개가 빗방울처럼 맺혔는데 입에서 거친 호흡이 터져 나왔다.

"죽자!"

악에 바친 음성을 토하며 또다시 흑설이 검을 휘둘렀다.

찔러오는 검을 딱 소리가 나도록 악소천이 막았다. 순간 흑설이 검을 한 바퀴 빙글 돌리며 악소천의 하복부를 길게 베어왔다.

파! 파팟!

악소천의 장에 의해 또다시 중간에서 막혔고 주춤거리는 틈을 이용해 좌장이 옆구리를 노렸다.

슈욱!

"흥!"

흑설이 코웃음을 치고 옆구리를 파고드는 악소천의 왼손을 힘껏 내려쳤다. 강한 내기가 손 주위를 보호하고 있다고 해도 내려치는 검에는 손해였으므로 악소천이 잽싸게 왼손을 회수했다.

쓰윽!

그 순간을 놓치지 않고 흑설이 베는 동작을 찌름으로 바꿔 오히려 악소천의 옆구리를 파고들었다. 방어에서 공격으로 수법을 바꾸는 눈부신 응변은 그녀의 실전 경험이 상당한 경지에 올라 있다는 뜻이었다.

"호오!"

악소천이 창룡음을 터뜨리며 뒤로 물러 나왔다.

십여 초를 주고받으면서 모처럼 활력이 온몸으로 뻗어나갔다. 온몸이 짜릿했는데 제대로 된 적수를 만나면 긴장도 되지만 아울러 흥분도 된다는 사부의 말을 떠올렸다.

콰콰쾅!

두 사람의 공격은 치열했다.

九大魔王

한 치의 물러섬도 없었고 일진일퇴의 격렬한 공방전을 벌였는데 기녀들 모두 멀찍이 물러나 손에 땀을 쥐며 싸움을 쳐다보고 있었다.

자신의 공격이 뜻대로 먹혀들지 않자 흑설은 연신 이를 갈아붙였다.

"뿌드득! 널 오늘 죽이지 못하면 내가 사람이 아니다!"

악소천의 오른손이 번쩍 뒤집어졌다.

파앗!

순간 뇌전과 같은 한줄기 광채가 폭발했다.

버― 언쩍!

생사십팔섬 중 제일식인 풍섬, 일명 번개 손으로 불리는 장법이었다.

숙!

눈앞에 뭔가 번쩍였다고 느낀 순간 어느새 가슴을 파고드는 장력에 흑설이 기겁하며 검을 빠르게 내리그었다.

치잇! 콰앙!

격렬한 충돌과 함께 휘청거리는 흑설을 향해 악소천이 바짝 다가섰다.

스으으!

극성의 천지연환구보가 펼쳐졌고 그녀가 화들짝 놀라며 튕겨 올라간 검을 바로잡아 찌르려 들었지만 악소천의 오른손이 더 빨랐다.

빠악!

"컥!"

그녀가 비틀거리며 뒷걸음을 치자 기회를 놓치지 않겠다는 듯 악소천이 계속 따라붙었다.

퍼퍼퍽!

연거푸 삼 장이 쏟아졌고 이 장은 흑설의 검에 막혔지만 마지막 일 장이 그녀의 왼쪽 어깨를 정통으로 가격했다.

퍼— 억!

"커허헉!"

그녀의 몸이 더욱 뒤로 퉁겨 나가며 정원수에 부딪쳤다.

쿠웅!

나무가 부러질 듯 흔들거렸고 몸을 똑바로 세운 그녀의 입가에 실낱같은 핏줄기가 흘러내렸다.

"어떻게 된 것이오? 말해보시오. 천면신투 어른께서 왜 누님의 부하가 되었단 말이오?"

"미친놈아, 딴 데 가서 알아보거라!"

그녀가 또다시 덮쳐 왔다.

푸확!

악소천의 안색이 굳었다.

"적당한 선에서 봐주려 했더니!"

악소천의 장포가 부풀었다.

파파팡!

거센 폭풍에 휘감긴 듯 펄럭이던 장포와 함께 양손이 앞으로 쭈욱 뻗어 나왔다.

콰아앙!

뒤이어 그녀의 검기와 정면으로 부딪쳤고 악! 하는 비명을 터뜨리며 흑설의 신형이 줄 끊어진 연처럼 담장 너머로 날아가 버렸다.

휘익!

땅에 내려선 악소천이 천천히 담장으로 다가갔다. 그리곤 훌쩍 몸을 날려 담장 너머에 내려섰는데, 핏자국만 떨어져 있고 그녀의 모습이 보이지 않았다.

"누님! 누님!"

담장 너머 역시 봉황루의 내전이었는데 악소천이 주위를 휘둘러 보며 그녀를 찾았다.

"누님! 어디 있소?"

바로 그때였다. 흑설의 뾰족한 외침이 들려왔는데 메아리처럼 윙윙거렸다.

"악소천, 이 개자식아. 너 두고 보자. 내 오늘 이대로 물러나지만 언젠가는 반드시 네놈을 갈기갈기 찢어 죽이고 말 것이다!"

악소천이 주위를 휘둘러보았지만 그녀의 모습을 보이지 않았다.

"전성 회음이라는 것일세!"

어느새 나타났는지 오른손에 검을 쥔 복면인이 담장을 넘어와 있었다.

"전음의 한 가지로 소리를 사방에서 울리게 하여 시전자의 행방을 모르게 하는 방법이라네."

그때 흑설의 악에 바친 목소리가 들려왔다.

"악소천, 조심하거라. 오늘부터 네놈을 죽이기 위해 난 식음을 전폐할 것이다."

"누님, 진정하시오. 도대체 어디 있소? 일단 그 고운 얼굴 좀 보여보시오."

"네까짓 개 잡놈에게 본 분타가 궤멸되다니, 이런 개 같은 경우가 있단 말이냐? 무슨 수를 써서라도 네놈을 죽이고 말 것이다. 모가지 간수 잘하거라, 악소천!"

이윽고 그녀의 목소리는 더 이상 들려오지 않았다.

"조용한 걸 보니 떠난 것 같네."

잠시 주위를 휘둘러보던 악소천이 담장을 넘어 처음 있던 곳으로 돌아왔다.

"엇!"

악소천이 깜짝 놀랐다.

별채 앞마당에 서 있던 기녀들이 모두 사라진 것이다. 자신의 손에 죽은 시신과 부상당한 복면인 두 명만 있었다.

검을 든 복면인이 다가오며 말했다.

"모두 도망쳤군."

"누구신지요? 그녀와는 어떤 관계입니까?"

악소천이 물었다.

문득 검을 든 복면인이 두건을 벗었다. 그러자 사십 중반쯤 되는 날카로운 인상의 중년인 얼굴이 나타났다.

중년인이 씁쓸한 웃음을 머금었다.

"거참!"

중년인이 잠시 망설이는가 싶더니 나직한 목소리로 입을 열어 말했다.

"내 목숨을 구해준 은인인데 내가 뭘 숨기겠는가? 난 고수독이라고 하네. 무림맹 비은각 낙양지부 소속일세."

"무림맹 사람이란 말이오?"

모용란으로부터 무림맹에 대한 얘기를 들었기 때문에 악소천은 대뜸 아는 체를 했다.

중년인이 무거운 얼굴로 말을 이었다.

"우리 낙양 지부는 반년 전부터 낙양을 중심으로 활동하는 무림인들이 하나둘 실종된다는 정보를 입수했네. 그래서 난 은밀하게 조사에 나섰지."

"그런데 그 흉수가 이곳 봉황루 주인인 흑설이었단 말이오?"

"눈치가 빠르군. 자네 혹시 소녀표향대법이라는 얘기를 들어본 적 있나?"

강호 지식이라고는 사부에게 대략 얻어 듣긴 했지만 폭넓지 못하다.

"남자와 교접하여 사내의 이지를 제압하는 잔혹한 사공으로 흑설의 정체는 이십 년 전 강호의 공적으로 몰려 무림맹에 쫓기던 음사정녀 설요일세."

악소천의 눈이 커졌다.

"이… 이십 년 전이라면, 그녀의 실제 나이가 그럼."

"아마 모르긴 해도 오십 가까이 되었을 걸세."

"오… 오십."

악소천의 두 눈이 경악으로 부릅떠졌다.

고수독이 말했다.

"소녀표향대법에 걸려들면 평생을 시전한 여인의 치마폭
에서 벗어나지 못하네. 자신의 의지와는 상관없이 철저히 그
여자의 노예가 되는 거지. 어쨌든 낙양의 무림인들 실종에 봉
황루가 개입되었다는 단서를 발견하고 계집과 술을 마셨는데
그만 나 또한 그녀의 덫에 걸려들고 말았다네. 무림의 고수나
돈이 많은 사람만을 선택하여 술을 마셨던 것은 소녀표향대
법으로 그들 모두를 치마폭에 가두려는 수작이었던 것 같
네."

고수독의 얼굴이 부끄러움을 느끼고 빨개졌다. 고수독이
분위기를 전환하고자 헛기침을 하며 계속 말을 이었다.

"중요한 것은 설요 같은 마녀가 속한 무림 집단이 어디냐
는 것일세."

"소녀표향대법은 아주 사악한 무공이라고 했으니 소속 집
단 역시 보나마나 아주 질이 나쁜 곳이겠지요."

"계집을 잡았어야 했는데."

아쉽다는 듯 설요가 사라진 방향을 쳐다보았다.

"한 가지 궁금한 것이 있습니다."

고수독이 고개를 끄덕이며 말했다.

"그래, 말해보게."

악소천이 마혈이 제압되어 있는 천면신투와 복도에서 기
절했다가 깨어나 별채 문 앞에 우두커니 서 있는 복면인을 보
며 말했다.

"같은 소녀표향대법에 걸려들었던 다른 사람들은 저렇게 아직 정신을 차리지 못하고 있는데……."

"어떻게 나만 깨어날 수 있느냐고 묻는 것이군. 소녀표향대법에 걸리면 천주, 풍지, 백회, 강간, 네 곳의 혈도가 음기에 막혀 이지를 잃게 되지. 그런데 난 자네와 싸우면서 그 네 곳의 혈도에 장력을 맞았고 그 순간 막혀 있던 음기가 충격으로 깨지면서 소통이 된 걸세. 장력을 정통으로 맞았다면 즉사했을 텐데 다행히도 비켜 맞아 소녀표향대법만 깨진 것이지. 그렇다고 해서 그 네 곳의 혈도에 장력을 약하게 가격하면 누구나 막힌 음기가 소통될 것이라고 생각하지는 말게. 나 같은 경우는 천운이 닿은 것이고 제대로 소녀표향대법을 깨뜨리기 위해서는 대천회양불공이라는 불가의 심법으로만 치료가 가능하다네."

"하면 저들은 어찌해야 합니까?"

"대천회양불공은 소림사의 심법 중 하나이니까 어쩔 수 없이 그들에게 도움을 청할 수밖에. 물론 그 일은 무림맹 소속인 내가 당연히 해야 할 일이니 자네는 거기까지는 신경 쓰지 말게."

악소천이 고개를 끄덕인 후 아직까지 제압되어 있는 천면신투의 마혈을 풀어주었다.

마혈이 제압되어 바닥에 누워 있던 천면신투가 벌떡 일어났다. 하지만 명령을 내리는 설요가 사라짐으로 인해 그 또한 주위 다른 복면인들처럼 멍청하게 서 있었다. 눈을 깜박거리며 자신을 쳐다보았지만 전혀 알아보는 기색은 없었다.

"그런데 자네는 누군가? 어떻게 하여 설요와 싸움을 벌이게 되었는가?"

악소천은 곧바로 대답을 하지 못하고 잠시 망설였다.

설요와 하룻밤 정을 쌓고 싶어 왔다가 잠시 이해가 맞지 않아 옥신각신하다 싸움을 벌였다는 걸 사실대로 말하기에는 왠지 낯이 뜨거웠다. 더구나 그녀의 실제 나이가 쉰에 가깝다는 사실에 할 말을 잃었다.

"그냥!"

악소천이 머뭇거리며 대답을 하지 않자 고수독이 가벼운 웃음을 지었다. 말을 하지 않아도 자신을 비롯해 소녀표향대법에 걸린 사람들처럼 악소천 역시 설요의 미모에 흑심을 품고 찾아왔다가 싸움까지 벌어진 것 아니냐는 그런 웃음이었다.

"험험!"

악소천이 할 말이 없었으므로 애꿎은 기침만 해대었다.

하지만 한 가지 다행스러운 건 자신이 속옷 바람으로 싸움을 벌였다는 사실은 꿈에도 모를 것이라는 것이었다. 그런 사실은 영원이 누구도 알아서는 안 될 일이었다.

"아무튼 대단한 무예일세. 아까 언뜻 싸우는 것을 지켜봤지만 사문을 짐작할 수 없었네. 혹시 사문을 여쭤도 결례가 아니겠는가?"

　원래는 천하제일문이었지만 누구도 뇌검심정술을 터득하지 못해 강호 삼류 문파로 전전했고 오늘날은 끝내 장사꾼으로 간신히 명맥을 잇는다고 했다. 하지만 천오백 년 전 천하제일문이었다는 사부의 말을 떠올리며 묵직한 목소리로 말했다.

　"뇌검문이오."

　고수독이 멈칫했다.

　"뇌검문?"

　처음에는 얼른 알아듣지 못하고 되물었다. 그리고 자신의 머릿속에 기억된 수많은 강호의 문파를 빠르게 훑어보는지 잠시 두 눈을 깜박거리더니 돌연 눈을 크게 부릅떴다.

　"뇌검문이라면 혹시 벼락의 무가로 알려진 곳 아닌가? 자세히는 잘 모르지만 내가 듣기에는 벼락을 몸 속에 끌어들여 내공을 쌓는 곳이라고 알고 있네. 뿐만 아니라 강호에서 오래전부터 구전되어 오는 마왕가의 맨 마지막 소절의 주인이기도 하고."

　"그렇습니다. 마왕가 맨 마지막 소절이 본 문의 얘기지요."

　악소천이 목에 힘을 주고 말했다.

　고수독이 악소천을 뚫어져라 살폈다. 처음과 완전히 다른 눈빛이었는데 뇌검문이라는 것에 다시 보는 시선이었다.

"내가 알기로 뇌검문은 벼락을 몸 속에 저장하지 못하는 한 무공을 완전하게 성취할 수 없다고 들었네. 정말로 벼락을 몸 속에 저장할 수 있는 건가?"

고수독의 질문은 교묘했다. 만약 그의 질문에 대해 대답을 하자면 자신의 모든 것을 그 앞에 드러내 놓아야 했기 때문이다. 하나 아무리 강호 경험이 일천한 악소천이지만 대답해야할 말과 적당히 감춰야 할 말 정도는 구분할 줄 안다.

악소천은 야릇한 웃음을 지었다.

"고 대협께서는 어찌 생각하십니까? 그게 가능하다고 보십니까?"

자신의 질문에 대답하지 않고 오히려 반문을 하자 고수독의 표정이 변했다. 그것은 자신의 의도가 간파당했다는 것에 대한 당황함이었다.

"글쎄, 나로서는 뭐라고 말하기가 좀 그렇군."

고수독은 확실히 노련했다. 끝까지 대답 속에 그 사실이 궁금하다는 강렬한 호기심을 담아 이쪽으로 하여금 어떤 식으로라도 반응을 보이도록 유도하고 있었다.

하나 악소천 역시 그렇게 만만찮은 사람이 아니었다. 여섯 살 때부터 부친과 저잣거리에서 남의 주머니를 노리며 굴러 먹었다.

"주위에서 보면 벼락을 맞아 죽은 사람이 왕왕 있지요."

끝까지 두루뭉술하게 넘어오는 악소천의 대답에 고수독의

안색이 가볍게 변했다. 만만치 않다는 것을 느낀 것이다.

"그럼 소생은 이만 가보겠습니다."

악소천이 포권의 예를 취해 보이고 등을 돌렸다.

악소천이 서너 걸음 걸었을 때 고수독이 큰소리로 말했다.

"다시 한 번 구명지은에 감사드리네."

악소천이 돌아서서 누런 이를 드러내고 웃었다.

"별말씀을."

고수독이 꼼짝도 않고 서서 사라지는 악소천을 쳐다보았다.

어지간한 사람이면 자신의 유도심문에 거의 넘어가 모든 것을 말하고야 마는데 전혀 꼼짝도 하지 않을 만큼 심기가 깊었다. 그건 곧 나이는 많지 않아도 살아온 삶이 결코 평탄하지 않았다는 반증으로 봐야 했다.

"뇌검문……."

고수독은 나직이 혼잣말을 중얼거렸다.

오랜 강호의 경험에 비춰 상대의 말을 절대 믿어서는 안 된다. 정말로 마왕가의 맨 마지막 소절에서 말하는 뇌검문의 후예인지, 아니면 꾸며댄 말인지는 알 수 없다. 강호란 본디 진짜가 가짜가 되고 가짜가 진짜로 둔갑되는 곳이다. 자신의 이익과 명예를 위해서라면 얼마든지 본심과 본모습을 바꾸는 곳이 강호이기 때문이다.

하나 무공 하나 만큼은 대단했다. 비은각에서 중간 정도 되는 자신이 십초를 버티지 못했으니 일류라고 해도 손색이 없었다. 어쨌든 그가 아니었다면 자칫 평생을 설요의 꼭두각시가 되어 살았을 것이라는 생각을 하자 등골이 서늘해졌다.

고수독은 천천히 몸을 돌렸다. 천면신투를 비롯한 세 명의 복면인이 아직까지 우두커니 서 있었다. 소녀표향대법을 시전한 설요에게만 감응하게 되어 있어 그녀가 오지 않는 한 저들은 저렇게 명청하게 서 있을 것이다.

쉭!

고수독이 몸을 날렸다. 일단 지부로 돌아가 수하들에게 세 사람을 제압하여 이송토록 명령을 내릴 참이었다. 그리고 소녀표향대법이 다시 강호에 등장했음을 속히 상부에 보고해야 했다.

*　　　　*　　　　*

열한 명의 여인이 어두운 산길을 달리고 있었다. 옷자락 펄럭이는 소리만 들릴 뿐 누구도 입을 열지 않았는데 선두에서 몸을 날리는 여인은 설요였다. 그녀의 뒤를 따르는 여인들은 자신의 부하들이자 봉황루의 기녀로 활동했던 십봉야령이었다.

이윽고 한 개의 봉우리를 넘자 저 멀리 불빛이 보였다.

잠시 몸을 세운 설요의 두 눈이 어둠 속에서 빛나는 불빛을 주시했는데 시선이 은은히 떨리고 있었다. 잠시 굳은 표정으로 불빛을 주시하던 설요가 가볍게 몸을 날렸고 십봉야령이 뒤를 따랐다.

불빛은 한 채의 장원에서 흘러나왔다.

커다란 송림 속에 세워진 장원은 제법 컸는데 입구를 지키고 있던 두 명의 경비무사가 바람처럼 일행의 앞을 막아서며 말했다.

"누구시오? 본 천의 인물이라면 암호를 대시오."

순간 맨 선두에 선 설요가 나직이 말했다.

"붉은 하늘에 별이 뜨고 장강의 달이 온 천하를 비춘다."

"통과하시오."

앞을 가로막고 섰던 두 명의 경비무사가 길을 비켜주었고 설요와 십봉야령이 곧바로 장원 안으로 사라졌다.

금방이라도 온산이 쩡쩡 울리는 포효를 터뜨리며 달려들 것 같은 대호 한 마리가 침대에 앉아 있었다. 한데 놀랍게도 두 명의 반라여인이 대호의 어깨를 주물러 주고 있었다.

넓은 침대 한가운데 떡하니 버티고 앉아 있는 의젓함은 뭇 짐승의 제왕다운 뜨거운 위엄이 넘쳤고 웅장한 덩치는 함부로 침범할 수 없는 성채였다. 대호는 불타듯이 검붉은 털을 뒤집어쓴 두 눈에서는 무서운 광채를 내뿜으며 두 여인에게 몸을 내맡기고 있었다.

"그래서 도망쳐 왔단 말이냐?"

대호가 말을 했다. 아니, 그것은 호랑이 탈이었다. 금방 포효를 하며 공격할 것 같은 붉은 광채가 흐르는 호면구를 쓴 사내가 냉엄한 목소리로 무릎을 꿇고 엎드려 있는 입구의 설요와 십봉야령을 향해 말했다.

"최선을 다했지만 놈의 무공이 어찌나 강한지……!"

"닥쳐라!"

호면구 사내의 강력한 호통에 설요의 말이 중간에서 잘렸다.

고양이 앞에 쥐.

설요는 제대로 고개를 쳐들지를 못했다.

호면구의 사내는 하남성 열두 곳의 분타를 관장하는 총령(總令)으로 자신의 생명을 쥐락펴락할 수 있는 위치에 있었다.

"설요!"

"하명하소서, 총령님!"

"분타주로서 분타를 잃은 책임은 어떤 경우일지라도 결코 면할 수 없다."

"그, 그러하옵니다."

설요의 이마에서 땀방울 하나가 흘러 바닥으로 떨어졌다.

호면구 사내의 불같은 시선이 엎드려 고개를 떨구고 있는 설요의 뒤통수에 정면으로 꽂혔다.

"너의 죄는 당장 찢어 죽여도 부족할 만큼 크다."

부르르!

설요의 잔등이 가는 경련을 일으켰다.

조용한 방 안에 호면구 사내의 목소리가 울려 퍼졌다.

"하나 지난 세월 네가 본 천에 세운 공로가 적지 않음은 본 총령은 알고 있다. 하여 낙양 분타를 잃은 너에게 한 번 더 기회를 주겠다."

번쩍!

설요의 고개가 쳐들렸다.

설요가 고개를 쳐들고 호면구 사내를 향해 큰소리로 말했다.

"총령님의 은혜에 감사드립니다."

"결자해지 차원에서라도 네 손으로 그자를 처결해야 하지 않겠느냐?"

"당연하옵니다. 기회를 주시면 속하의 손으로 그놈을 반드시 찢어 죽일 것입니다."

그때 문이 열리고 한 사내가 들어서더니 허리를 구부리며 말했다.

"총령님, 그만 출발하실 시간이옵니다."

"알겠느니라."

사내가 물러나고 호면구 사내의 시선이 다시 설요를 향해 고정되었다.

"그자의 이름이 뭐라고 했느냐?"

“악소천이옵니다.”

“그를 죽여라. 그리고 다시 낙양 분타를 건립하여 명예를 회복하도록.”

“무, 물론이옵니다. 가장 빠른 시일 내로 놈의 목을 베어 총령님 앞에 가져다 바칠 뿐만이 아니라 잃은 분타 또한 다시 세우겠나이다.”

“믿겠다.”

설요가 이마에 방바닥에 닿도록 허릴 구부리며 말했다.

“지당한 말씀이옵니다. 그런데 오늘 회합에 속하도 참석해야 하는지요.”

“올 필요 없다. 넌 악소천이란 놈 죽일 계획을 세워야 할 것 아니냐?”

“존명! 반드시 명예를 회복하겠습니다.”

호면구 사내가 몸을 일으켰다.

어깨를 주무르던 두 여인의 배웅을 받으며 문밖으로 모습을 감췄고 그제야 설요의 고개가 들려졌다. 설요의 얼굴은 땀으로 범벅이 되었다. 얼굴뿐만이 아니라 긴장으로 인해 전신이 땀으로 흠뻑 젖어 속살이 훤히 드러나 보였다.

*　　　*　　　*

밤늦은 저잣거리는 무척 한산했다. 악소천은 천천히 저잣

거리를 걸었다. 설요와 뜨거운 밤을 보내기 위해 온갖 상상을
다 하고 찾았다가 대판 싸움만 벌이고 물러 나오게 되어 기분
이 무척 언짢았다. 아무리 잊으려고 해도 자꾸 눈앞으로 설요
의 희멀건 피부가 떠올랐고 육감적인 앞가슴이 손에 잡힐 듯
출렁거렸다.

"젠장! 카악!"

신경질적으로 가래침을 뱉을 때 귓가로 코맹맹이 소리가
들려왔다.

"거기 옵빠, 놀다 가."

고개를 돌리자 담벼락 아래에서 한 명의 기녀가 자신을 향
해 손짓을 하고 있었다.

악소천이 돌아보자 기녀가 눈을 빛내며 말했다.

"아주 잘해줄게, 와봐."

악소천이 흔쾌히 고개를 끄덕였다.

오늘 하루 실컷 놀고 내일쯤 사문이 있는 절강성으로 떠나
려고 마음먹었기 때문에 이대로 도저히 집으로 돌아갈 수는
없었다.

"좋다. 가자!"

"옵빠 최고야. 멋쟁이."

기녀가 바람같이 달려와 악소천의 팔짱을 끼고 좁은 골목
길로 들어섰다.

"여기야!"

이윽고 팔짱을 끼고 가던 기녀가 '야화(野花)'라 쓰여진 낡은 유곽으로 악소천을 데리고 들어가려고 끌어당겼다.

바로 그때 유곽으로 막 몸을 돌리던 악소천이 멈칫하며 고개를 돌렸다.

골목 맞은편 어둠 속에서 한 대의 가마가 오고 있었다. 가마는 네 명의 체격 좋은 흑의사내가 메고 있었는데 악소천의 두 눈이 빛을 뿌렸다. 가마 위에는 놀랍게도 붉은 호면구를 착용한 한 사내가 앉아 있었다.

팟!

악소천의 눈이 강렬한 빛을 폭사했다.

'혹시 혈금호면?

뇌검문의 신물로 상상을 초월하는 가치를 지니고 있을 뿐 아니라 장문인으로 인정받기 위해서는 반드시 찾아야 할 물건이라고 힘차게 강조했다.

"빨리 들어가지 않고 뭐 해?"

기녀가 재촉했고 가마는 어느새 악소천을 지나 골목 아래로 내려가고 있었다.

"옵빠?"

툭!

악소천은 가볍게 기녀의 팔을 뿌리쳤다.

"미안!"

"어딜 가?"

자신의 손을 뿌리치고 골목 아래로 걸어가는 악소천을 기녀가 불렀지만 두 번 다시 뒤돌아보지 않았다.

악소천은 적당한 거리를 두고 가마를 뒤따랐다.

저잣거리를 벗어난 가마는 잠시 후 낙양을 빠져나가는 북쪽의 관도로 들어섰다. 인적이 없는 어두운 관도로 들어선 가마꾼들이 신법을 펼치기 시작했다. 순식간에 가마꾼들의 신형이 어둠 속으로 사라졌고 악소천이 부랴부랴 몸을 날려 뒤를 따랐다.

반 시진쯤 관도를 달리던 가마가 느닷없이 좌측에 있는 거대한 산으로 접어들었다.

가마의 뒤를 따르던 악소천이 놀란 표정을 지었다.

'망산 아냐?'

불과 오늘 아침까지 망산의 극조봉 아래서 사부와 생활을 했다. 그래서 누구보다도 지리를 잘 아는데 가고 있는 방향이 비와봉 쪽이었다.

쉬이이!

거친 산길을 가마꾼들은 평지처럼 내달렸고 잠시 후 오늘 아침까지 자신이 묵었던 모옥이 어둠 속에 나타났다. 가마꾼들은 불 꺼진 모옥을 바람처럼 지나쳐 망산 제이봉 비와봉을 향해 힘차게 나아갔다.

가마는 망산을 오른 지 한 시진 정도 되자 마침내 비와봉 정상에 올라섰다.

비와봉은 조그만 분지를 형성하고 있었는데 뒤를 따라간 악소천은 깜짝 놀랐다. 비와봉 정상에는 자신이 뒤따라왔던 것과 똑같은 다섯 개의 가마가 미리 도착해 있었는데 모두 붉은 호면구를 쓴 사람들이 앉아 있었다.

사문의 신물인 혈금호면인 줄 알고 긴장하여 뒤따라왔다가 무려 다섯 명의 인물이 호면구를 쓰고 있자 갑자기 맥이 풀렸다.

'우라질!'

악소천이 일단 바위 뒤에 몸을 숨겼다.

평평한 곳에 엉덩이를 걸치고 앉아 호면구를 쓴 사내들의 동태를 지켜보기로 했다.

슈욱!

그때 비와봉 아래로부터 한 개의 가마가 화산이 폭발하듯 숫구쳐 올라왔다.

비와봉 정상 십여 장 높이까지 숫구친 가마가 잠시 멈추더니 천천히 땅으로 내려섰다.

"허공답보!"

악소천은 자신도 모르게 놀라며 중얼거렸다.

가마를 맨 건장한 흑의사내 여섯 명이 허공을 계단 밟듯 내려오고 있었다. 그건 곧 여섯 사내의 신법이 이미 절정에 이르렀음을 말해주고 있었다.

"총령님을 뵈오이다."

비와봉에 미리 와 대기하고 있던 다섯 명의 호면인이 가마를 향해 일제히 부복하며 외쳐 말했다.

가마 위에는 역시 핏빛의 호면구를 쓴 금포인이 한 자루 창을 거머쥐고 잔뜩 거드름을 피우며 앉아 다섯 명의 호면인을 내려다보고 있었다.

"헛헛! 많이들 기다렸나? 조금 늦었는데 분타주들이 넓은 아량으로 이해해 주기 바란다."

호면 속에서 뿜어져 나오는 눈빛은 오만하기 이를 데 없었다. 다섯 명의 호면인이 가마를 중심으로 반월 형태로 도열했는데 총령이 말했다.

"오늘 내가 이곳 망산으로 분타주들을 부른 것은 다름이 아니라 한 가지 놀라운 일이 일어났기 때문이다."

"놀라운 일이라 하오시면?"

"무엇이옵니까?"

여기저기서 눈을 빛내며 물었다.

총령이 다섯 명의 호면인을 천천히 훑어보았다. 그리고 느릿하게 입을 열어 말했다.

"혹시 마왕가를 아는가?"

순간 호면인들이 깜짝 놀라며 말했다.

"마왕가라고 하면 현 강호에서 가장 뛰어난 아홉 사람에 대한 노래 아니옵니까?"

“그렇다. 언젠가 그들이 강호의 패권을 놓고 다툰다는 노래다.”

“그 노래가 어떻다는 것인지?”

“마왕가가 흘러 다닌 것이 어제오늘 일도 아닌데?”

호면인들의 질문에 금포인이 묵직한 목소리로 말했다.

“마왕가 중 이 대목을 기억할 것이다. 아수라의 칼은 한 번에 자른다는 것 말이다.”

“그것은 수라도를 가리키는 말 아닙니까?”

“설마 그 재앙의 칼이 나타나기라도 했단 말입니까??”

여기저기서 앞 다투어 물었고 호면구 밖으로 쏟아져 나오는 시선은 마치 불꽃처럼 이글거렸다.

“그렇다. 마왕가의 두 번째 소절인 아수라의 칼이 나타났다 한다.”

“저… 정말입니까?”

“수라도가 강호에 등장했단 말입니까?”

“물론이다.”

“꿀꺽!”

“음!”

여기저기서 침음성이 터져 나왔다. 산정의 공기는 금새 싸늘하게 굳어버렸다.

잠시 후 침묵을 깨며 총령의 목소리가 다시 울려 퍼졌다.

“사흘 전 황산 인근에서 활동하던 황산쌍권이 자신들의 처소에서 목이 잘린 채 죽었는데 모두 수라도였다고 한다. 그뿐 아니라 독구오검까지 희생되었다."

"독구오검까지!"

호면인들이 경악의 외침을 터뜨렸다.

황산쌍권은 물론 독구오검 또한 오래전부터 강호에 그 명성이 자자했던 뛰어난 검객들로 하나같이 절정에 이름 검기(劍技)를 갖고 있었다. 다섯 명 모두 쌍둥이 형제로 강호에서 상당한 영향력을 갖춘 집단을 이끌고 있으며, 하나같이 무림맹에 소속되어 있었다.

"궁금한 것이 있습니다."

"말해보거라."

바위 뒤에 숨어 있는 악소천에게 등을 보이고 있는 호면인이 말했다.

"황산쌍권도 정도의 명숙이고, 독구오검 역시 무림맹에서 순찰호법이라는 직위를 갖고 있습니다. 그건 곧 수라도의 표적이 궁극적으로는 무림맹이라는 것 아닐까요?"

총령이 가볍게 고개를 저었다.

"겉으로 드러난 것만 봐서는 그렇게 해석되어지지만 아직 정확하게 속단할 수는 없을 것 같구나. 아무튼 각별히 주의하라는 천주의 말씀이시다."

악소천에게 등을 보이고 있는 호면인이 주위를 둘러보며 말했다.

“수라도가 나타났다면 마왕가 속의 다른 인물들도 나타날 가능성이 크다고 봐야 하는 것 아닙니까?”

그러자 좌측으로 서 있던 호면인이 말을 받았다.

“그렇다고 봐야겠지요.”

“어쨌든 수라도가 무림맹 인물을 죽였으니 양측에 싸움은 피할 수가 없을 것 아닙니까? 아마 모르긴 해도 머잖아 어떤 형태로든 충돌은 불을 보듯 뻔한데. 흐흐! 잘됐군요.”

이번에는 우측에 서 있던 호면인이 물었다.

“뭐가 잘되었다는 것이오, 황천 분타주?”

황천 분타주라는 사내가 우측 호면인을 보며 말했다.

“무림맹도 그렇고, 수라도 주인 또한 결코 우리에게 호의적일 리 없소. 내 말은 양측이 머리통이 깨지도록 싸우면 우리만 득을 보는 것 아니냐는 얘기요.”

순간 호면인들이 고개를 끄덕이며 호응했다.

“틀린 얘긴 아니군.”

“맞소이다. 양쪽 모두 박 터지게 싸우다 똑같이 몰락하면 더 이상 바랄 게 없고, 무너지지는 않더라도 상처는 입을 것 아니오. 그때 우리가 뒤통수를 까버리면……. 흐흐흐!”

“크크크!”

“아주 좋은 말씀이오이다.”

이곳저곳에서 흐뭇한 웃음소리가 울려 퍼졌다.

“그런데 수라도 주인이 누군지 아시옵니까?”

황천 분타주라는 호면인이 총령을 향해 물었다.

총령이 무겁게 입을 열었다.

"아직 정확하지 않다. 천주의 명령을 받고 은밀히 뒤를 추적하고 있으니 곧 밝혀질 것이다. 아무튼 황천 분타주가 말한 대로 수라도가 나타났다는 것은 마왕가 속 다른 인물들도 본격적으로 등장할 가능성이 높다고 봐야 한다. 그러니 세력 확장하는 데 각별이 유념들을 해야 할 것이다. 그럼 오늘 전달 사항은 여기서 끝내겠다."

부우웅!

가마가 수직으로 떠올랐다.

어느 정도 정점에까지 솟구친 가마가 수평으로 바람처럼 이동해 갔다.

쐐애액!

순간 비와봉에 모여 있던 다섯 명의 호면인이 어둠 속으로 사라지는 총령을 향해 일제히 허리를 구부리며 말했다.

"존― 명!"

총령의 모습은 순식간에 비와봉에서 사라져 버렸다.

총령이 사라지고 나자 호면인들도 하나둘씩 가마를 타고 흩어졌다.

그때 문득 가마에 오르려던 황천 분타주가 고개를 돌렸다. 그곳에는 아직까지 떠나지 않고 있는 한 명의 호면인이 있었다.

"신안 분타주, 아직까지 떠나지 않고 무얼 하는 것이오?"

"먼저 가시오."

"무슨 걱정거리 있소? 그러고 보니 처음 뵈었을 때부터 신안 분타주께서 별말씀이 없으시고 눈빛도 불편해 보이던데 말이오?"

악소천에게 정면으로 등을 보이고 있는 신안 분타주가 땅바닥에 침을 뱉으며 말했다.

"오면서 얼핏 들었는데 이곳에서 멀지 않은 낙양 분타가 궤멸되었지 뭐요?"

팟!

황천 분타주의 호면 밖으로 강렬한 눈빛을 폭사했다.

"저런, 그게 사실이오?"

"그렇소이다."

"도대체 누구에게 당했단 말이오? 그래서 낙양 분타주가 참석하지 못했구려."

"흉수는 악소천이란 자인데?"

"악소천? 처음 들어보는 이름이구려?"

"낙양의 저잣거리를 무대로 활동하는 도모수라 하오."

"도모수라고 하면 남의 호주머니를 노리는 소매치기를 말하는 것 아니오? 아니, 대혹도의 본산 혈천(血天)의 분타가 일개 저잣거리 무뢰배에게 궤멸되었단 말이오?"

신안 분타주라는 사내가 길게 숨을 들이마시며 말했다.

"설 분타주가 조금 전 전서구를 보내 도움을 요청해 왔소
이다."

"자존심 강하기로 소문난 그녀가 도움을 요청한 걸 보니
사태가 의외로 심각한 모양이구려?"

"다행히 총령께서 만회를 하면 없었던 일로 하겠다면서 기
회를 주었다는구려."

"설 분타주에게 언제든지 손이 필요하면 연락을 달라고 전
해주시오. 나 또한 최선을 다해 도우리다. 그럼 이만 가보겠
소."

황천 분타주가 손을 들어 보인 후 가마에 올랐고 네 명의
가마꾼이 몸을 날렸다.

순식간에 황천 분타주가 시야에서 사라져 버렸다.

잠시 황천 분타주가 사라진 곳을 쳐다보던 신안 분타주가
나직이 한숨을 내쉬더니 한쪽에 가마를 들고 서 있는 가마꾼
들을 바라보았다.

"우리도 그만 가자!"

네 명의 가마꾼이 다가왔고 신안 분타주가 가마 위로 올라
탔다.

"돌아가자마자 마령대를 설 분타주에게 보내 돕게 하라."

"추웅!"

네 사내가 힘차게 대답했다.

가마가 떠나자 바위 뒤에 숨어 있던 악소천이 모습들 드러

냈다. 그리고 맨 마지막으로 떠난 신안 분타주가 탄 가마를
조용히 따르기 시작했다.

사문의 신물인 혈금호면은 한 개뿐이다. 한데 가장 먼저 떠
났던 총령이란 자까지 합하면 모두 여섯 개의 혈금호면이 비
와봉에 나타난 것이다. 겉모습만 봐서는 사부가 설명해 준 것
과 다르지 않지만 어쨌든 자신이 찾아야 하는 사문의 혈금호
면은 아니라는 증거였다. 하지만 직접 한번 확인해 보기로 했
다. 그리고 왜 호랑이 가면을 쓰고 다니는지 궁금했다.

가마는 비와봉을 내려와 조용한 숲길을 갈 때 악소천이 걸
음을 재촉해 거리를 좁히며 외쳐 말했다.

"어이, 이보시오. 잠깐 거기 멈춰보시오."

느닷없이 등 뒤에서 외침 소리가 들려오자 가마는 멈췄다.
그사이 악소천은 바람처럼 가마 앞으로 나아가 섰다.

"뭐 하는 놈이냐?"

캄캄한 밤에 느닷없이 가마를 불러 세운 악소천을 보며 네
명의 가마꾼이 잔뜩 경계심을 보이며 외쳤다.

가마에 타고 있던 신안 분타주는 잠깐 놀라는 빛을 보이더
니 악소천을 날카로운 시선으로 살폈다.

악소천은 가마 위에 앉아 있는 신안 분타주를 보며 말했다.

"그 쓰고 있는 호면구를 좀 살펴보면 안되겠소?"

순간 신안 분타주가 움찔했다.

악소천이 손을 내밀며 말했다.

“좀 줘보시오. 잠깐 살펴보고 돌려 드리겠소.”

신안 분타주가 발끈하여 외쳤다.

“뭣들 하느냐? 저놈을 당장 쳐죽여라!”

악소천이 눈을 부릅뜨고 말했다.

“아니, 호면 좀 한번만 살펴보자는데 날 왜 죽인단 말이오?”

“쳐라!”

신안 분타주가 더욱 발끈하여 소리쳤고 네 명의 가마꾼이 가마를 내려놓더니 곧바로 악소천을 향해 달려왔다.

“너 누구냐?”

“이놈의 자식이!”

가마꾼들은 단숨에 악소천을 요절낼 듯 주먹과 장력을 쏟아냈다.

쐐애액! 휘이익!

“어이쿠!”

악소천이 넘어질듯 휘청거리면서 네 사람의 공세를 피했다. 그러면서 여전히 가마 위에 앉아 있는 신안 분타주를 향해 소리쳐 말했다.

“잠깐 멈춰보시오! 거기 쓰고 있는 호면구 한번만 살펴보게 해주면 금방 떠나겠소이다!”

가마꾼들이 더욱 화를 내며 소리쳤다.

“이런 미친놈이!”

"꺼져랏!"

네 가마꾼이 더욱 강력한 공격을 퍼부었다.

악소천은 금방이라도 네 가마꾼이 쏟아낸 권풍과 장풍에 휩쓸릴 듯하면서도 절묘하게 피해내고 있었다.

번번이 자신들의 공세가 빗나가자 네 가마꾼의 표정이 굳어졌다.

"보통 놈이 아닐세!"

"제법 한가락 하는 놈이었구나. 그래봤자 네 까짓 놈쯤은 얼마든지 때려잡을 수 있다!"

가마꾼들의 공격이 달라졌다.

처음에는 간단히 잡아 패대기칠 수 있다고 생각했지만 번번이 자신들의 공세가 허탕을 치자 신중해진 것이다.

슈와악! 콰르르!

커다란 바위도 박살낼 것 같은 권과 장이 악소천의 전신을 향해 휘몰아쳐 왔다.

스슥!

악소천의 얼굴에 장난기를 지우며 신형을 뒤로 빼냈다. 그러자 네 가마꾼이 더욱 빠르게 파고들며 연거푸 삼 장씩 무려 열두 개의 권과 장이 허공을 채웠다.

콰콰콰콰! 화라라락!

악소천도 더 이상 피할 수만은 없었다.

쌍장을 모았다가 자신을 난도할 듯 몰아쳐 오는 권과 장을 맞받아쳤다.

휘이이익!

눈앞으로 악소천의 손바닥이 촘촘히 네 가마꾼의 공세를 차단했다.

쾅! 퍼퍼퍼퍽!

격렬한 반탄지기가 생기면서 주위 나무들이 꺾어지고 부러졌으며 그 와중에 묵직한 신음 소리가 들려 나왔다.

"음!"

"크흠!"

네 가마꾼 모두 비틀거렸는데 그중 두 사람은 안색이 창백한 것이 가장 심한 타격을 받은 것 같았다. 그것은 두 사람의 무공이 다른 두 사람에 비해 조금 낮다는 반증이기도 했다.

넷 모두 당황하는 빛이 역력했다. 체격도 자신들보다 작았고 설마 넷이서 밀릴 줄은 꿈에도 생각 못한 것이다.

"이 새끼가 진짜!"

"아후, 널 반드시 죽여 버리겠다."

하나 놀라움은 잠시뿐, 이내 노화가 머리끝까지 솟구친 듯 네 가마꾼이 다시 달려들었다.

악소천의 눈이 빛났다. 이들과 오래 싸우고 있을 틈이 없었다. 자신이 용건이 있는 사람은 가마에 타고 있는 신안 분타주란 자이다. 괜히 부하들과 다투며 체력을 소모시킬 필요도 없었고, 더구나 상대의 무공도 아직 모르는 입장이었으므로 서둘러 승부를 결(決)하기로 했다.

추화학! 쉭쉭!

네 가마꾼의 공세 속으로 뛰어들었다.

그리고 곧바로 악소천의 양손이 뒤집어지면 붉은 섬광이 사내들의 공세를 가격했다.

쉬악! 빡— 파바박!

둔탁한 소리가 터지며 네 가마꾼이 뒤로 속절없이 밀려났다.

스으으!

악소천이 바람같이 다가들며 네 가마꾼이 중심을 잡기 전에 또다시 쌍장을 쏟아내었다.

촤아아!

공기를 찢는 짧은 파공음과 함께 네 가마꾼의 기슴과 허벅지에 악소천의 쌍장이 틀어박혔다.

퍼— 퍼퍼펵!

"컥!"

"우욱!"

비명을 지르며 땅바닥에 내팽개쳐진 네 가마꾼은 목숨을 끊어지지 않았지만 얼른 자리를 털고 일어나지 못했다. 뿐만 아니라 모두 입가에 검붉은 피를 흘리고 있었는데 심한 내상을 입었음을 알 수 있었다.

악소천이 손바닥을 툭툭 털고 아직까지 가마 위에 앉아 있는 신안 분타주가 쳐다보았다.

"다시 말하지만 싸우거나 시비를 걸기 위해 온 것이 아니오. 그 쓰고 있는 호면 한번만 구경합시다."

신안 분타주가 가마에서 느릿하게 일어났다.

그리고 천천히 다가오더니 적당한 거리를 두고 섰다.

"제법 솜씨가 좋구나. 이름이 뭐냐?"

"악소천이라 하오."

순간 신안 분타주가 흠칫 놀라는 표정을 지었다.

"지금 뭐라고 했느냐? 악소천? 하면 오늘 초저녁에 혹시 낙양의 봉황루에 들어갔던 적 없었느냐?'

동명이인일지도 모른다고 생각한 듯 자신있게 묻지는 못했다.

악소천이 씨익 웃으며 말했다.

"맞소. 들어간 적이 있소이다."

"그럼 네가 바로 본 천의 낙양 분타를 궤멸시킨 악소천 그 놈이란 말이냐?'

"낙양 분타인지 뭔지는 모르겠고, 아무튼 괜찮은 누님 한 분 품어보려고 들어갔다가 시비가 붙어서 확 뒤집어놓은 것만은 분명하오이다."

갑자기 바람도 없는데 신안 분타주의 붉은 장포가 짧게 펄럭거렸다.

부르르!

그것은 거센 분노의 폭발이었다.

"네놈이 바로 악소천?"

"맞소. 내가 악소천이오. 혹시 낙양 분타인지 뭔지 하는 곳의 주인이 여자 아니오?"

"맞다."

악소천이 고개를 끄덕였다.

"아주 잘생긴 여인 맞지요? 흑설, 아니, 설요라고?"

"네놈이었구나. 잘 만났다. 그러잖아도 설 분타주의 명예에 큰 흠을 남겨 벼르고 있었는데 잘 와주었다. 정말 고맙구나."

악소천이 히죽 웃었다.

"뭘 고맙기까지. 아무튼 알았으니 호면 좀 벗어 이리 줘보시오."

"재주껏 벗겨보아라."

"벗겨가라고 하면 못할 것도 없지요."

악소천이 자신있다는 듯 환한 미소를 지으며 한 걸음 다가갔다.

신안 분타주 역시 신중한 자세로 악소천을 주시했다.

"조심하시오."

"얼마든지 오너라."

악소천이 다가섰다.

그냥 한 걸음 내딛은 것 같았는데 어느새 면전까지 파고들자 신안 분타주가 헛바람을 삼켰다.

"으헛!"

신속히 옆으로 몸을 비켰고 악소천의 왼손이 아슬아슬하게 호면을 스쳐 지나갔다. 조금만 피하는 반응이 늦었다면 속절없이 호면이 벗겨질 뻔했던 것이다.

호면 밖으로 빛나는 신안 분타주의 눈빛이 새파랬다.

악소천의 무공이 자신의 예상보다 높다는 것을 느낀 것이다.

"차앗!"

악소천이 다가서며 쌍장을 날렸다.

생사십팔섬중 분섬(分閃)이라는 식이었다. 위력보다는 많은 손바닥을 폭사시켜 상대를 혼란스럽게 만들어 결정타를 먹이는 일종의 현혹장(眩惑掌)이다.

십여 개의 손바닥이 현란하게 자신을 덮쳐 오자 신안 분타주의 두 눈이 빛났다. 손바닥이 지금 많아 보이지만 그중 한 개만이 자신을 공격할 것이다. 하나 워낙 빨라 진위 구분을 할 겨를이 없었으므로 방법은 한가지뿐이다.

모두 쳐내는 것이다.

번쩍!

신안 분타주의 쌍수가 소맷자락 밖으로 드러났다.

한데 여인의 손처럼 길다란 손가락과 하얀 피부가 섬뜩한 느낌마저 주었다.

쉬─ 쉭쉭쉭!

흰 섬섬옥수가 허공을 빠르게 격(擊)하기 시작했다.

구리빛 손바닥과 투명하리만치 흰 두 개의 손이 빠르게 서로를 부딪쳐 갔다.

파파파팍!

불꽃이 충돌하듯 사방으로 장영이 흩어져 나갔고 꽃잎처럼 허공을 매웠던 악소천의 손바닥이 순식간에 소멸되었다.

'과연!'

악소천은 나직이 감탄했다. 비록 일초였지만 상대의 무위는 결코 자신의 아래가 아니라는 것을 확인 할 수 있었다.

"상당하구려."

"너 또한 대단하다."

서로가 서로를 치켜세우며 마주 달려나갔다.

그리고 신랄한 쌍장을 퍼부었다.

쾅!

붙었다가 충격에 의해 뒤로 팅겨 나간 두 사람의 신형이 서로를 향해 무자비하게 또다시 달려들었다.

九� 大 魔 王

九大魔王

슈욱!

신안 분타주의 우장이 면상을 때려왔다.

슉!

순간 악소천의 고개가 좌측으로 수그러지자 기다렸다는 듯 좌장이 격해왔다.

슉!

번쩍 하는가 싶었는데 어느새 얼굴 가까이 파고드는 숨 막힐 정도로 빠른 쾌장에 악소천은 놀라움에 앞서 감탄을 금치 못했다. 초저녁에 봉황루에서 겨루었던 흑설과는 비교가 되지 않는 강력한 솜씨였다.

빽!

두 사람의 장력이 부딪혔고 서로의 상체가 뒤로 휘청거리다 다시 달려들었다.

딱!

따— 다다닥!

순식간에 두 사람의 십여 초를 주고받았다. 하나 누구도 우위를 점하지 못하는 팽팽한 접전이었다.

"강호에 너 같은 고수가 있었다니, 왜 여태 난 모르고 있었지?"

"흐흐, 당연히 모를 수밖에. 죽어라 무예 수련하고 어제 산을 내려왔는데 당신이 알 턱이 없지."

"어제?"

"그렇소, 그것도 초저녁에 내려왔으니 무슨 수로 알겠소?"

"그럼 뭐냐? 내려오자마자 본 천의 낙양 분타를 개박살낸 것이란 말이냐?"

"훗흐! 한마디로 운이 없었던 거요."

"죽일 놈!"

"흐흐흐! 꼭 이렇게 힘들게 싸워야겠소?"

"무슨 소리냐?"

"그 호면구 말이오? 나 같으면 얼른 벗어 쥐버리겠소만."

"닥쳐랏! 아까도 말했지만 재주껏 벗겨가라."

"그럼 조심하시오. 이제부터 절대 사정을 안 봐줄 테니."

“나 또한 같은 마음이다.”

신안 분타주의 손이 쭉 뻗어 나왔다.

순간 손바닥에서 검은 장력이 폭발적으로 일어나며 악소천을 향해 날아왔다.

악소천 또한 망설이지 않았다.

슈악! 콰아앙!

거센 폭발음이 터지며 잠시 멈칫거리던 두 사람의 신형이 다시 무서운 속도로 쏘아갔다.

신안 분타주의 검은 장력이 거세게 밀어닥쳤으나 악소천은 결코 피하지 않았다.

퍽!

“음!”

“후읍!”

두 사람의 입에서 답답한 소리가 처음으로 흘러나왔다.

두 사람의 싸움은 치열했다.

전력을 다하며 부딪치는 계속되는 충돌에 두 사람의 안색은 점차 창백하게 변해가기 시작했다. 하지만 누구도 상대의 공격을 피하거나 주저하지 않았다.

콰— 콰콰콱!

연이은 충돌에 신안 분타주의 눈빛이 흔들렸다.

‘이렇게 강하다니.’

한 번씩 충돌할 때마다 심맥이 파열되는 듯한 거센 충격이 온몸을 휘감았다. 하지만 이를 악물고 견디었다. 자신이 고통스러운 만큼 상대 또한 편치는 않을 것이라는 확신으로 더욱 기를 쓰며 악소천을 향해 장력을 내뻗었다.

"힘들어 보이는데?"

그때 악소천이 이죽거리듯 말했다.

정곡을 찔렸지만 신안 분타주는 시치미를 뚝 떼며 소리쳤다.

"힘들긴, 네놈이야말로 금방이라도 자빠질 것 같은데! 어떠냐, 지금이라도 패배를 받아들이고 무릎을 꿇으면 조용히 아프지 않게 죽여주겠다."

"뭐요? 살려주겠다는 것도 아니고 고작 무릎까지 꿇으며 항복하는 사람을 조용히 죽여준다는 게 말이 되오?"

"난 아직까지 단 한 번도 사람을 조용히 죽여본 적이 없다. 온갖 고통을 다 주고 시끄럽게 죽였지. 그건 곧 그만큼 너에게 자선을 베푼다는 뜻이다."

"항복을 해도 죽고 싸우다 패해도 죽을 거라면 악착같이 싸우겠소이다."

"너 맘대로 해라. 하나 진짜 조심해라. 이제 사정 따위는 안 봐주겠다."

"언제는 봐준 것처럼 말하는구려?"

"간다앗!"

맹렬히 돌진해 왔다.

그리고 강력한 쌍장을 뻗어내었다.

츄왁!

악소천이 멈칫했다.

이글거리는 불꽃처럼 신안 분타주의 장력에 아지랑이가
피어오르고 있었다.

'다르다⋯⋯. 혹시?!'

슈아악!

무서운 속도로 날아온 것은 출렁거리는 거대한 덩어리였
다.

'틀림없다. 장경(掌勁)이닷!'

적수공권의 무공에는 대략 세 단계가 있다고 했다.

풍(風)과 경(勁)과 강(罡)이다. 그중 경은 두 번째로 풍(風)
과는 비교가 되지 않는다. 강(罡)이 돌덩이라면 풍은 바람이
다. 풍과 강 사이의 경은 바람보다는 파괴력이 뛰어나고 강보
다는 잘 깨진다. 풍보다 한 단계 위라고 해서 비슷한 위력일
것이라고 착각하면 큰 오산이라고 했다. 최소한 풍의 다섯 배
이상의 파괴력을 가진 것이 경이라고 했으므로 악소천은 잽
싸게 운기를 했다.

전신의 내공을 극한으로 끌어올렸다.

그리고 양손에 모든 힘을 모아 앞을 향해 힘껏 뻗었다.

슈욱!

무서운 기세로 신안 분타주의 장경이 날아왔고 악소천은

망설임없이 쌍장을 쭉 뻗어내었다.

두 사람의 장력이 중간 지점에서 정통으로 맞부딪쳤다.

쩌엉!

강력한 충돌음이 일어났고 주위 나무들이 폭풍을 만난 듯 뿌리째 뽑혀 날아갔다. 신안 분타주가 타고 왔던 가마 역시 낙엽처럼 허공을 날아가 버렸다.

"크흠!"

답답한 신음과 함께 물결처럼 몰려오던 신안 분타주의 장력이 산산조각나 흩어졌다.

그리고 그 사이를 뚫고 들어가는 한줄기 덩어리, 비록 처음과 달리 상대의 장경에 많이 깎여 나갔지만 틀림없이 악소천이 펼친 단철섬이었다.

생사십팔섬 육식 단철섬은 뭐든지 자르고 벤다.

아직 수위가 만족스럽지 못하지만 신안 분타주의 장경 정도는 충분히 자를 정도의 위력이었다.

남은 단철섬이 무서운 기세로 가슴을 파고들었다.

퍼억!

강력한 쇠망치가 후려 패는 느낌.

지독한 충격이 전신을 찢을 듯 휘몰아쳤다.

벌러덩!

신안 분타주가 뒤로 부웅 날아가 풀밭에 큰대 자로 나동그라지고 말았다.

꾸역꾸역!

호면 밖으로 검붉은 피가 물처럼 흘러나왔다. 가슴이 굴곡을 보이는 것이 죽은 것 같지 않았지만 상처가 깊어 보였다.

"웩!"

악소천 또한 피를 한 모금 토했다. 속이 더부룩했지만 충분히 참을 수 있을 것 같았다.

네 가마꾼은 어느 정도 몸을 추스른 것 같았지만 악소천에게 감히 덤벼들 기세를 보이지 못하고 엉거주춤 서 있기만 했다.

"으웨애액!"

우그러진 신안 분타주는 계속 피를 게워냈다.

그러더니 안간힘을 다해 몸을 일으켜 세우려 했지만 반쯤 일어나다 다시 주저앉고 말았다.

악소천이 가까이 다가가 섰다.

오른손을 쳐들어 올렸지만 공격을 펼치지는 못했다.

"다시 말하겠소. 그 호면 좀 봅시다."

신안 분타주가 더듬거리며 말했다.

"도, 도대체 왜 한사코 호면을 보려느냐?"

"도대체 그러는 당신은 왜 한사코 벗지 않으려는 거요?"

"그건……."

"하는 수 없구려. 당신 뜻에 맡기기 위해 죽을 둥 살 둥 모르고 싸운 건 아니니."

악소천이 다가갔다.

흠칫!

깜짝 놀라며 본능적으로 상체를 위로 젖혀 악소천의 손길을 피하려 했다. 하나 부상을 입은 상태에서 악소천의 손길을 피하기란 사실상 불가능했다.

탁!

하는 소리와 함께 호면이 벗겨졌다.

순간 악소천은 깜짝 놀라고야 말았다.

"엇!"

악소천뿐만이 아니라 네 명의 가마꾼도 저마다 놀람의 외침을 터뜨렸다.

"아아!"

"저럴 수가!"

호면 속에서 나타난 얼굴은 동안이었다. 기껏해야 십오륙 세 정도로밖에 보이지 않는 소년의 얼굴이었다. 너무나 놀라운 듯 악소천은 호면을 들고 한동안 얼굴에서 시선을 떼지 못했다.

"뭘 보느냐? 어서 날 죽여라!"

생김새와는 달리 목소리는 탁하고 쉬었다. 목소리로만 봐서는 대략 칠십 정도의 노인으로 생각했다. 한데 새파란 어린 소년의 모습에 악소천은 한동안 말을 잇지 못했다.

"이, 이보시오. 아니, 임마!"

순간 소년이 부르르 치를 떨었다.

"너 지금 뭐라고 했느냐? 나에게 임마라고? 이런 쳐죽일 놈을 보았나. 감이 이 늙은이에게 임마라니?!"

악소천이 히죽 웃었다.

"웃기고 있네. 까불지 말고 묻는 말에 대답해라."

"네 이놈, 당장 말버릇 고치지 못하겠느냐? 네놈 보기에는 내가 어린 소년으로 보이지만 실제 나이는 일흔여섯이니라."

악소천이 피식 웃고 말았다.

"그 말을 내가 믿을 것이라고 생각하느냐?"

"쳐죽일 놈아, 정말이니라."

"농담 그만 하고 몇 가지 묻겠다. 넌 누구냐? 정체가 뭐냐는 얘기다."

"이런 호로 자식이 어디서 계속 말을 놓는 거냐! 나 신싸 일흔 넘었단 말이다. 좋다, 그렇다면 솔직히 말하겠다."

"뭘 말이냐?"

"너 주안술이라고 아느냐?"

"그게 뭐냐?"

답답하다는 듯 인상을 쓰더니 입을 열어 말했다.

"늙음을 젊음으로 바꾸는 일종의 사공이니라."

"그래서 그것을 연마하면 이렇게 젊어진단 말이냐?"

소년이 진지하게 말했다.

"원래는 주안술을 터득하면 이삼십대 정도로 바뀌는데 난 수련이 잘못되어 너무 어리게 되어버렸다. 사실 내가 호면을 쓴 것은 이런 얼굴 때문이다. 내가 아무리 나이를 먹었다고 해도 얼굴이 이런데 누가 믿겠느냐? 지금 보다시피 너도 믿지 않지 않느냐? 그래서 하는 수 없이 호면을 쓰고 다닌 것이다."

악소천이 멀뚱거리는 시선으로 쳐다보았다.

진지한 눈빛을 봐서는 거짓말 같지 않았지만 얼굴을 보면 열다섯 소년이 딱이었다.

"믿거라. 정말이니라. 내 나이 일흔여섯이라니까?"

"알겠느니라. 알았으니 몇 가지만 물어보겠다."

"알았다면서 그게 무슨 말버릇이란 말이냐? 당장 말투를 고치지 못하겠느냐? 이런 버르장머리없는 놈의 자식이."

하는 수 없다는 듯 악소천이 인상을 찌푸리며 말했다.

"알겠소이다. 공대를 할 테니 묻는 말에 대답 좀 고분고분해 주시오."

"물어보거라."

"당신은 주안술이 잘못되어 호면을 쓴다고 했소. 하면 아까 당신과 같이 비와봉에서 모임을 가졌던 사람들이 쓴 호면은 무슨 이유요?"

악소천이 강렬한 시선으로 추궁하듯 물었다.

"그것은?"

"날 속일 생각 하지 마시오!"

"네 까짓 놈이 뭐기에 내가 속인단 말이냐? 사실 본 천의 인물들 중 적지 않은 숫자가 관부나 무림에서 공적으로 몰려 쫓기고 있는 사람들이다. 이제 호면을 쓴 이유를 알겠느냐?"

"그래서 얼굴을 가리고 다닌단 말이오?"

"당연한 것 아니냐? 너 같으면 쫓는 놈이 있는데 얼굴 드러내 놓고 다니겠느냐?"

"얼굴을 가리는 것은 이해하겠소. 한데 왜 하필이면 모두가 호면이오? 다른 가면을 쓰고 다닐 수도 있잖소?"

"많은 사람이 호면을 써야 추적자 입장에서는 헷갈릴 것 아니냐?"

악소천은 멈칫거렸다.

노인의 대답에 할 말을 잊은 것이다.

"혈천에서 당신의 위치는 뭐요?"

"오냐. 개자식아, 다 말해주마. 신안 분타주이다. 신안 분타주는 청요산 일대를 관할하는 임무를 갖고 있다."

"혈천의 천주는 누구요?"

"그건 나도 모른다. 그분 역시 항상 호면을 쓰고 있기 때문에 알 수가 없다."

악소천이 뚫어져라 쳐다보았는데 거짓말하는 것 같지는 않았다.

그때 노인이 말했다.

"나 또한 너에게 한 가지 묻고 싶은 것이 있다."

"물어보시오."

"왜 그렇게 필사적으로 호면을 보려고 했느냐? 설마 호면이 탐나서 그런 것이냐? 이런 호면은 저잣거리에 가면 얼마든지 구입할 수 있다."

악소천은 자신이 호면에 관심을 갖게 된 것은 사문의 신물인 혈면호금 때문이라고 말해주었다.

"혹시 들어봤소?"

노인은 고개를 갸우뚱했다.

"강호에 그런 호면이 있다는 얘긴 처음 듣는다."

악소천은 손에 들린 호면을 살펴보았다. 오동나무로 깎아색을 칠해 만든 어디서나 흔히 볼 수 있는 호면이었다.

"이제 그만 어서 날 죽여라."

"누가 당신을 죽인다고 했소?"

노인이 멈칫했다.

악소천이 말을 이었다.

"난 당신의 호면을 조사해 보기 위해 싸웠지, 당신을 죽이기 위해 그런 게 아니오. 원수도 아닌데 내가 왜 당신을 죽인단 말이오? 볼일 다 봤으니 그만 가보시오."

노인이 머뭇거렸다.

"진짜 가?"

악소천이 짜증스럽게 말했다.

"가라니까요?"

그제야 악소천의 말이 장난이 아니라는 것을 깨달은 듯 노인은 주춤거리며 일어섰다. 하나 또다시 휘청거렸고, 가마꾼 중 한 사내가 잽싸게 몸을 날려와 부축했다.

이윽고 조심스럽게 노인을 가마 위에 태웠다.

가마에 올라탄 노인이 악소천을 향해 험악한 표정으로 말했다.

"악소천이라고 했더냐?"

"이렇게 만난 것도 인연인데 노인장 존함을 여쭙지 않았구려."

노인이 버럭 소릴 질렀다.

"오냐, 가르쳐 주마. 옥면살존(玉面殺尊)이라고 한다."

악소천이 눈을 깜박거렸다.

전혀 들어본 바 없다는 표정이었다. 순간 옥면살존의 얼굴에 기이한 표정이 떠올랐다. 언뜻 보면 안도의 얼굴 같기도 했는데 사실 그의 과거를 보면 그런 표정을 지은 이유를 알 만도 했다.

옥면살존은 사파의 거두였다.

심성이 사납고 손속이 잔인할 뿐 아니라 대복산장 사건으로 무림맹으로부터 쫓기고 있었다. 대복산장은 나부산에 있는 장원으로 광동성 중부 일대에서 대대로 면화도매를 하며 생계를 이어온 중소 규모의 상가(商家)였다.

그런데 어느 날 우연히 나부산을 지나다 폭우를 만난 옥면

살존은 대복산장에 잠시 비를 피했다 갈 수 있도록 해달라는
요청을 하게 되었고, 어렵지 않게 승낙을 받아내었다. 그런데
사건은 거기서 시작되었다. 사람 좋은 대복산장의 장주 마춘
룡은 비가 그치기를 기다리고 있던 옥면살존에게 차를 한잔
대접했다. 그런데 옥면살존은 차를 가지고 들어오던 마춘룡
부인의 미모에 현혹되어 그 자리에서 남편을 죽이고 부인을
겁탈했다. 분노와 치욕을 견디지 못한 부인 또한 곧바로 자살
하기에 이르렀고 그 일로 옥면살존은 무림맹의 추적을 받게
된 것이다.

그런 추악한 그의 과거를 알 리 없는 악소천이 고개를 끄덕
였다.

"좋은 별호이구려?"

"흐흐흐! 아무튼 각오해라. 넌 오늘날 건드린 걸 뼈저리게
후회할 것이다."

옥면살존에 대해 제대로 알지 못한 악소천은 별로 대수롭
지 않게 생각했다.

"복수하겠다는 것이오?"

"흐흐! 너 같으면 이런 수모를 당하고서도 가만있겠느냐?"

악소천은 호기있게 말했다.

"장부라면 당연히 복수를 해야 하는 것 아니오? 기다릴 테
니 얼마든지 찾아오시오."

옥면살존의 입꼬리가 말려 올라갔다.

이럴 때 자신 같았으면 결코 그냥 돌려보내지 않는다. 혹시라도 생길지 모를 후환을 미연에 방지하기 위해 애초부터 싹을 잘라 버리는 것이다. 강호라는 곳은 본디 손톱만큼의 감정이라도 맺었다면 무슨 수를 써서라도 끝장을 봐야 한다는 것이 자신의 경험이었다. 한데 아무렇지 않게 자신을 돌려보내 주는 것을 보면 역시 아직 나이 어린 티를 벗지 못했다는 것을 알 수 있었다.

하나 옥면살존이 한 가지 모르는 것이 있었다. 악소천이 나이가 어리고, 강호 경험이 부족해 자신을 돌려보내 준 게 아니라는 것이었다.

악소천이 그를 돌려보내 준 것은 아무런 위협을 느끼지 않았기 때문이었다. 다시 말해 옥면살존쯤은 얼마든지 차후 다시 찾아와도 요리할 자신이 있다는 것이다. 무공이면 무공, 머리면 머리, 무엇으로든 거뜬히 상대해 줄 자신이 있었다.

옥면살존이 가마꾼들을 향해 명령했다.

"뭣들 하느냐? 어서 여길 떠나자!"

이윽고 가마를 타고 옥면살존이 사라졌다.

악소천은 사라지는 옥면살존을 보며 손을 들었다.

"기다리겠소이다."

"흐흐! 그래, 머지않아 찾으마."

두 사람 모두 서로를 향해 야릇한 웃음을 지었다.

이윽고 옥면살존이 탄 가마가 사라졌고, 악소천 또한 주위를 한번 휘둘러보고 나서 발걸음을 돌렸다.

숲은 조용했다. 어느새 달이 떠 있었고 멀리서 삼경을 알리는 북소리가 들렸다.

"혈천."

악소천은 나직하게 중얼거렸다.

옥면살존의 말을 빌리면 비와봉에 나타난 호면인들 대부분이 한 시대 강호를 공포에 떨게 했던 거마들이라고 했는데 그런 자들이 속해 있는 집단이라면 대단할 것 같았다.

잠시 옥면살존과 혈천이란 집단에 대해 생각하던 악소천이 몸을 날렸다. 혹시라도 사문의 신물인 혈금호면과 어떤 연관이 있는 줄 알고 뒤따라갔다가 엉뚱한 사건에 휘말리고 한바탕 헛심을 쓰고 난 뒤끝이어서인지 배가 고팠다.

악소천이 저잣거리에 다시 모습을 드러낸 것은 그로부터 반 각 후였다. 망산에서 낙양의 저잣거리까지는 대략 이십 리쯤 되는데 천지연환구보를 시전하여 달리자 반 각이 채 걸리지 않았다. 자시가 넘은 저잣거리는 몇몇 취객들이 내지르는 고성방가를 제외하고는 대체적으로 조용했다.

악소천은 자신이 평소 자주 다니던 향원루로 들어섰다.

"어서 옵……!"

향원루의 주인 황 노인이 허리를 구부려 인사를 하려다 말고 멈칫했다.

"너, 넌 소천이 아니냐?"

“그동안 별고없으셨소이까? 무척 오랜만에 뵈오이다.”

악소천이 근엄한 목소리로 아는 체를 했다.

“정말 소천이구나. 너 이게 몇 년 만이더냐?”

악소천이 텅 빈 주루를 한 번 휘둘러보고 창가에 있는 의자에 털썩 주저앉았다.

“배 가죽이 붙을 것 같소이다. 가장 빨리 되는 것으로 좀 주시오.”

황 노인이 손을 내밀었다.

“뭐요?”

“보면 모르느냐? 돈부터 내라는 얘기지. 네놈이 음식 먹고 나 잡아 잡슈 했던 게 한두 번이었더냐?”

악소천이 인상을 썼다.

“도대체 언제적 얘길 아직도 하시오?”

“아무튼 네놈에게는 돈부터 받지 않고서는 절대 밥을 줄 수가 없다.”

“칠 년 전 너무 배는 고픈데 돈이 없어 딱 한 번 무전취식 했던 걸 갖고 자꾸 이러면 어쩌자는 것입니까? 너무하십니다.”

그러면서 품속에서 용목주 한 개를 꺼내 탁자에 사정없이 내려놓았다.

콰앙!

“옛소!”

문득 황 노인의 눈이 커졌다.

탁자 위에 올려진 푸른 광채나는 용목주를 계속 눈을 깜박거리며 살피더니 떨리는 목소리로 말했다.

"이, 이게!"

"그 정도면 밥값으로 부족하지 않을 것이오."

황 노인이 용목주를 들어 촛불에 비춰보았다.

"틀림없는 용목주, 이것 어디서 났느냐?"

악소천이 인상을 썼다.

"왜 그러십니까? 나 같은 한심한 놈의 수중에서 나온 물건치고는 너무 고가이어서 믿을 수가 없다는 것입니까?"

"자식, 크게 덴 모양이구나."

황 노인이 태도가 돌변하여 눈웃음을 쳤다.

"뭣들 하느냐? 여기 소천에게 습증압(濕蒸鴨) 한 마리 내오너라."

황 노인이 주방을 향해 크게 소리치고 나서 다시 입을 열었다.

"도대체 어디서 뭘 했던 것이냐? 스승님을 만나 무예를 배우는 중이라던데?"

"누구에게 들었소?"

"사흘 전 우생이 다녀갔는데 녀석이 그러더구나. 무림 스승을 만나 무공을 배우는 중이라고 말이다. 사실이더냐?"

악소천이 의자 뒤로 양손을 척 올리며 말했다.

"무공이랄 것까지는 없고, 조그만 재주를 조금 배웠소이다."

황 노인의 두 눈이 더욱 빛을 발했다.

"하면 너도 이제 무림인들처럼 하늘을 날고 손바닥에서 바람이 나온단 말이냐?"

"허험! 뭐, 어려운 일도 아니지요."

"내게 한번 보여줄 수 있느냐?"

"험험, 무공은 아무 곳에서나 자랑하듯 펼치는 것이 아니오. 오로지 정의를 위해 사용되어야지, 영감님께서 한수 보여 달란다고 해서 보여줄 수 있는 것이 아니지요."

황 노인이 고개를 끄덕였다.

"하긴, 그런 위대한 재주를 함부로 펼쳐서는 안 되지. 아무튼 기다리거라. 밥값 제외하고 나머지는 거슬러 오마."

황 노인이 용목주를 들고 계산대로 걸어갔다.

밤늦은 시간이어서 주루에 손님이라고는 악소천 혼자뿐이었고 잠시 후 살이 포동포동 찐 오리를 내왔다.

부우욱!

악소천이 허겁지겁 한쪽 다리를 찢어 입 안에 막 넣고 씹었다. 봉황루에서 안주 삼아 먹었던 몇 점의 음식을 제외하고는 하루 종일 아무것도 입에 대지 않았다.

낙양에서 서북쪽으로 오십여 리쯤 가면 청요산이 있다.

전설상의 제왕인 황제가 무려라는 신에게 관리를 맡긴 별궁이 있다고 알려진 산이다. 이곳에 신안산장이라는 조그만 상가(商家)가 자리 잡고 있다. 낙양을 비롯한 주구와 허창 일대의 상권을 장악하고 있는 신안산장의 장주는 옥면생이라는 자이다. 하나 이는 무림맹을 속이려는 위장된 신분일 뿐이고 진짜 정체는 옥면살존이었다. 한마디로 신안산장은 무림맹의 추적을 피하기 위해 옥면살존이 세운 것이다.

벌컹!

방문이 떨어져 나갈 듯 열리며 옥면살존이 들어서자 두 명의 시비가 화들짝 놀랐다.

"어맛!"

"부, 분타주님!"

탁!

방 안에 들어서자마자 옥면살존은 탁자 위에 올려진 항아리로 된 주전자를 들어 물을 마셨다.

벌컥벌컥!

몹시 목이 탄 듯 소리내어 물을 마신 옥면살존이 주전자를 놓고 버럭 소릴 질렀다.

"비상이다, 비상!"

"네엣!"

두 시비가 놀라 묻자 옥면살존이 버럭 소릴 질렀다.

"귀가 먹었느냐? 비상이란 말이다! 전부 의각청으로 집합

하라고 해라. 당장!"

"며, 명을 받사옵니다."

두 시비가 부리나케 밖으로 뛰쳐나갔다.

아직도 분이 풀리지 않은 듯 호면 속 옥면살존의 두 눈에 살광이 이글거렸다.

"악소천, 이 찢어 죽일 놈."

두 주먹을 쥐고 부르르 몸을 떨었다.

의각청은 신안산장의 대회의장이었다. 거대한 원탁을 놓고 산장의 주요 간부들이 잔뜩 긴장하여 둘러앉아 있었는데, 부하들을 불러모은 옥면살존은 한동안 말이 없었다. 부하들 역시 분위기가 심상치 않다는 것을 직감하고 누구도 먼저 말을 꺼내지 않았다.

"죽여라!"

무거운 침묵을 깨며 옥면살존의 외침이 울려 퍼졌다.

"죽여라! 반드시 죽여라!"

악에 받친 듯 목소리가 커지자 부하들의 시선이 일제히 집중되었다. 그들의 시선 속에는 도대체 누굴 죽이라는 것이냐는 질문이 들어 있었다.

"놈을 죽인 자에게는 큰상을 내리겠다. 금은보화는 물론이고 금화쌍희 중 한 명을 주겠다."

금화쌍희는 애첩이자 시비인 두 여인을 말한다.

순간 부하들의 눈이 곤두섰다. 도대체 누구와 무슨 원한이
있기에 끔찍이도 아끼는 금화쌍희 중 한 명을 내어줄 정도란
말인가.

"소, 송구하옵니다만, 누구를 죽이라는 것입니까?"

눈썹이 백설처럼 흰 부하가 말했다.

신안산장의 총관 길자춘이다.

옥면살존이 길자춘을 보며 씹어뱉듯 말한다.

"악― 소― 천."

한 자 한 자 또렷하게 내뱉었다.

길자춘이 눈을 빛내며 물었다.

"악소천이라고 하면 혹시 설요님의 낙양 분타를 궤멸시킨
자 아닌지요?"

"그놈이다. 그놈을 잡아 죽여라. 무조건 죽여라. 죽이는 놈
에게는 아까 말했듯이 금화쌍희 중 한 명을 주겠다. 알겠느
냐?"

길자춘이 다시 물었다.

"도대체 놈과 무슨 일이 있었기에……?"

"죽이라면 죽여라! 알았느냐?!"

잡아먹을 듯 윽박지르자 길자춘이 움찔했다.

"아, 알겠사옵니다. 당장 명을 시행하겠나이다."

"악소천을 죽여라! 그 찢어 죽일 놈을 당장!"

순간 길자춘을 비롯한 모든 부하들이 일제히 자리에서 일

어나 허리를 구부리고 큰소리로 말했다.

"존— 명!"

벌떡!

옥면살존이 자리에서 튕기듯 일어났다.

그리고 목젖이 드러날 정도로 크게 입을 벌리고 외쳐 말했다.

"죽여, 그놈을!"

옥면살존의 처절한 목소리가 넓은 의각청에 메아리쳤고 부하들이 일제히 허리를 숙였다.

항주는 상유천당(上有天堂), 하유소항(下有蘇杭)이란 말이 있을 정도로 강소의 소주와 함께 명승지로 알려져 있다. 진시대에는 전당으로 불렸다가 수양제 때 운하가 개설되고 나서 항주로 명명되었는데 물자가 풍부하고 산수가 빼어나 천하의 풍류객들이 몰려들었다.

꿀꺽!

악소천의 목젖이 크게 요동했다.

꿀꺽! 꾸울꺽!

급기야 악소천의 목젖이 정신없이 상하로 오르락내리락했다.

달랐다. 항주의 여인들은 확실히 낙양의 여인들과 달랐다. 아름다움도 차원을 달리했고, 입고 있는 의복의 화려함도 낙양의 여인들과는 비교가 되지 않았다.

거리의 풍경도 많은 차이가 있었다. 낙양의 거리는 왠지 칙칙하고 어두운 데 반해 항주의 거리는 울긋불긋하며 화려했다. 형형색색의 간판들을 비롯해 저잣거리를 가득 메우고 있는 행상들도 활기차고 당당했는데, 특히 그중 악소천의 이목을 사로잡는 것은 운하 위에 떠 있는 선상 기루였다.

배 한 척이 통째 기루였고, 그곳에서는 대낮인데도 여인들과 사내들의 호탕한 웃음소리가 끊이질 않았다. 항주로 떠나는 자신을 무척 부러워하던 가우생의 표정이 이제야 이해가 갔다.

주물럭주물럭.

품속을 뒤척거렸다. 사부로부터 건네받은 용목주와 환희주가 아직도 적잖게 남아 있었다.

길은 운하를 따라 쭉 뻗어 있었고 운하에는 많은 선상 기루들이 활기차게 영업을 하고 있었다.

척!

악소천의 걸음이 멈췄다.

한 척의 선상 기루가 눈에 들어왔다. 용화루라는 간판이 나부꼈는데 한 마리의 백룡의 형상을 한 배였다. 뱃전에 두 명의 반라의 기녀가 자신을 향해 손을 흔들고 있었다.

꿀꺽!

또다시 마른침을 삼켰다.

운하에 떠 있는 배로 들어가기 위해서는 목교를 건너가야 했다. 한 뼘 정도 되는 판자를 잇댄 목교가 길에서 배까지 설치되어 있었다. 악소천은 헛기침을 두어 번 하고 천천히 목교를 건너기 시작했다. 체중에 목교가 좌우로 흔들거렸다. 악소천이 반쯤 건너자 손을 흔들던 두 명의 기녀가 부리나케 뛰어왔다.

"어서 오세요, 공자님!"

"나의 사랑!"

두 기녀가 안기듯 양팔에 매달렸다.

"허험!"

"환영합니다, 공자님!"

"그래그래!"

악소천은 두 기녀에게 끌려가다 싶을 정도로 이끌려 배 안에 들어섰다.

배 안은 무척 화려했다. 육상에서 볼 때보다 훨씬 더 잘 꾸며져 있었다.

방 안으로 들어서자 또 한 명의 여인이 허리를 구부리며 맞이했는데 악소천은 단번에 용화루의 주인이라는 것을 알아보았다. 화장을 짙게 했지만 자신의 양팔을 붙들고 있는 기녀들보다 나이가 더 들어 보였다.

"뭣들 하느냐? 공자님을 어서 상석으로 모시거라."

"어휴, 내 정신 좀 봐. 공자님, 어서 이쪽으로 좌정하세요."

여인들은 악소천을 윗목에 앉도록 배려했다.

술상은 금방 준비되었다.

"그럼 화통하게 즐기세요."

곧 주인여자가 밖으로 나갔고, 두 기녀가 술상 좌우로 앉아 악소천의 시중을 들기 시작했다.

"소녀가 한잔 따르겠사옵니다. 향월이라고 하옵니다."

우측에 앉은 여자가 술병을 들고 말했다.

"흐흐! 그래, 고맙구나."

악소천은 단번에 잔을 비웠다. 그러자 이번에는 좌측에 앉은 여인이 술병을 들고 말했다.

"저의 잔도 받아주세요. 소녀는 매홍이라고 해요."

"매홍, 이름이 정말 아름답구나. 오냐 오냐, 됐다."

매홍이 넘치도록 잔을 채웠고 악소천은 또다시 단번에 잔을 비웠다. 그리고 빈 잔을 들고 향월과 매홍을 향해 말했다.

"누가 먼저 받겠느냐?"

매홍이 잔을 가로채듯 잡았다.

"소녀부터 주세요."

"오냐. 자, 받거라."

주르륵―

악소천이 잔에 술을 가득 채워주었다.

매홍이 비운 잔이 이번에는 향월에게 전해졌고 그녀에게도 술을 한잔 따라주었다.

어느덧 주거니 받거니 하며 술이 서너 배 돌면서 악소천의 안색도 불그레하게 달아올랐다.

"좋다. 과연 항주 술맛은 다르구나."

"공자님께서는 항주가 오늘 초행인가 봐요?"

악소천이 잔을 비우며 말했다.

"커어! 오냐, 오늘이 처음이구나. 그런데 소문보다 훨씬 멋진 곳이구나."

매홍이 가까이 다가와 매달리며 말했다.

"오늘 저희가 아주 즐겁게 해드리겠어요."

기다렸다는 듯 향월도 좌측으로 파고들며 말했다.

"공자님 너무 멋져요."

"흐흐흐! 정말 예쁘게도 생겼구나."

악소천이 두 팔로 좌우를 파고드는 매홍과 향월을 힘껏 끌어안았다.

"우리 오늘 화끈하게 한번 놀아보자."

"공자님!"

"고옹자니임!"

두 여인이 더욱 파고들며 악소천의 가슴을 더듬었다.

"흐흐흐!"

즐거운 듯 악소천의 입가에서는 미소가 그칠 줄 몰랐고 술병이 강물처럼 불어나기 시작했다.

악소천이 술을 마시는 것은 하루로 끝나지 않았다.

다음날을 지나 그 다음날까지 용화루에 머물렀다. 용화루의 기녀들은 좋아 어쩔 줄 몰라했다. 근래 들어 손님이 없어 공치는 날이 태반이었는데 무려 사흘 동안, 그것도 가장 값비싼 여아홍을 비롯한 최고의 안주를 거듭 시키자 악소천을 칙사 대접하듯 했다.

악소천 또한 수시로 두 여인과 살을 섞음으로 인해 얼굴은 극도로 초췌해졌다. 하나 악소천은 전혀 개의치 않고 틈만 나면 두 여인을 덮쳤다. 낮과 밤을 가리지 않고 자신들을 괴롭히는 악소천의 왕성한 욕망에 두 여인은 연신 입을 떠억 벌렸다.

"가시려구요?"

나흘째 되는 새벽녘에 악소천이 자리에서 일어났다.

지난 나흘 동안 마신 술값은 상상을 초월했다. 하지만 사부로부터 건네받은 환희주와 용목주가 워낙 고가의 보석이었기 때문에 돈 걱정은 할 필요가 없었다. 진귀한 보물을 덥석 꺼내 가차없이 계산을 하는 악소천을 보며 매홍과 향월은 더욱 자지러지며 앞 다투어 칭송하기에 여념이 없었다.

"오빠, 자주 찾아와."

"악소천, 그 이름 영원히 기억할 거야."

"호호호!"

과도한 정(精)의 허비에 기루를 걸어나오는 악소천의 다리가 꼬였다. 하나 입가에는 흡족한 미소가 끊이지 않았다.

마음 같아서는 며칠 더 즐기고 싶었지만 눈앞에 별은 연신 번쩍거렸고, 또한 앞으로 항주에서 거주하게 될 것이므로 기회는 얼마든지 있다고 자위하며 천천히 걸음을 옮겼다. 무려 나흘 만의 바깥 구경이었다.

아침이 다가오고 있었지만 항주의 거리에는 아직도 식지 않은 밤의 열기가 흘러나오는 것 같았다.

술 취한 사람처럼 비틀거리며 악소천은 이른 아침의 항주 거리를 걸었다.

"말 좀 묻겠소."

악소천이 아침 일찍 하루 장사를 위해 약초를 진열하고 있는 노인을 향해 말했다.

"묻게나, 젊은이?"

"혹시 뇌상산장이라고 아시오? 이 근처에 있다고 들었소만?"

사부로부터 항주에서 누구나 붙잡고 물어보면 안다는 말에 자세한 위치는 묻지 않았다.

노인이 고개를 끄덕이며 아는 체를 했다.

"아, 뇌상산장을 찾으시는구려. 이 길로 곧장 동쪽으로 십 여 리쯤 가시면 되오이다."

"고맙습니다."

악소천은 노인이 가리키는 길을 따라 걸음을 옮겼다.

저잣거리를 벗어난 악소천은 곧바로 몸을 날렸다. 순식간에 악소천의 모습이 거리에서 사라져 버렸다.

이른 아침의 뇌상산장은 엷은 안개에 덮여 있었다.
악소천이 다가가자 뇌상산장의 정문을 지키고 있던 두 위사가 날카롭게 소리쳤다.
"어디서 오셨소이까?"
두 위사는 서른 초반쯤 되어 보였는데 왼손에 각각 긴 창을 짚고 서 있었다.
"난 낙양에서 온 악소천이라고 하오."
순간 두 무사가 기절할 듯 놀라며 창을 앞으로 똑바로 세우며 큰소리로 말했다.
"추웅!"
"공자님을 뵈옵니다."
돌변한 두 사람의 태도에 악소천은 눈을 휘둥그레 떴다.
"고, 공자님?"
오른쪽 키가 좀 더 큰 위사가 말했다.
"장주님께서 악소천 공자님이 찾아오면 최대한의 예의를 갖춰 모시라고 했사옵니다. 저를 따라오십시오."
키 큰 무사가 앞장서 들어갔다.
악소천은 사부가 자신이 올 것을 대비해 정문위사들에게 귀띔해 놓았다는 것을 알았다.
악소천은 키 큰 무사를 따라 안으로 들어섰다. 아직 이른 아침이어서인지 뇌상산장은 조용했다.

　들어가자마자 상당한 규모의 연못과 인공 가산이 눈에 띄었다. 키 큰 위사는 연못을 좌측으로 끼고 돌아 악소천을 데리고 들어갔는데, 이십여 채의 크고 작은 전각이 줄지어 세워져 있었다. 한참을 걸어 들어간 위사는 삼층의 전각 앞에서 멈췄다.

　위사가 전각을 향해 소리쳐 말했다.

　"장주님, 악소천 공자님께서 오셨사옵니다!"

　우렁찬 목소리가 조용한 뇌상산장의 공기를 일깨웠다.

　잠시 후 굳게 닫힌 전각의 문이 벌컹 소리를 내며 열리더니 사부가 모습을 드러냈다. 이제 막 잠자리에서 일어난 듯 허리의 요대도 묶지 않고 있었는데 악소천을 발견하고 큰소리로 말했다.

　"오, 왔느냐?"

　사부는 맨발로 한달음에 계단을 내려왔다.

　"먼 길을 오느라 얼마나 수고가 많았느냐?"

　사부는 용화루라는 선상 기루에서 무려 나흘 동안 밤을 새워 술을 마시고 온 줄은 꿈에도 모를 것이다.

　"소인은 이만 물러가옵니다."

　키 큰 위사가 힘차게 창을 들어 예를 표한 다음 순식간에 모습을 감추었다.

　"자자, 어서 안으로 들어가자꾸나."

사부는 한쪽 손을 잡고 계단을 올라갔다.

악소천은 사부을 따라 전각 안으로 따라 들어갔다.

전각 안은 약간 어두침침했고, 복도 중간중간에 촛불을 밝혀놓았는데 그 사이로 보이는 바닥은 나무지만 양탄자처럼 푹신하다는 천축산 향모목으로 깔아져 있었다.

"앉거라!"

사부의 거처는 단출했다.

낡은 침상과 앉아서 차를 마시거나 책을 볼 수 있는 조그만 원탁, 그리고 벽의 서가에 꽂힌 백여 권의 책이 전부였다.

"뭣들 하느냐? 어서 차를 내오지 않고?"

사부가 밖을 향해 큰소리로 말했다.

"어떻게 이렇게 이른 아침에 오느냐?"

사주야 동안 기녀들과 술을 마셨다고 말할 수는 없었다. 그래서 악소천은 대충 얼버무렸다.

"어떻게 오다 보니 그렇게 되었습니다."

"잘 왔다. 그렇잖아도 몹시 널 기다렸구나."

"왜… 무슨 일이라도 생기셨는지요?"

사부가 고개를 흔들었다.

"아니다. 무슨 일은 아니고 네가 보고 싶었다."

"……."

"나도 늙은 모양이다. 오늘은 올까 내일은 올까 싶어 날마다 정문위사들 보고에 신경을 곤두세우고 있었느니라."

그때 문이 열리더니 시비가 차를 갖고 들어섰다. 순간 악소천의 눈이 휘둥그레해졌다.

사부가 돌아나가는 시비를 향해 말했다.

"지금 당장 간부 회의를 소집해 놓거라."

"네, 장주님!"

시비가 사라지자 악소천이 기다렸다는 듯 물었다.

"사부님의 시비이옵니까?"

"그, 그렇다만?"

"아름답군요."

사부가 표정을 근엄하게 고치며 말했다.

"기분 나쁘게 듣지는 말거라."

악소천이 사부를 보며 말했다.

"말씀하시지요."

"지위가 사람을 만드는 법이니라. 이제 넌 낙양의 저잣거리를 휘젓고 다니던 도모수 악소천이 아니다. 이젠 누가 뭐래도 뇌검문의 차기 장문인이 될 몸이니라."

"알고 있사옵니다."

"뇌상산장에는 대략 백여 명의 식솔이 있다. 그들에게 체통이 깎이는 행동을 해서는 절대 안 된다는 얘기니라."

"예, 명심하겠습니다."

"자, 들자."

사부가 먼저 잔을 들어 차를 마셨다.

악소천도 밤새 술을 마시고 목이 컬컬했으므로 곧바로 차를 마셨다. 뜨거운 차가 목구멍으로 넘어가자 뱃속이 따뜻해졌고 컬컬했던 목이 시원해졌다.

"그래, 어떻게 계획은 세워보았느냐?"

사부가 찻잔을 내리며 물었다.

사부는 모옥에서 헤어지던 날 앞으로 자신이 해야 할 일을 곰곰이 생각해 보라고 말했었다.

妖太魔王

九大魔王

악소천 역시 찻잔을 내리며 말했다.

"아직 구체적으로 생각한 것은 없습니다만."

"그래, 말해보거라."

"일단 사문의 이름을 빛내는 것이 제일 중요하지 않겠습니까?"

사부의 눈이 대번에 커졌다.

"구, 구체적으로……?"

"일단 뇌검문의 이름을 강호에 퍼뜨리는 가장 간단하고도 손쉬운 방법이 무엇일까 나름대로 생각해 보았지요."

"그래?"

“이름을 알리는 방법은 여러 가지가 있겠지만 뭐니 뭐니 해도 사람들 눈에 띄는 행동을 하여 날 기억하게 하는 것 아니겠습니까?”

“예를 들면?”

사부의 두 눈이 형형하게 빛났다.

그런 사부의 얼굴을 보며 악소천이 엄숙한 표정으로 말했다.

“일단 절강성을 접수하는 것입니다.”

“절강성 접수?”

“그렇지요. 절강성을 제자의 손아귀에 쥐는 것입니다.

사부의 이맛살이 찌푸려졌다.

“도대체 무슨 말을 하는 것이냐? 좀 알아듣게 말해보거라.”

악소천이 빛나는 눈빛으로 말했다.

“말 그대로 절강성을 내 발아래 두는 것입니다.”

“어떻게 절강성을 네 발아래 둔단 말이냐??”

악소천이 오른손을 불끈 쥐며 말했다.

“장악하는 것이죠? 내 손아귀에 꽉 넣는 것입니다.”

사부의 이마가 더욱 찌푸려졌다.

악소천이 빠르게 말을 이었다.

“간단히 말하면 절강성에서 내로라하는 문파들을 전부 제수하로 둔다는 것입니다. 그래서 우리 뇌검문을 중심으로 강력한 단일조직을 만드는 것이지요. 그런 식으로 점차 천하로 확대해 나가는 것입니다."

사부의 두 눈이 좁혀졌다.

"그래서 궁극적으로는 천하를 제패하겠다는 것이냐?"

악소천이 단호히 말했다.

"못할 것도 없지요. 이 제자가 천하의 주인이 되지 말란 법은 없잖습니까?"

"그래서 그것이 네가 지금까지 준비해 온 본 문을 세상에 알리는 방법이란 말이냐?"

"왜 마음에 드시지 않습니까? 못마땅하시다면 다른 방법을 연구해 보죠 뭐."

사부가 고개를 내저었다.

"아니다. 썩 마음에 든다."

악소천의 눈이 빛났다.

사부가 침을 삼키며 말했다.

"아주 좋은 생각이다. 난 너의 의사를 존중하며 너의 뜻에 전적으로 공감한다. 모든 무문(武門)의 목표가 뭐더냐? 천하에 자신의 문파를 알리고 명성을 얻는 것 아니더냐? 천하제패를 하는 것보다 더 확실한 명성을 얻는 방법은 없다."

"제자의 계획이 썩 마음에 드는지요?"

"든다. 화통한 생각이다. 대저 장부란 뜻을 크게 품어야 하는 법인데 아주 가상하다. 어쨌든 지금으로서 가장 우선은 절강성이구나."

"그렇습니다. 하루라도 빨리 절강무림을 뇌검문 중심으로 재편하는 것이지요."

사부가 두 눈에 힘을 주고 말했다.

"쇠뿔도 단김에 뽑으라고 했는데 곧바로 시작하는 게 어떠냐? 마침 열흘 후에 비무대회가 열린다. 절강삼패라고 절강성에서 가장 강한 세 곳의 문파가 있다. 그중 한 곳인 대붕보의 보주 마호병이 회갑 잔치를 기념해 비무대회를 개최한다더구나."

"……."

"전 절강무림의 이목이 집중된 그런 곳에 출전하여 너의 화려한 무위를 선보인다면 그야말로 본 문의 존재를 가장 확실하게 알리는 계기가 되지 않겠느냐?"

"우승자에게는 어떤 명예가 쥐어집니까?"

"황금 만 냥이 주어진다."

"화, 황금 만 냥!"

"그것뿐만이 아니다. 마호병에게는 한 명의 딸이 있는데 우승자를 그의 딸과 짝 지어준다는구나. 삼 년 전 우연히 마호병의 딸을 한 번 본 적이 있는데 가히 하늘의 선녀가 시샘할 만큼 경국지색의 미인이었다. 그래서인지 벌써부터 절강무림의 후기지수들이 앞 다투어 비무대회의 우승을 노리고 있다는 소문이다."

악소천의 눈이 날카롭게 번득였다.

그것은 먹이를 뺏기지 않겠다는 사냥꾼의 단호한 의지를 닮아 있었는데 입술에 침을 바르며 물었다.

"이름이 무엇입니까? 올해 나이는?"

"글쎄, 이름은 잘 모르겠고 나이는 올해 스무 살이라는구나."

꿀꺽!

악소천이 마른침을 삼켰다.

"비무대회 우승자에게 틀림없이 자신의 딸을 준다는 것이지요?"

"강호에서도 제법 명성을 쌓고 있는 사람인데 설마 한 입으로 두말하겠느냐? 어찌하겠느냐, 출전 한번 해보겠느냐?"

"문(門)을 위해서라면 이 한 몸 기꺼이 비무대회에 마치겠습니다."

악소천이 비감 어린 목소리로 말했다.

사부의 입가에 흐뭇한 미소가 떠올랐다. 또 한 번 제자 하나는 기가 막히게 얻었다는 생각을 금치 못할 때 문 밖으로부터 시비의 목소리가 울려 퍼졌다.

"장주님! 간부님들이 모두 모였사옵니다."

"알았느니라. 그만 일어나거라. 너에게 소개할 사람들이 있으니 날 따라오거라."

사부가 앞장을 섰고 악소천이 뒤를 따라 문 밖으로 나갔다.

십 인의 인물이 긴 탁자를 놓고 마주 보며 앉아 있다가 사부와 악소천이 들어서자 자리에서 벌떡 일어나 예를 취했다.

"장주님을 뵈옵니다!"

"모두 앉거라!"

모두가 자리에 앉자 사부가 곁에 앉은 악소천을 가리키며 말했다.

"이미 말했다시피 이 늙은이의 제자이니라. 소천아, 뇌상 산장의 간부들이다. 인사하거라."

악소천이 자리에서 일어나 말했다.

열 쌍의 눈동자가 빛나는 시선으로 악소천을 쳐다보았다. 악소천이 자신을 쳐다보는 열 쌍의 시선들을 스윽 한 번 휘둘러보고 나서 큰소리로 말했다.

"악소천이오. 앞으로 잘해봅시다."

그리고 자리에 앉았다.

사부가 놀란 표정으로 돌아보며 말했다.

"벌써 다 했느냐?"

"예!"

사부가 고개를 갸웃거렸다.

뭔가 한마디 더 했으면 하는 아쉬운 표정이었는데 불현듯 박수 소리가 터져 나왔다.

짝짝!

한 사람으로부터 시작된 박수는 삽시간에 열 사람 모두 힘차게 침으로 인해 실내를 크게 울렸다.

한참을 이어지던 박수 소리가 멈추고 한 사내가 자리에서 일어났다. 삼십 중반쯤 되어 보였는데 까무잡잡한 피부에 강팍한 인상이 아주 다부지게 생겼다.

"저는 총관 담육두라고 합니다. 소장주님을 진심으로 환영하옵니다. 어려워 마시고 언제든지 저희들에게 명령을 내려 주십시오."

악소천이 만족스런 표정으로 고개를 끄덕였다.

"감사하오."

단육두가 주위 간부들을 돌아보며 말했다.

"다시 한 번 소장주님을 위해 큰 박수를 보내 드립시다, 여러분."

"좋습니다."

"소장주님 만세!"

짝짝짝!

십 인의 간부들이 큰소리로 함성을 지르며 박수로 환영해 주었다.

문득 악소천의 입가에 야릇한 표정이 떠올랐다.

'무척 화기애애한 분위기로군.'

이윽고 간부들이 자리에서 일어나 일일이 한 명씩 악소천에게 인사를 하며 자기소개를 했다. 모두가 삼십 후반에서 사십 중반의 나이들로, 장사로 잔뼈가 굵은 사람들이었다. 악소천은 일일이 악수를 하며 큰소리로 잘해보자고 격려를 아끼지 않았다.

회의가 끝나고 악소천은 천룡당(天龍堂)이란 전각으로 안내되었다.

이곳은 사부가 자신을 위해 준비해 놓은 거처로, 한쪽에 서가를 설치했고 그림과 화병까지 놓아 제법 운치있게 꾸며놓았다.

아침 식사를 마친 악소천은 담육두의 안내로 산장을 돌아보았다. 자기 혼자 둘러보겠다고 했지만 담육두가 한사코 모시겠다고 나서는 바람에 어쩔 수 없이 그를 대동하고 나선 것이다. 사부 또한 차기 장주의 직위를 다지는 차원에서라도 담육두를 대동하라고 넌지시 눈치를 주었다.

뇌상산장은 아주 활기찼다. 이른 아침부터 인근 항주를 비롯해 천하 각처에서 몰려든 상인들로 몹시 혼잡했다.

"본 장에서는 주로 무엇을 취급하오?"

악소천의 질문에 담육두가 공손히 대답했다.

"면화를 비롯해 가죽, 특히 호피를 비롯한 짐승의 모피와 비단입니다. 그밖에도 곡물과 약초도 취급하고 있습니다."

담육두는 각 기관들을 찾아다니며 책임자들로 하여금 취급하는 품목별 거래 상황과 내역을 상세히 보고토록 했다. 비

록 무슨 내용인지 알지 못했지만 보고하는 상대의 열의를 생
각하여 악소천은 힘차게 고개를 끄덕여 주었다. 그렇게 각 기
관을 방문하여 보고를 받고 살피는데 한나절이 지났다.

"안에 있느냐?"

점심을 먹고 시비가 가져다 놓은 차를 훌쩍거리고 있는데
문 밖으로부터 사부의 목소리가 들렸다.

악소천은 벌떡 일어나며 말했다.

"예, 사부님. 들어오십시오."

문이 열리며 사부가 들어섰다.

그런데 사부의 손에 조그만 서책 한 권이 들려 있었다.

사부가 서책을 내밀며 말했다.

"보거라. 열흘 후에 있는 대붕보에서 열린 비무대회 참가
자들의 명단이다."

스윽!

악소천이 서책을 받아 펼쳤다.

"물론 거기 적힌 명단 말고도 앞으로 더 많은 출전자들이
신청을 하겠지만 대략이나마 살펴보면 많은 도움이 될 것 같
아 힘들게 구해 왔느니라."

악소천이 서책을 훑었다.

서책에는 참가자와 소속 집단이 적혀 있었다. 그리고 그 옆
으로 지닌 무공의 특징이 세밀하게 분석되어 있었는데, 이름
과 분석된 글씨체가 달랐다.

필시 글씨체가 서로 다른 것은 먼저 명단을 입수한 사부가 자신의 이해를 돕기 위해 자세한 신상과 무공 소개를 작성했음을 미루어 짐작할 수 있었다.

"이것이 전부입니까?"

"아니다. 내가 아는 제법 명성있는 후기지수들은 빠져 있다. 그들은 아마 대회가 임박해서야 신청할 것이다. 일종의 자존심 싸움이지. 물론 그때도 자세한 정보를 구해다 줄 테니 일단 그것이라도 머릿속에 기억해 두어라."

악소천은 서책을 한쪽으로 치워놓았다.

사부가 말했다.

"나중에 말해주겠지만 절강사성(浙江四星)이란 자들이 있다. 절강성의 후기지수들 중에 가장 뛰어난 네 아이를 일컬음이지. 절강삼패(浙江三覇) 중 한곳인 옥정산장(玉正山莊)의 후예인 옥룡근, 그리고 금응방(金鷹幫)의 젊은 방주 금양천이다. 특히 금양천의 경우는 한 달 전 부친이 느닷없이 급사하므로 방주가 된 아이인데 무척 야심도 크고 강호의 고인들과 교우 관계가 넓다."

"나머지 두 사람은 누굽니까?"

"단목관이란 자와 동방기란 아이인데 절강삼패보다는 조금 떨어진 항주 이문의 자제들이다."

"항주이문(杭州二門)은 또 무엇입니까?"

"항주 인근에서 가장 세력이 왕성한 두 문파를 말하지."

"본 문과 비교하면 어떻습니까?"

"분 문은 그들과 비교가 되지 않는다. 이유야 어쨌든 본 문은 지금 상가이지 않느냐. 그에 반해 그들은 정통무가이다. 거느린 식솔 또한 세 배는 훨씬 넘는다. 다시 한 번 말하지만 우리는 무문으로 시작되었다가 힘이 쇄락해져 상문으로 돌아섰다."

"상대가 안 된다는 얘기군요."

"그렇다고 해서 문(門)의 힘이 꼭 숫자에 비례하는 건 아니다. 전설의 천문파는 철저히 일인전승을 고수하지만 아직까지 누구도 그들이 약하다고 말하지 않는다."

"옳으신 말씀입니다. 똑똑한 놈 한 명이면 충분합니다. 제가 바로 그 한 놈이 되겠습니다."

사부의 얼굴에 미소가 떠올랐다.

"그렇게만 되어준다면 더 이상 뭘 바라겠느냐?"

사부가 흡족한 얼굴로 악소천을 쳐다보며 자리에서 일어났다.

"쉬거라. 난 그만 가보겠다."

사부가 사라지자마자 악소천은 침상에 벌렁 누웠다.

문득 지난 삼 년의 생활이 주마등처럼 스쳐 지나갔다. 금포를 걸친 사부를 상대로 도모술을 펼쳤다가 인연이 되어 오늘 이 자리까지 온 자신의 인생유전이 무척 놀랍기만 했다.

저잣거리를 전전하던 인물이 어느새 무공을 배웠고, 한때

천하를 호령했던 대문파의 후예가 될 줄은 꿈에도 생각하지
못했다.

"소장주님!"

과거에 빠져 있을 때 나긋한 여인의 음성이 들려왔으므로
벌떡 자리에서 일어났다.

시녀 설화가 문 앞에 서 있었다. 올해 열여덟으로 사부의
수발을 들었는데 자신의 처소로 보내졌다. 어제 아침에 사부
의 거처에 있을 때 차를 가져왔던 그 시비인 것이다.

"왜 그러느냐?"

"수욕 준비를 해놨습니다."

"알았느니라."

설화가 깍듯이 고개를 숙이고 물러났다.

악소천이 엉덩이를 흔들며 걸어 돌아가는 설화의 뒷모습
에 시선을 고정했다. 사부의 말이 아니더라도 거느린 식솔에
게 체통 구기는 일은 결코 장부의 할 짓이 아니라는 것쯤은
알고 있다. 하지만 설화는 확실히 아름다웠다.

악소천은 수욕이 준비된 옆방으로 건너갔다. 건열목으로
만들어진 둥근 욕조에 김이 모락모락 피어나는 뜨거운 물이
가득 채워져 있었다. 악소천은 옷을 벗고 곧장 욕조 안으로 들
어갔다. 물의 온도도 적당했고 온몸이 시원해졌다. 악소천은
욕조에 몸을 담그고 두 눈을 지그시 감았다. 지난 나흘 동안
주색에 빠져 쌓였던 모든 피로가 한 번에 풀리는 것 같았다.

악소천이 검을 잡았다. 뇌상산장에 들어온 지 정확이 닷새 만의 일이었다. 그동안 여독이라는 핑계로 하릴없이 천룡당에 틀어박혀 잠으로 소일했다. 아무리 생각해도 용화루에서 나흘의 술과 색이 무리였던 듯싶었다. 온몸이 나른하고 자꾸 졸음이 오는 것이 견딜 수가 없었다. 그래서 내리 사흘을 대붕보 비무대회 출전자들을 연구한다는 핑계로 잠을 잔 것이다.

척!

천룡당 뒤뜰 한가운데에 검을 들고 우뚝 섰다.

천룡당 후원은 사방 오십여 장 크기의 장방형 뜰이었는데, 가장자리에 이십여 그루의 아름드리 노송이 병풍처럼 우거져 있어 무예 수련하기에 적당했다.

쉬악!

가볍게 진기를 끌어올리자 맹렬하게 단전을 박차고 솟구쳤다.

가볍게 일주천을 한 다음 검을 쥔 오른손에 진기를 주입했다. '터엉' 하는 소리와 함께 창룡음이 터져 나왔다. 검신에 진기가 주입되면서 검이 일어나는 소리다.

파르르!

몸 속의 진기가 검신을 따라 요동쳤다.

검끝이 까딱거리는 것이 살아 꿈틀거리는 독사의 머리를

닮았다. 진기가 굳셀수록 검은 탄력을 받는데 지금이 그랬다. 뭐든지 베고 찌를 것 같은 강렬한 투기를 불태웠다.
　휘리릭!
　검을 들어 가볍게 원을 한 바퀴 그었다.
　순간 공기가 싹둑 잘려 나갔다. 악소천의 입가에 만족스런 표정이 떠올랐다.
　첫 느낌이 아주 좋다.

『구대마왕』 제1권 끝

입소문을 통해 아는 분은 다 알고 계십니다!
올 한해 공인중개사 최고의 화제작!

1~2권 합본 | 이용훈 지음
3~4권 합본 | 이용훈 지음
5~6권 합본 | 이용훈 지음
용어해설 | 이용훈 지음

수험생 기본 필독서
만화 공인중개사

제목 : 만화공인중개사 쓰신 분에게 감사드립니다.

학원을 두 달 다녔어요. 근데 과연 그 숫자 외우기 그런 게 몇 문제나 나올까 생각을 했어요.
아니라는 생각이 드네요. 학원강의를 뒤로하고 서점을 갔어요. 내 머리에 가장 이해될 수 있는
책이 없나 하구요. 거기서 만화를 발견했어요. 무조건 세 번 봤어요. 3개월 걸렸어요. 문제집을 보라고
했는데 그건 시행을 못했어요. 근데 합격을 했네요.
어떻게 감사의 말을 해야 될지……:
도서관에서 만화책 들고 다니니까 사람들이 비웃더라구요. 만화책으로 공인중개사를 공부한다고
미친 사람처럼 보더라구요. 근데 그거 다 감수하고 했던 내가 자랑스럽습니다.
어떻게 감사의 말을 해야 할지… 정말 감사합니다.
부디 행복하세요. 제 나이 41살에 좋은 스승을 만난 것 같습니다.
엎드려 감사드립니다.

-본사 홈페이지에 독자분이 올린 메일 中 에서 발췌-